खुशी

राम प्रताप सिंह

Made with ♥ on the Notion Press Platform
www.notionpress.com

BE BOLD WHAT YOU STAND FOR

जिंदगी एक बार मिलती है यह कहना बिल्कुल गलत है ,सिर्फ मौत एक बार मिलती है |बस खुश होकर जियें और जिंदगी के हर पल का आनंद लें |

क्रम-सूची

प्रस्तावना

"खुशी" का राज क्या है? सच पूछा जाए तो खुशी का कोई निश्चित फार्मूला नहीं है, खुशी तो महसूस करने से होती है, हम जैसा सोचते हैं वैसा ही महसूस करने लगते हैं| इस ब्रह्मांड में जो विचार हमारे मन मस्तिष्क में आते हैं वैसा ही हमें चारों ओर दिखाई देने लगता है, हम उसी दिशा में बढ़े चले जाते हैं| यदि हम सकारात्मक सोचते हैं, सकारात्मक साहित्य पढ़ते हैं, सकारात्मक लोगों से मिलते हैं, तो सकारात्मक दिशा में हमारा ध्यान जाने लगता है फिर सकारात्मक कार्य करने लगते हैं, हमारे जीवन में सकारात्मक घटनाएं होने लगती है,सकारात्मक परिणाम आने लगते हैं, लोगों से हमारे संबंध ठीक होने लगते हैं| **अर्थात हमारी खुशी का मूल स्रोत हमारी सकारात्मक सोच है|** यदि हमारी खुशी किसी व्यक्ति,वस्तु,स्थान,परिस्थिति,या घटना पर निर्भर है तो वह स्थायी खुशी कभी नहीं हो सकती| क्योंकि ये सब तो परिवर्तनशील हैं| ये कब बदल जाए हमें पता नहीं|

फिर क्या किया जाए? अपने मन को स्थिर रखा जाए, अपने विचारों पर नियंत्रण रखा जाए| सुख में अति उत्साह और दुख में अति दुखी न हों क्योंकि सुख और दुख भी इस जगत में स्थायी नहीं हैं|यहाँ सब कुछ बदलता है| संसार परिवर्तनशील है | अपने खुशी की चाबी अपने हाथ में रखें, किसी और को न दें | खुश रहना तो हमारी च्वाइस है| हमें सोचना है कि हमें खुशी कैसे मिलेगी| किसी ने कहा है सोच बदलें दुनिया बदलेगी| दुनिया बदले ना बदले पर इतना अवश्य है कि आप की सोच से आप बदल जाएंगे, आपके कर्म बदल जाएंगे, खुश होकर काम करें तो परिणाम बदल जाएंगे| अपने आप को खुश रखने की क्षमता सिर्फ आप में है किसी और में नहीं | कोई भी व्यक्ति,वस्तु, स्थान,परिस्थिति,घटनाएं तो सिर्फ आपकी खुशी में क्षणिक सहयोगी है| यदि आप चाहेंगे तो सहयोग मिलेगा वरना नहीं|अर्थात अपनी खुशी के जिम्मेदार आप हैं दूसरा कोई नहीं| बेवजह खुश रहना सीखें तो खुश रहने की आदत पड़ जाएगी| शायद यही खुशी का राज है|

इस कहानी के माध्यम से खुशी के हर पहलुओं को समझाने की मैंने कोशिश की है| इस कहानी की नायिका "खुशी" है जो जीवन भर खुशी की तलाश करती है | बचपन से ही उसे घोर कष्टों का सामना करना पड़ता, उसके जीवन में संघर्ष ही संघर्ष है, निराशा ही निराशा है| वह फिर भी हार नहीं मानती| वह हमेशा प्रयत्नशील रहती है इस उम्मीद से कि उसे खुशी मिलेगी पर उसे खुशी नहीं मिलती| जब वह खुश होकर खुशी की तलाश करने लगी तो उसे खुशी भी मिलने लगी और "आनंद" भी| शायद यही हर एक के जीवन की सच्चाई है| यदि इस कहानी को पढ़कर आपको जरा भी खुशी मिली तो मैं समझूँगा कि मेरा प्रयास सफल रहा क्योंकि ऐसी कहानी लिखने में मुझे "खुशी" मिलती है | अब आप खुद निर्णय करें कि आपको कैसे खुशी मिलती है| मुझसे पत्र व्यवहार का पता rps1959@gamil.com Mobile No 7000153809

भूमिका

राम प्रताप सिंह भारतीय सेना, मैकनाइज्ड इनफेन्ट्री रेजीमेंट व सीमा सुरक्षा बल में एक सैन्य अधिकारी थे | उन्हे सैन्य सेवा का 36 वर्षों का अनुभव है| उन्होंने A(English),LLM, PGDHR (Post Graduate Diploma in Human Rights), DLL&LW (Diploma in Labour Laws and Labour Welfare),Diplomaa in Cyber Laws, MDBA(Master Diploma in Business Administration)में मास्टर्स डिग्री व डिप्लोमा हासिल किया है | सैन्य सेवा से मुक्त होने के बाद उन्होंने वकालत का पेशा भी अपनाया | अब वह अपना पूरा समय पठन-पाठन व लेखन में देते हैं| "खुशी" हिन्दी भाषा मे लिखा गया उनका 23 वां उपन्यास है |

अपने जीवन के अनुभव से मैंने जाना कि यदि किसी काम को खुश होकर किया जाए तो उसका परिणाम क्या होता है| सेना में प्रशिक्षण काल बहुत ही कठोर और अनुशासित होता है जिसकी कल्पना सेना के बाहर रहकर महसूस नहीं किया जा सकता| कुछ ऐसा ही मेरे साथ हुआ| मैं सेना में जाने के लिए मानसिक रूप से बहुत उत्साहित था| तीन प्रयासों के बाद मुझे कामयाबी मिली | सेना में प्रवेश मिल गया ,प्रशिक्षण शुरू हो गया, प्रशिक्षण मेरी कल्पना से भी ज्यादा कठोर था| खैर अब तो पीछे मुड़कर जाने का सवाल ही नहीं था क्योंकि कठिन प्रयास के बाद सेना की नौकरी मिली थी | प्रशिक्षण के दौरान सुबह 4 बजे से रात 9 बजे तक भारी भारी फौजी बूटों के साथ दौड़ते ही रहना पड़ता था| इतना दौड़ने की आदत नहीं थी, पैर सूज गया | पैरों में इतना दर्द होने लगा कि दो सप्ताह तक लंगड़ा कर दौड़ना पड़ा| हॉस्पीटल जाने में भी डर लगता था कि कहीं अपने साथियों से पीछे न हो जाऊं| यह मेरी प्रतिष्ठा का भी सवाल था| मैंने निश्चय कर लिया कि अब चाहे जो भी हो पीछे नहीं हटूँगा और खुश होकर प्रशिक्षण पूरा करूंगा | मैं अब प्रशिक्षण को चुनौती समझकर और खुश होकर करने लगा | पैरों की गरम पानी से सिकाई की और मलहम लगाया |उसी दिन से मेरा दर्द गायब होने लगा| अब मैं

40 रंगरूटस की प्लाटून में दौड़ में सबसे पहले या दूसरे स्थान पर आने लगा| मेरे साथी भी मेरे उत्साह को देखकर आश्चर्यचकित थे| यह सब मेरी सोच का परिणाम था जो मैं खुशी खुशी कर रहा था | वही प्रेरणा, वही खुशी आज तक कायम है और उसी का परिणाम है कि पिछले 22 महीनों में मैंने 23 उपन्यास लिख डाले | याद रहे “सिर्फ काम करने से खुशी नहीं मिलती बल्कि खुश रहकर काम करने से सच्ची खुशी और कामयाबी मिलती है |”

पावती (स्वीकृति)

कशिश, मैं तहे दिल से तुम्हारा आभारी हूँ जो तुमने इस कहानी को लिखने में अपना महत्वपूर्ण योगदान दिया |

1

बचपन का हादसा

"इंसान का सबसे बेहतरीन दोस्त उसका स्वास्थ्य है, अगर उसका साथ छूट जाए तो वह हर रिश्ते के लिए बोझ बन जाता है|"

मुंबई, 6 दिसंबर 1992 : रात के 10 बजे का समय था, टेलीविजन पर अयोध्या में बाबरी मस्जिद के ढहाए जाने की खबर आ रही थी | अपार जन शैलाब उमड़ रहा था | लाखों की भीड़ थी |उस पूरे भीड़ में जोश और जुनून था | वहाँ मौजूद हर व्यक्ति नारे लगा रहा था 'जय श्रीराम',रामलला हम आयेंगे, मंदिर वहीं बनायेंगे' 'एक धक्का और दो..... जैसे गगनभेदी नारों से पूरा आकाश गूँज रहा था |

विजय सिंह अपने परिवार के साथ मुंबई के एक चाल के छोटे से कमरे में टेलीविजन पर आँखें गडाए बैठे थे| तभी किसी की जोर जोर से दरवाजा पीटने की आवाज सुनाई दी| विजय ने ज्यों ही दरवाजा खोला तो देखा पड़ोसन घबराई हुई खड़ी थी, वह कुछ बोल नहीं पा रही थी उसकी आँखें फटी हुई थी | विजय ने पूछा,

"क्या हुआ?"

"वो..वो.. खुशी .....|"

ऐसा कहते हुए उसने एक कोने की ओर इशारा किया | विजय दौड़ते हुए गए और देखा की उनकी तीन साल की बेटी खुशी बेहोश पड़ी है |उन्होंने खुशी को बाहों में उठा लिया | उन्हे समझते देर न लगी की खुशी ने बिजली के नंगे तार को पकड़ लिया था | कुछ देर पहले ही

इलेक्ट्रीशियन रिपेयर के काम में लगा था और सामान लेने नीचे गया था तभी खुशी खेलते हुए आई और बिजली के नंगे तारों से खेलने लगी |

खुशी पूरी तरह बेहोश थी |उसके हाथ, पैर और पूरा शरीर लुंजपुंज हो गया था | विजय खुशी को लेकर टैक्सी की ओर दौड़े | उनके पीछे खुशी की दादी और माँ भी दौडीं | खुशी को माँ ने गोद में ले लिया लिया| उसका आँचल आंसुओं से भीगा जा रहा था| दादी उसको ढाढस बंधा रही थी |

विजय ने आनन फानन में टैक्सी निकाली, और टैक्सी स्टार्ट कर अस्पताल के लिए निकल पड़े | रात के करीब 11 बजे का समय था | मुंबई तो वैसे 24 घंटे जागती रहती है पर आज सब कुछ बदला हुआ सा नजर आ रहा था | सड़क पर आते ही उन्होंने देखा कि चारों ओर सन्नाटा छाया हुआ है | सभी दुकानें बंद है | सडक पर कोई वाहन दौड़ता हुआ नहीं दिखाई दे रहा था |गली में जगह जगह पर कुत्तों का जमघट था | आज वो पूरी आजादी से घूम रहे थे | जैसे ही उन्होंने इकलौती टैक्सी को अपनी ओर आते हुए देखा तो दौड़ते हुए उसका पीछा किया | विजय ने टैक्सी की स्पीड बढ़ा दी ,कुत्ते भूँकते रह गए |

अब उनकी टैक्सी घनी बस्ती के बीच से गुजरने वाली थी तभी उन्होंने देखा कि दूर शोरगुल सुनाई दे रहा है | उन्हें आशंका हो गई कि जरूर कुछ गड़बड़ है | दो सौ मीटर की दूरी पर रोड के किनारे कई गाड़ियां धू धू कर जल रही थी |कुछ लोग हाथो में मशाल लिए उनकी तरफ ही बढे चले आ रहे थे और साथ ही 'अल्ला हो अकबर' के नारे लगा रहे थे | विजय ने तुरंत टैक्सी की दिशा मोड़ दी| अब उन्हें पूरा एहसास हो गया था कि मुम्बई में दंगे भड़क गए हैं | भीड़ ने टैक्सी का पीछा किया | किसी ने जलती हुई मशाल टैक्सी की ओर फेंका | इससे पहले कि मशाल टैक्सी के ऊपर गिरती, विजय ने टैक्सी की स्पीड बढ़ा दी | टैक्सी अब दंगाइयों की पहुँच से बाहर थी |

विजय भीड़ भाड़ से बचने के लिए दूसरा रास्ता अपनाया पर कुछ दूरी तय करने के बाद देखा कि पुलिस के सशस्त्र जवानों की टोली एक चेक पोस्ट पर खडी है | विजय ने मन ही मन अपनी कुलदेवी का स्मरण किया और उनसे प्रार्थना करते हुए कहा,"माँ मेरी बच्ची की रक्षा करना ,तुम ही मुझे आज इस मुशीबत से बचा सकती हो!"

चेक पोस्ट पर पहुँचते ही उन्हें टैक्सी रोक देनी पडी | हवलदार ने विजय को टैक्सी से बाहर आने का इशारा किया | वो ज्यों ही टैक्सी से उतर कर नीचे आये, उन्हें नजदीक ही खड़े पुलिस अधिकारी के पास ले गया | अधिकारी ने विजय से कड़कदार आवाज में पूछा,

"क्या तुम्हे पता नहीं है कि इस इलाके में कर्फ्यू लगा हुआ है?"

"सर, मेरी बिटिया को बिजली का करंट लगा है ,वह पूरी तरह बेहोश है, अगर मैं उसे जल्दी हॉस्पिटल नहीं ले गया तो उसका बचना मुश्किल है",विजय ने अधिकारी से हाथ जोड़ कर विनती करते हुए कहा |

पुलिस अधिकारी का गुस्सा ठंडा पड़ गया| उसने टैक्सी के अन्दर झाँक कर देखा और विजय को आगे जाने का इशारा किया| विजय बड़ी कृतज्ञतापूर्ण नजरों से अधिकारी को देखते हुए कहा,

"साहब, आपका बहुत बहुत धन्यवाद, मुझे उम्मीद है मेरी बिटिया अब बच जायेगी"।

"ठीक है, तुम जल्दी निकलो, संभल कर जाना ,कहीं दूसरी मुशीबत में न फंस जाओ, पूरे शहर में दंगे हो रहे हैं"।

विजय ने गहरी सांस ली और टैक्सी की स्पीड बढ़ा दी |वो जल्दी से जल्दी मुम्बई के केम हॉस्पिटल (King Edward Memorial Hospital) पहुंचना चाहते थे | भयंदर से मुम्बई का के एम हॉस्पिटल तकरीबन 40 किलोमीटर की दूरी पर है | घर से निकले हुए एक घंटे से ज्यादा वक्त बीत गया था और अभी भी हॉस्पिटल दूर था | खुशी को अब भी होश नहीं आया था | मुशीबतें पीछा नहीं छोड़ रही थी | टैक्सी का पिछला पहिया पंक्चर हो गया | दंगाईयों की आवाज अभी भी सुनाई दे रही थी |विजय ने आनन फानन में पहिया बदला और आगे बढे | हॉस्पिटल पहुँचते पहुँचते रात के एक बज चुके थे |

रात का वक्त था, केम हॉस्पिटल सूनसान पडा था| अस्पताल के बाहर कुत्ते पहरा दे रहे थे| उन्होंने भूँकना शुरू कर दिया | उन्हे अनदेखा कर विजय अस्पताल की ओर बढ़ गए | ड्यूटी नर्स अपनी चेयर पर मौजूद थी| उसने विजय से पूछा, "इस बच्ची को क्या हुआ है?"

"मैडम, इसे बिजली का करेंट लग गया है ,यह दो घंटे से बेहोश है"।

नर्स ने तुरंत बच्ची को हॉस्पिटल में भरती कर लिया और ड्यूटी डॉक्टर से फोन पर संपर्क किया| डॉक्टर ने खुशी के सीने में स्टेथिस्कोप लगा कर उसकी साँसों की गति जानने की कोशिश की, पुतलियों को खोल कर देखा और हाथ पैरों को हिलाया डुलाया पर पूरे शरीर में कोई हरकत नहीं हो रही थी |हालांकि साँसें धीरे धीरे चल रही थी| डॉक्टर ने कहा,

"आप लोग बाहर बैठ कर इन्तजार कीजिये|"

सभी बाहर बैठ कर इन्तजार करने लगे | थोड़ी देर बाद दो डॉक्टर आ गए | खुशी की सोनोग्राफी की गयी, सी बी सी टी की गयी तो पता चला कि उसके ब्रेन की नस डैमेज हो गई थी| डॉक्टर ने विजय से कहा,

"बच्ची के सर का ऑपरेशन करना पड़ेगा, पर इसमें खतरा बहुत है|"

यह सुनते ही खुशी की दादी और माँ सक्ते में आ गई, विजय ने पूछा,"सर, क्या खतरा हो सकता है?"

डॉक्टर ने कहा, "बच्ची की याददास्त हमेशा के लिए जा सकती है, वो पागल हो सकती है, अंधी हो सकती है और उसकी जान भी जा सकती है, पूरी तरह कुछ नहीं कहा जा सकता,वह ठीक भी हो सकती है| यदि आप सहमति पत्र पर दस्तखत कर दें तभी हम बच्ची का ऑपरेशन कर पाएंगे|"

विजय ने अपनी माँ और पत्नी की ओर देखा| पत्नी की आँखों में आँसू थे वो आँचल से अपने आँसू पोंछने की कोशिश कर रही थी | तभी दादी ने कहा,

"हम अपने बिटिया क ऑपरेशन न करे देब|" ऐसा कहते हुए उन्होंने विजय की ओर देखा और पूछा,

"तू क चाहत हउबा बिटिया पागल हो जाए, आंधर हो जाय, मर जाय?" ऐसा कहकर वो रोने लगी और उनके सीने में जमा दर्द बरसाती नदी की बाढ़ की तरह आंसुओं में बह कर निकलने लगा | विजय ने उन्हे ढाढ़स बँधाते हुए कहा, "माँ, खतरा तो लेबै क पड़ी, नाहीं त बिटिया न बची |"

"ठीक है बेटा, जऊन मन करै तौन करा ।"

विजय ने डॉक्टर की ओर देखते हुए कहा,

"डॉक्टर साहब जो हो सकता है कीजिये पर मेरी बच्ची को बचा लीजिये"|

"ठीक है, आप सहमती पत्र पर दस्तखत करिए और बाहर बैठ कर इन्तजार कीजिये"|

विजय को इन्तजार करते हुए बहुत बेचैनी हो रही थी | वो बरामदे में ही चहलकदमी करने लगे| इंतजार करते करते चार घंटे बीत चुके थे ,बेचैनी बढ़ती जा रही थी,तभी डॉक्टर ने बाहर निकलते हुए कहा,

"बच्ची का ऑपरेशन सफल रहा,घबड़ाने की कोई बात नहीं है"|

विजय ने परमात्मा को धन्यवाद दिया | सुबह के पांच बज चुके थे |

****

ऑपरेशन के दौरान मेरे कान के पीछे की डैमेज नस को निकाल कर एक पाईप डाली गई | वो पाईप सर से लेकर गर्दन से होती हुई पेट तक डाली गई थी | ठीक उसी तरह जैसे कडक बिजली दुष्प्रभाव से घर को बचाने के लिए घर के ऊपर से लेकर नीचे तक जमीन खोदकर एक कॉपर की अर्थिंग तार डाली जाती है । एक सप्ताह बाद मुझे अस्पताल से छुट्टी दे दी गई |मेरी याददास्त चली गई थी | मैं खाना खाना भूल गई थी, कोई खाना खिलाता था तो उसे दांतों से काट लेती थी| धीरे धीरे मम्मी-पापा, दादी-दादा ने खाना सिखाया, दवाइयाँ चलती रही, सात महीने लग गए पूरी तरह ठीक होने में | परमात्मा का शुक्र है कि मैं पागल नहीं हुई, मेरी मौत नहीं हुई जैसा की डॉक्टर ने आशंका व्यक्त की थी । यह सब मेरे परिवार के लोगों की प्यार और देखभाल का नतीजा है |

यह एक ऐसी घटना थी जिस पर मेरा कोई जोर नहीं था | गलती तो उस इलेक्ट्रिशियन की थी जो बिजली के नंगे तारों को छोड़ कर वहाँ से दूर चला गया था | वह अगर थोड़ी सी बुद्धि और विवेक का इस्तेमाल किया होता तो मुझे उस छोटी सी उम्र में उस हादसे से न गुजरना पड़ता |इसे आप क्या कहेंगे ? मेरे नियति! हाँ, यह मेरी नियति ही थी जो मेरे लिए मौत का सामान लिए इंतजार कर रही थी | हर इंसान को जीवन में कुछ ऐसे हादसों से गुजरना पड़ता है जिसमें उसका कोई जोर नहीं होता | पर यह तो मेरे जीवन का पहला हादसा था | आने वाले समय में मुझे और भी भयानक हादसे से गुजरना पड़ा | जब ये हादसा हुआ तो मैं तीन

साल की थी, मुझे कुछ याद नहीं पर मेरी दादी ने मुझे बाद में यह सारा किस्सा सुनाया था |

****

मेरा परिवार उत्तरप्रदेश के नारायणपुर गाँव से सन 1983 में काम की तलाश में मुंबई आया था | वैसे तो भारत का सबसे प्राचीन शहर बनारस मेरे गाँव से 40 किलोमीटर की दूरी पर है पर वहाँ इतने रोजगार के साधन नहीं थे | यही वजह है की आस पास के इलाके के लोग बड़े शहरों में काम की तलाश में पलायान करते थे | मुंबई में काम तो मिल जाता है पर रहने की सबसे बड़ी समस्या है | मेरा परिवार सबसे पहले मुंबई सेंट्रल में ताड़देव इलाके के एक कमरे के मकान में किराये से रहने लगा | मेरे दादा ने इस मकान को बाद में खरीद लिया था| वो टैक्सी चलाते थे, उनकी खुद की टैक्सी थी| मेरे पापा ने भी अपने पिता से प्रेरित होकर पढ़ाई छोड़ दिया और टैक्सी चलाने निकल पड़े थे मुंबई के लिए |

मैं मुंबई में ही पैदा हुई थी, वहीं पली बढ़ी | जब मैं साढ़े तीन साल की थी तो मेरा एडमीशन भयंदर वेस्ट इलाके के 'सन साईन इंग्लिश हाई स्कूल' में किन्डर गार्टन में करा दिया गया | इस इलाके में ज्यादातर कामगार लोगों के परिवार रहते थे | आज से 30 वर्ष पहले ये इलाका आज की तरह विकसित नहीं था | वहाँ से मैंने सीनियर 'के जी' पास किया | यह स्कूल मेरे घर से 3 किलोमीटर दूर था | आटोरिक्शा से मैं 2 किलोमीटर की दूरी तय करके स्कूल जाती थी| माँ मुझे रोज साथ लेकर ऑटो से छोड़ने जाती थी और वापस लेकर आती थी | मैं रेलवे ट्रैक को पार कर एक किलोमीटर की दूरी पैदल चल कर स्कूल पहुँचती थी | यही शॉर्टकट रास्ता था| कई बार ऊबड़ खाबड़ रास्ते से पार करते हुए गिरी,उठी और फिर चलने लगी |यदि रेलवे ट्रैक पार न करती तो स्कूल की दूरी सात किलोमीटर की होती| छोटी उम्र में रेलवे ट्रैक को पार करके जाना और लगातार आती जाती रेलगाड़ियों से बचना खतरे से खाली नहीं था पर हालात ऐसे थे की दूसरा कोई उपाय नहीं था और धीरे धीरे इन हालातों से लड़ने की आदत बचपन से ही पड़ गई थी |

मुझे स्कूल जाने में खुशी होती थी क्योंकि मुझे स्कूल जाने के लिए चॉकलेट भी मिलते थे |चॉकलेट से मुझे ख्याल आया| एक दिन मुझे

स्कूल से घर ले जाने के लिए मेरे चाचा स्कूल पहुंचे| मैं चाचा से जिद कर बैठी और कहा, “चाचा, मुझे ‘डेयरी मिल्क’ की चॉकलेट चाहिए |” चाचा के जेब में पैसे नहीं थे | पर मेरी जिद को पूरा करने के लिए चाचा दुकानदार के पास गए और कहा, “भाई ये घड़ी गिरवी रख लो और ‘डेयरी मिल्क’ की चॉकलेट दे दो, ये बिटिया बहुत जिद कर रही है|” दुकानदार ने चॉकलेट दे दिया और घड़ी रख ली| वो मेरे जीवन की पहली जिद थी | मुझे याद नहीं की मैंने फिर कभी ऐसी जिद की है | बचपन की वो छोटी सी घटना आज भी मुझे याद है| चाचा ने जो सम्मान और प्यार मुझे दिया उसे मैं जीवन भर भुला नहीं सकी |

****

मैं जब साढ़े पाँच साल की हुई तो मेरा एडमीशन क्लास वन में ‘डिवाइन हिम हाई स्कूल’ में करा दिया गया| यह स्कूल घर से नजदीक था |अब कुछ राहत मिली| मैं पढ़ने में शुरू से होशियार थी, क्लास में फर्स्ट आती थी| स्कूल में आयोजित होने वाले नृत्य, गायन, खेलकूद और सभी सांस्कृतिक कार्यक्रम में भाग लेती थी| इसी वजह से क्लास टीचर मुझसे विशेष लगाव रखते थे | घर में भी बिना किसी के बोले मैं अपना होम वर्क करती थी | मैं ट्यूशन भी जाती थी | मुझे पढ़ना –लिखना अच्छा लगता था| मैंने इस स्कूल में आठवीं कक्षा तक अध्ययन किया |मेरे लिए यह स्कूल मेरी शिक्षा का आधारशिला थी | यहाँ बिताए हुए चार वर्ष मेरे जीवन के अविस्मरणीय क्षण हैं |

मैं बचपन में मोटी थी | इस वजह से मेरी क्लास के लड़के-लड़कियां मुझे ‘मोटी’ कहकर चिढ़ाते थे |कुछ को तो इस बात से भी ईर्ष्या थी कि मैं क्लास में हमेशा फर्स्ट डिवीजन से उत्तीर्ण होती थी और मुझसे मेरे शिक्षक प्यार भरा वर्ताव क्यों करते थे | मेरी हैंड राइटिंग भी बहुत अच्छी थी |मेरे शिक्षक ने मुझे हैंड राइटिंग प्रतियोगिता भाग लेने के लिए प्रोत्साहित किया | मैंने प्रतियोगिता में भाग लिया और प्रथम स्थान प्राप्त किया | मैं हिन्दी, इंग्लिश और मराठी तीनों ही भाषा बड़े मनोयोग से लिखती थी | मैं ईर्ष्या करने वाली लड़कियों से न ही कुछ कहती थी और न ही झगड़ा करती थी बल्कि मुझसे जो लड़के -लड़कियां किसी भी विषय में कुछ जानना चाहते थे वह उन्हे सहर्ष बताती थी |मैं हमेशा

होम वर्क पूरा करके रखती थी | इसी वजह से कक्षा में क्लास टीचर को मुझसे कोई शिकायत नहीं होती थी| परंतु मुझे अकेले रहने की आदत पड़ गई और मैं अपना मन पढ़ाई में ज्यादा लगाने लगी | शुरुआत में मुझे लोगों की बातों का बुरा जरूर लगता था पर धीरे धीरे मैंने उनकी बातों पर ध्यान देना बंद कर दिया और अपने काम में व्यस्त रहने लगी | इसका परिणाम यह हुआ की मेरा मन शांत रहने लगा और कार्य कुशलता बढ़ने लगी |

****

मैं जब दस वर्ष की हुई तब तक मेरी दो छोटी बहने जूही - रूही और एक छोटा भाई रुद्र भी पैदा हो चुका था | हम चारों भाई बहन, मम्मी-पापा एक कमरे के मकान में रहते थे और सभी भाई बहन आपस में खूब मस्ती करते थे | हिन्दी फिल्म 'दूर की आवाज' का ये गीत मैंने कई बार सुना था और फिल्म भी देखी थी |

हम भी अगर बच्चे होते नाम हमारा होता गबलू-बबलू
खाने को मिलते लड्डू और दुनिया कहती हैप्पी बर्थडे टू यू'

हर किसी को अपने बचपन के जन्म दिन की याद जरूर आती है , उस याद में उसकी मस्ती होती है , मुझे भी अपना बचपन याद आता है | शायद ही कोई होगा, जिसे अपना बचपन याद न आता हो। बचपन की अपनी मधुर यादों में माता-पिता, भाई-बहन, यार-दोस्त, स्कूल के दिन, दिन भर मौज मस्ती को कौन भूल सकता है।

छुटपन में धूल-गारे में खेलना, मिट्टी मुंह पर लगाना, मिट्टी खाना किसे नहीं याद है? और किसे यह याद नहीं है कि इसके बाद मां की प्यार भरी डांट-फटकार व रुंआसे होने पर मां का प्यार भरा स्पर्श! इन शैतानी भरी बातों से लबरेज है सारा बचपन। जिस किसी ने भी अपने बचपन में शरारत या नटखट नहीं की, उसने भी अपने बचपन को क्या खाक जीया होगा, क्योंकि 'बचपन का दूसरा नाम' नटखट ही होता है। शोर व उधम मचाते, चिल्लाते बच्चे सबको लुभाते हैं तथा हम सभी को भी अपने बचपन की सहसा याद हो आती है।

हम में से ज्यादा बच्चों के बचपन के आउटडोर इन खेलों में जो मानसिक व शारीरिक आनंद आता है, वो कम्प्यूटरजनित इनडोर खेलों

में कहां है ।ये देसी खेल अब तो आजकल के बच्चों के मनोरंजन से निहायत ही बाहर होते जा रहे हैं, क्योंकि वीडियो गेम, टीवी, कम्प्यूटर व मोबाइल ने इन खेलों की जगह ले ली है। आजकल के बच्चों को फटाफट खेल पसंद हैं। मैदान में खेलने से शारीरिक व मानसिक विकास होता है, जो अब नदारद-सा होता जा रहा है।

मुझे याद है कि हमने जब साईकिल सीखी तो ठीक इसी तरह कैची चलाकर सीखी, कई बार चोट लगी थी फिर भी साईकिल को सीखना बन्द नही किया । मुझे याद है अपने बचपन की वो घटना जब हम भाई बहन पिताजी के साथ साईकिल के डंडे पर बैठ कर घुमा करते थे। जब वे बाजार जाते थे हमको ले जाते थे , खूब आनन्द आता था। फिर जब साईकिल सिख लिया और कोई घर मे आता तो उसकी साईकिल लेकर भाग जाती थी जम कर साइकिल चलाती थी , इधर साईकिल बिना बताए ले कर जाने पर डांट भी कई बार मिली । जैसे ही पापा कहीं जाने के लिए निकलते थे , तो हम भाई बहन भी पापा के साथ जाने को मचल उठते थे , तब पापा भी लाड़ में आकर अपने लाड़ले-लाड़लियों को साइकल पर घुमा देते थे। थोड़े बड़े होने पर बच्चे साइकल सीखने का प्रयास अपने ही हमउम्र के दोस्तों के साथ करते रहे हैं। किराए की छोटी साईकिल ले आती थी , कैरियर को मेरे भाई बहन पकड़ते थे मैं उन्हे साइकिल अच्छे से पकड़ने को कहती और साइकल सीखने का प्रयास करती थी तथा साथ ही साथ कहती थी कि कैरियर को छोड़ना नहीं, नहीं तो मैं गिर जाऊँगी । लेकिन कैरियर पकड़े रखने वाले मेरे साथी साइकल की गति थोड़ी ज्यादा होने पर उसे छोड़ देते थे। इस प्रकार किशोरावस्था मैं थोड़ा गिरते-पड़ते व धूल झाड़कर उठ खड़े होते साइकल चलाना सीख गई थी । साइकल चलाने से एक्सरसाइज भी होती थी।

मेरी शिक्षा इंग्लिश माध्यम से हुई ।कक्षा 1 से 5 तक पहले बचपन में बच्चों की शिक्षा-दीक्षा पट्टी-पेम पर हुआ करती थी। वे पट्टी पर लिख-लिखकर याद करते व मिटाते थे। एक बार गलती होने पर मिटा व सुधारकर फिर से बच्चे को लिखना व पढ़ना सिखाया जाता था। मेरा मन पढ़ाई में खूब लगता था, साथ ही मस्ती और खेल मुझे पसन्द था । स्कूल में अध्यापक खूब कान खींचते थे| छड़ी से पिटाई होती थी लेकिन

कोई बच्चा स्कूल के कारण डिप्रेशन का शिकार नहीं होता था|

लेकिन लगता है कि अब खो गया है बचपन |आजकल के बच्चों का 'बचपन' और उनका भोलापन जल्दी बड़े हो जाने के चक्कर में कहीं खो-सा गया है। इसका कारण तेजी से बदलता समय व माता-पिता की अपेक्षाएं हैं। माता-पिता चाहते हैं कि बच्चा जल्दी-जल्दी सब कुछ सीख ले। माता-पिता की अपेक्षाओं-तले बच्चों का बचपन खत्म-सा होता जा रहा है। हर माता-पिता को अपने बच्चे को उसका बचपन स्वाभाविक रूप से जीने देना चाहिए।

हमे याद है कि जब घर या रिस्तेदार के यहाँ शादी पड़ती थी तो सोने के लिये गद्दे आते थे, फिर हम लोगो की धमाचौकड़ी शुरू हो जाती थी।बच्चों की तोतली व भोली भाषा सबको लुभाती है। बड़े भी इसकी ही अपेक्षा करते थे । रेलगाड़ी को 'लेलगाली' व गाड़ी को 'दाड़ी' या 'दाली' सुनकर किसका मन चहक नहीं उठता है? बड़े भी बच्चे के सुर में सुर मिलाकर तोतली भाषा में बात करके अपना मन बहलाते हैं। मेरे एक पड़ोसी दोस्त थे वे तुतला कर बोलते थे तो हम लोग उनका नाम गोपाल तोति रख दिया , अब वही उनकी पहचान बन गयी है।

बचपन में दादा-दादी हमें काफी किस्से-कहानियां सुनाया करते थे। आज़ादी की दस्तान, राम, कृष्ण, गौतम, बुद्ध, गांधी, शिवाजी, महाराणा प्रताप तथा भारतीय वीरों व वीरांगनाओं की कहानियां सुनते-सुनते बच्चों में संस्कारों का बीजारोपण हो जाया करता था। यह आजकल दुर्लभ होता जा रहा है, क्योंकि वर्तमान बुजुर्गों को टीवी व अन्य बातों के कारण समय ही नहीं है।

हम जब जरूरत से ज्यादा शैतानी-नादानी किया करते थे तो वे मां-बाप की मार व डांट-फटकार भी खाया करते थे। माता-पिता का प्रयास रहता है कि बच्चा शैतानी नहीं करे तथा पढ़ने-लिखने में ही अपना सारा समय व ध्यान लगाए। ऐसा सोचना अनुचित है। माता-पिता के व बाल-मनोविज्ञान में जमीं-आसमान का अंतर होता था। हम सब मोहल्ले के बच्चों को अपनी ही सोसायटी में खेलने-कूदते थे। हम अपनी हमउम्र बच्चों के साथ जो खेल-किलोल करते थे ।

जब कभी भी मुझे अपने बचपन की याद आती है तो कुछ बातों को याद करके मैं खुश हो जाती हूँ , तो कुछ बातों को लेकर रोने लगती हूँ । यादों के समंदर में डूबकर भावनाओं के अतिरेक में खो जाती हूँ । भाव-विभोर व भावुक होने पर कई बार मेरा मन भीग-सा जाता है। हर व्यक्ति का बचपन एक प्रेरणा भी है। बचपन में की गई गलतियां, नादानियां व शैतानियां बड़े होने पर जब याद आती हैं तो व्यक्ति सोचता है कि हां, हमने बचपन में ये-ये गलतियां की थीं व अब इसे नहीं दोहराएंगे ।

बचपन मे जो भी मिलता था हंसी खुशी खा लेते थे , उस समय खाने की ज्यादा वेरायटी नही थी , फिर हम स्वस्थ रहते थे ।खाने को सादी दाल रोटी होती थी लेकिन फिर भी किसी को खून की कमी नहीं होती थी जाने क्यों? हम सब 4 भाई बहन थे , हम में खूब नोंक झोंक होती थी लेकिन कुछ देर मे फिर एक होकर मस्ती करने लगते थे । भाई बहनों में खूब मार पिटाई होती थी लेकिन मनमुटाव नहीं होता था|

मुझे याद है कि बचपन में स्कूल जाते समय मुझे 50 पैसे मिलते थे , उस समय 50 पैसे की भी कीमत थी ,एक टॉफी या एक बिस्कुट मिल जाता था , स्कूल से लौटने पर शाम को बाजार जा कर अपने मनपसंद की चीज खा लेती थी। मेरे बचपन मे मंहगे खिलौने नही मिलते थे , जो भी मिलते थे मिट्टी के मिलते थे । इन मिट्टी के खिलौने से ही खेला करते थे ।

हम लोगो के बचपन मे माँ बाप की इज्जत बहुत थी , उस समय कोई ऐसी घटना भी नही होती थी कि माँ बाप को कोई घर से निकाल दे , उस समय वृद्ध लोगो के लिये आश्रम भी नही था।कभी कभी मस्ती में तितली पकड़ कर डोरी बांधकर उड़ाया करते थे , बहुत आनन्द आता था।

मेरा घर तो छोटा था लेकिन मैं अपने छोटे से घर में ही खुश थी और भाई बहनों के साथ खेलती थी| उस समय परिवार का बहुत महत्व होता था , पड़ोसी का महत्व होता था , हम लोगो के खेलने में कोई नही रोकता था , शोर होने पर भी किसी को कोई आपत्ति नही होती थी , सब शांत रहते थे तो घर भी शांत रहता था ।बचपन मे खो खो मेरा पसंदीदा खेल था|हम सब भाई बहन और सारे बच्चे गोट्टी खेला करते थे , मुझे आज भी याद है कि इस खेल को खेला कैसे जाता है ।

हम लोग इस खेल को स्कूल में खूब खेलते थे, उस समय हम लोगो के पास कॉपी , पेंसिल या चाक रहते थे ,हम लोग इसको कट्टम कुट्टम कहते थे ।इस खेल को हम लोग आईस पाईस बोलते है , ये काफी धमा चौकड़ी वाला खेल था।

मुझे एक घटना याद आ गई | बारिश का समय था | हम बारिश में भीग कर खूब खेला करते थे |बारिश की बूंदे जब हमारे चेहरे पर पड़ती थी तो हम नाच उठते थे |पानी में उठते बुलबुलों को देख कर उन्हे गिनने की कोशिश करते थे | पर भला पानी के बुलबुले क्या गिने जाते हैं ? हमें इसकी परवाह नहीं थी कि क्या हो सकता है या क्या नहीं | बस मन में आया तो गिनने लगे | बचपन इन्ही मस्ती से भरा होता था |

एक दिन मैं और मेरी छोटी बहन जूही बारिश में खेल रहे थे| मैंने दौड़ कर गटर पार कर लिया | जूही मुझे पकड़ने के लिए दौड़ रही थी | उसने जैसे ही गटर पार करने की कोशिश की तो उसका पैर फिसल गया और वो गटर में धड़ाम से गिर गई | वह कमर तक कीचड़ में धँसी हुई थी |गनीमत है गटर ज्यादा गहरा नहीं था पर उसे गटर में गिरा देख मैं घबरा गई और घर की ओर भागी |पापा घर के बाहर ही अपनी गाड़ी साफ कर रहे थे पर मैंने डर के मारे उनको भी नहीं बताया | इसी बीच एक दुकानदार ने जूही के गटर में गिरने की सूचना मेरे पापा को तुरंत दे दी | पापा नजदीक ही थे, उन्होंने उसे गटर से निकाला और पिटाई करते हुए घर ले आए|

जूही का कीचड़ से सना हुआ शरीर और पापा की पिटाई से उसके गालों पर बहते हुए आँसू मुझे आज भी याद हैं |वह डरी सहमी सी पापा के हाथों पिट रही थी और मैं उसे देखकर डर के मारे थर थर कांप रही थी, दादी के पीछे छुप गई थी और पापा की मार से बचने की मिन्नतें कर रही थी |हालांकि पापा ने मेरी पिटाई नहीं की पर उनका वो गुस्से से भरा चेहरा आज भी भूल नहीं पाती हूँ |

आज सोचती हूँ –इसमें जूही का क्या दोष था ? बचपन तो ऐसा ही होता है | जहां बचपन की मस्ती होती है; बेफिक्र हवा की तरह | बाद में तो सिर्फ बचपन की खट्टी मीठी यादें ही रह जाती हैं | उन्ही यादों में यह एक डरावनी याद है |यदि हर माता-पिता बच्चों के कोमल मन को समझें

तो बच्चों से बुरा वर्ताव कभी न करें| क्योंकि बचपन में किया गया यही वर्ताव बच्चों के मानस पटल पर जीवन भर के लिए अमिट छाप छोड़ जाता है | यह सोच कर मैं आज भी डरती हूँ की कहीं मुझसे कुछ गलती न हो जाए |यह अनजाना भय कई बार मुझे कुछ अच्छा करने से भी रोकता है |कुछ अच्छा करने से पहले कई बार सोचती हूँ | यह उस घटना का ही परिणाम है |

****

जब मैं दस साल की थी और पाँचवी पढ़ रही थी तो फिर बीमार रहने लगी| सर में दर्द रहने लगा, पूरा शरीर दर्द से दुखने लगा, हाथ,पैर काम नहीं कर रहे थे | मैं अक्सर दर्द के मारे बेहोश हो जाती थी | डॉक्टर को दिखाया तो पता चला की जो पाईप कान के पीछे डाली गई थी उसमें रुकावट पैदा हो गई थी| खून का प्रवाह ठीक से नहीं हो रहा था| डॉक्टर ने ऑपरेशन की सलाह दी और किंग एडवर्ड मेडिकल अस्पताल में मेरा दुबारा ऑपरेशन हो गया | ऑपरेशन तो सरकारी खर्चे में हो गया पर दवाईयां खुद खरीदनी पड़ती थी| मंहगी दवाईयां खरीदने के लिए पैसे नहीं होते थे | ऐसे वक्त पर मेरे चाचा मदद करते थे | किसी तरह वो मुशीबत के दिन चाचा के सहयोग से निकल गए | पर घर में आर्थिक तंगी तो बनी रहती थी | उसका कारण था परिवार का बड़ा होना और आय का कम होना |

परिवार में दादा-दादी, मम्मी-पापा ,और हम चार भाई बहन थे| कुल आठ लोगों का परिवार था | इसी खींचतान में मेरी दादी कहती थी पैसे कहाँ जाते हैं? उसे यह आभास नहीं होता था कि इतने बड़े परिवार का खर्च चलाने के लिए टैक्सी से होने वाली आय बहुत कम थी |

बुजुर्ग होने के नाते घर में दादी की ही चलती थी| उनका तानाशाही भरा रवैया होता था | उनका व्यवहार मेरी माँ के साथ दुर्भावनापूर्ण था | वो मेरे पिता को माँ के खिलाफ भड़काती थी| पिता काम के तनाव और आर्थिक तंगी की वजह से मेरी माँ के साथ भी दुर्व्यवहार कर बैठते थे | मुझे यह सब देखकर बहुत दुख लगता था| पर मैं एक बच्ची थी, असहाय थी, उन परिस्थितियों को बदलने की इच्छा तो थी पर क्षमता नहीं थी |मैं रोती थी और परमात्मा से प्रार्थना करती थी कि वो दादी को सद्बुद्धि

दे ताकि वो मेरी माँ के साथ प्यार भरा वर्ताव करे| एक अनजाना सा भय मेरे मन में समाता जा रहा था यह सोचकर कि क्या जब मैं बड़ी हो जाऊँगी तो मुझे भी यही प्रताड़ना झेलनी पड़ेगी जो माँ को झेलनी पड़ रही है|

मैं अपने भाई बहनों में बड़ी थी | मुझे इस बात का पूरा पूरा एहसास होने लगा था कि इस तंगी कारण बड़ा परिवार और सीमित आय थी पर मैं अपने माता-पिता को कैसे समझाती की अपना सीमित परिवार रखो ताकि सबका जीवन यापन सुचारु रूप से चल सके |यह तो इन्हें स्वविवेक से सोचना चाहिए था | बच्चे तो परमात्मा या प्रकृति द्वारा इंसान को दिया गया उपहार हैं और इन उपहारों को सुरक्षित और सहेज कर रखना तो माता-पिता की जिम्मेदारी है | अपनी क्षमता से ज्यादा यह उपहार लेना भी इंसान की गैर जिम्मेदारी है | इसी गैरजिम्मेदारी का नतीजा है कि ज्यादा बच्चों की परवरिश करना माता-पिता के लिए एक मुशीबत बन जाता है और बच्चे का लालन पालन भी सही तरीके से नहीं हो पाता| ऐसे बच्चे कुंठा का शिकार हो जाते हैं देखा जाए तो इंसान स्वयं अपनी मुशीबतों का जिम्मेदार होता है |

कुछ दिनों बाद मेरे फूफा,फुआ अपने बच्चों को लेकर हमारे साथ ही एक कमरे के मकान में रहने के लिए मुंबई आ गए | वो काम की तलाश में मुंबई आए थे | अब हम 8 की जगह एक ही कमरे में 12 लोग रहने लगे | मेरी माँ के ऊपर 12 लोगों के खाना बनाने की जिम्मेदारी थी | वह अकेले ही दिन रात इसी काम में लगी रहती थी | रात को जब सभी खाना खा लेते थे उसके बाद ही वो खाना खाती थी,बर्तन धोती थी, किचन की सफाई करती थी और रात 11 बजे एक छोटे से किचन में किसी तरह सिकुड़ कर सो जाती थी;ठीक वैसे ही जैसे ट्रेन के जनरल कम्पार्टमेंट में लोग सीटों के बीच गलियारे या रास्ते में सिकुड़ कर सो जाते हैं| उसे रात भर मच्छर काटते रहते थे पर वो घर की बहू या यूं कहें गृह लक्ष्मी थी और चार बच्चों की माँ!वो उफ़ भी नहीं करती थी | सुबह 5 बजे फिर उठ जाती थी क्योंकि उसे सुबह का नास्ता बनाना पड़ता था और हम सभी भाई बहनों को स्कूल के लिए तैयार करना पड़ता था | पापा सुबह 7 बजे ही टैक्सी लेकर निकल जाते थे| माँ के काम में हम हाथ भी नहीं बंटा

सकते थे क्योंकि सुबह ही हमें स्कूल जाना पड़ता था |

अगर उस वक्त की परेशानियों को लिखने बैठूँ तो किताब के पन्ने कम पड़ जाएंगे| रात में किसी तरह दुबक कर एक दूसरे के साथ सो जाते थे पर सुबह होते ही 12 लोग टॉयलेट जाने के लिए अपनी अपनी पारी का इंतजार करते थे | यही जिंदगी थी मुंबई की हमारी| आर्थिक तंगी बढ़ती जा रही थी | फिर भी पापा ने गाँव से और भी रिश्तेदारों को मुंबई बुलाया, काम ढूँढने में उनकी मदद की पर उनकी खुद की हालत खस्ता होती गई | यही जिंदगी उन लोगों की भी होती थी जो अपने गावों को छोड़कर मुंबई काम की तलाश में आते थे | वो यहाँ की तंग और सड़ांध भरी गलियों से लगे हुए झोपड़पट्टी,चाल और एक कमरे के छोटे छोटे फ्लैट में रहने का आश्रय ढूंढते थे |कीड़े मकोड़े की तरह जिंदगी जीने को मजबूर थे | यहाँ रहने वाले ज्यादातर लोगों का जीवन इसी जद्दोजहद में बीत जाता है | सुबह से शाम हो जाती है और इसी भाग दौड़ में पूरी उम्र निकल जाती है| हमारी भी निकल रही थी |

पापा ने अंततः टैक्सी बेंच दी और सब्जी की दुकान चलाने लगे | फूफा ने छः महीने बाद एक टैक्सी खरीद ली और अलग घर में रहने लगे | दादा-दादी और मेरी छोटी बहन जूही गाँव चले गए| अब मेरे दो छोटे भाई बहन रुही , रुद्र और , माता-पिता और मैं ही घर में रह गए | सब्जी की दुकान में कोई विशेष आय नहीं हो रही थी , अतः चंद महीनों बाद ही दुकान बंद कर देनी पड़ी | आर्थिक तंगी की वजह से एक कमरे का फ्लैट भी बेंच देना पड़ा|

2

स्वार्थी रिश्तेदार

"स्वार्थ से रिश्ते बनाने की कितनी भी कोशिश करो रिश्ते बनेंगे नहीं। और प्यार से बने रिश्ते तोड़ने की कितनी भी कोशिश करो रिश्ते टूटेंगे नहीं|"

चूंकि काम धंधा बंद हो गया था और घर बिक गया था ऐसी हालत में पापा हम सभी को गाँव ले जाना चाहते थे पर मैं मुंबई से गाँव वापस नहीं जाना चाहती थी क्योंकि गाँव का वातावरण मुझे अच्छा नहीं लगता था| मैं मुंबई में पैदा हुई थी और इंग्लिश मीडियम में शुरू से पढ़ रही थी| मुझे लगता था यदि गाँव चली गई तो हिन्दी मीडियम में पढ़ना पड़ेगा |ऐसा नहीं है कि हिन्दी भाषा मुझे आती नहीं थी पर गाँव के स्कूल में नए सिरे से सभी विषयों को हिन्दी माध्यम से पढ़ना होगा यह सोच कर असहज महसूस हो रहा था | मैं जब छुट्टियों में अपने गाँव जाती थी तो मैंने देखा था कि गाँव के स्कूलों की पढ़ाई अच्छी नहीं थी| यह मैं गाँव के बच्चों के पढ़ाई के स्तर को देखकर समझ गई थी| यही सोचकर मैंने मुंबई में ही रहने की जिद की |इसके अलावा मेरा सपना था कि मैं मुंबई में रहकर ही पढ़ूँ और इस लायक बनूँ कि अपने माता-पिता को वो घर वापस दिला सकूँ जो उन्होंने बेंच दिया था | अंततः मेरे माता-पिता मेरी बात मान गए और मुझे फुआ के संरक्षण में मुंबई में छोड़ कर सभी गाँव चले गए|

अब मैं 11 साल की हो चुकी थी और छठवीं कक्षा में पढ़ रही थी | फुआ और फूफा के सरंक्षण में जिन्दगी की शुरुआत हो चुकी थी |यह भी

मेरे जीवन की प्रताड़ना और परीक्षा का दूसरा अनुभव था | मेरी फुआ के दो बच्चे थे जिनकी उम्र क्रमशः 8 और 5 साल थी| मैं सुबह तैयार होकर 7 बजे स्कूल जाती थी, वहाँ से 1 बजे घर वापस आती थी| 2 बजे 3 किलोमीटर पैदल चल कर ट्यूशन पढने जाती थी,वहाँ से 5 बजे वापस आती थी| वापस आते ही घर में बर्तन धोना, कपडे धोना, झाड़ू लगाना, छोटे बच्चों को खाना खिलाना, फुआ और फूफा के हाथ पैर दबाना,उनकी तेल मालिश करना उनके बच्चों को ट्यूशन पढ़ाना मेरी जिम्मेदारी थी| मैं खुद भी रात 8 बजे से रात 10 बजे तक पढ़ती थी| यह सब करते करते रात के 11 बज जाते थे फिर निढाल होकर सो जाती थी | सुबह फिर 5 बजे से उठकर मशीन की तरह लग जाना पड़ता था | ग्यारह-बारह साल की उम्र में एक लडकी के लिए यह बहुत ही थका देने वाली दिनचर्या थी |

फुआ का देवर भी गाँव से कभी कभी मुम्बई आ जाता था | वह जब भी आता था तो मुझसे छेड़छाड़ करता था | मैं उस वक्त 12 या 13 साल की थी | एक दिन घर में मैं अकेली थी वह भी आया हुआ था |उसने मेरा हाथ पकड़ कर अपनी ओर खींचते हुए कहा,

"खुशी, तुम मुझसे बात क्यों नहीं करती हो ?"

मैंने अपना हाथ छुडाते हुए कहा, "क्या बातें करूं ?"

"अरे, नजदीक बैठो, कुछ प्यार की बातें करो|"

"आपसे क्या प्यार की बातें करूं, आप तो मेरे से बड़े हैं ; मेरे पिता की तरह हैं |"

"मैं तुमसे शादी करना चाहता हूँ|"

मेरे आश्चर्य का ठिकाना न रहा और गुस्सा भी आ रहा था | मैंने कहा,

" क्या आपको यह कहते हुए शर्म नहीं आती ? मेरी उम्र 13 साल है और आपकी 30; आप मेरे पिता की तरह हैं फिर भी मुझसे शादी करना चाहते हैं ! आप मुझे परेशान न करें वर्ना मैं फुआ को बता दूंगी|"

उस दिन तो वह थोड़ा डर गया पर उसकी आदत गई नहीं | जब भी मौका मिलता तो वह मुझे पकड़ने की कोशिश करता था | मैं हमेशा कोशिश करती थी कि घर में अकेले न रहूँ ताकि उसे छेड़छाड़ का मौका न मिले |फिर भी वह अपनी हरकतों से बाज नहीं आता था | मैं उसकी छेड़छाड़ से दुखी थी | उसके अन्दर वासना का भूत सवार था और मैं एक

डरी सहमी लडकी थी | उसे लगता था कि मैं उसके आगे आत्मसमर्पण कर दूंगी और उसके बहकावे में आकर अपने ऊपर मनमर्जी करने दूंगी | पर ऐसा नहीं हो सका | जब उसकी हरकतें असहनीय हो गई तो अंततः मैंने उसकी शिकायत अपनी फुआ से कर दी | गनीमत थी कि फुआ ने मुझ पर कोई लांछन नहीं लगाया बल्कि उसे ही खरी खोटी सुनाई | इस तरह मैं एक इंसान रूपी भेड़िये से बच गई|

मेरे फूफा का व्यवहार मेरे पिता के प्रति ठीक नहीं था | वो सिर्फ रिश्ते के लिहाज से मुझे अपने साथ रखने को सहमत हो गए थे |हालांकि उनका मन मेरे पापा के प्रति दुर्भावना से भरा हुआ था | वो मेरे पापा की शिकायत अकसर मेरी दादी से किया करते थे | उनको पापा से बहुत ईर्ष्या थी | आप इसे पर्सनाल्टी क्लैश भी कह सकते हैं| वो कहते थे “मैंने इसकी टैक्सी बिकवा दी है और अब घर भी बिकवा दूंगा, इसे रोड का भिखारी बना दूंगा |” और उन्होंने दादी के कान भरकर घर बेचने के लिए मना लिया | अंततः टैक्सी और घर दोनों बिक गए थे |

उनका व्यवहार मेरे प्रति भी ठीक नहीं था | मेरे अन्दर कुछ सीखने की, कुछ कर गुजरने की उद्दाम इच्छा थी | मैं उमंग और उत्साह से भरी हुई थी | मुझे अपना लक्ष्य दिखाई दे रहा था | मेरी कमजोरी सिर्फ इतनी थी कि मैं जरूरत से ज्यादा डरती थी और अन्याय को सहन करती थी | उन्हे मुझसे कोई हमदर्दी नहीं थी | उन्हे लगा की घर में काम करने के लिए एक नौकरानी मिल गई जिसे वो दो जून की रोटी देंगे और वो घर का सारा काम करेगी |वो बिना वजह ही मुझे डांटते रहते थे | हालांकि मैंने अपनी फुआ से स्पष्ट कहा था की यदि वो मुझे अपने साथ नहीं रखना चाहते तो मेरे पिता से कह दें, मैं यहाँ से चली जाऊँगी | पर मेरी फुआ कहती थी ऐसी कोई बात नहीं है |

फूफा और फुआ ने मेरे ऊपर कई बंधन लगाए थे ; जैसे कि मैं अपने किसी दोस्त के घर नहीं जा सकती थी, उन्हें अपने घर नहीं बुला सकती थी, किसी भी प्रतियोगिता, नृत्य, गायन, खेल कूद में भाग नहीं ले सकती थी | घर से बाहर घूमना फिरना, पिकनिक इत्यादि में जाना मना था | मैं घुट घुट कर अपने दिन बिता रही थी यह सोच कर कि यही मेरी नियति थी | सोचती थी यदि मेरे माता-पिता सक्षम होते तो शायद

ये दिन न देखने पड़ते | मेरी फुआ और फूफा ने मुझे अपने सरंक्षण में रखकर जो एहसान मेरे माता-पिता पर किया था उसकी मुझे भारी कीमत चुकानी पड़ रही थी | यही मेरे जीवन की किशोरावस्था थी, यही स्वप्नकाल था पर मुझ पर लगाए बंधनों के कारण मेरी प्रतिभा कुंठित हो रही थी, मैं घुट घुट कर जी रही थी जहां प्यार का सर्वथा अभाव था | यह दर्द वही बच्चा महसूस कर सकता है जिसके साथ दुर्व्यवहार हुआ हो |भारत जैसे देश में न जाने कितने बच्चे माता -पिता के उचित पालन-पोषण के अभाव में इसी तरह कुंठा का शिकार हो जाते हैं| वहीं अगर यूरोप का कोई देश होता तो ऐसे अत्याचारी अभिभावकों को जेल जाना पड़ता|

इसी बीच फुआ के उस वहसी देवर की शादी हो गई थी |अब देवर और देवरानी भी मुम्बई उसी घर में रहने के लिए आ गए | उसी एक कमरे के मकान में हम सात लोग रहने लगे | देवरानी का व्यवहार मेरे प्रति एक मालकिन और नौकरानी की तरह था | मुझ पर सभी हुक्म चलाते थे, खासकर देवरानी तो मुझे नौकरानी ही समझती थी | देवरानी परचून की दुकान से मेरे नाम पर उधारी में सामान लेती थी | मुझे अच्छी तरह याद है कि मेरे नाम पर लिए गए उधार सामान की कीमत चुकाने के लिए मुझे अपनी किताबें भी बेचनी पडी थी|

मैं जब छुट्टियों में घर जाती थी तो पापा खर्च के लिए कुछ रूपए देते थे | वह मैं अपने अटैची में रखती थी| देवरानी ने अटैची का ताला तोड़ कर वो रूपए भी निकाल लिए पर मैं डर के मारे उसकी शिकायत अपने माता-पिता से भी नहीं कर पाई |उस समय मोबाईल फोन की सुविधा भी नहीं थी| कहती तो किससे कहती? शिकायत का मतलब था अपने पैरों पर कुल्हाड़ी मारना क्योंकि शिकायत करते ही मुझे मुम्बई से गाँव के लिए रवाना कर दिया जाता और मेरी पढाई अधूरी रह जाती !

मेरी परेशानियों का अंत नहीं था| मैं 13 साल की हो चुकी थी | मुझे तीसरी बार परेशानी होने लगी | सर का पुराना दर्द उभरने लगा| चक्कर आते थे, आँख नहीं खुलती थी और नींद भी नहीं आती थी | के एम हॉस्पिटल में जांच किया गया तो डॉक्टर ने बताया कि मेरी ऊँचाई के अनुसार मेरे सर में कान के पीछे जो पाईप डाला गया था वो मेरी ऊँचाई

बढ़ने के कारण छोटा पड़ गया था | जब ऊँचाई बढ़ी तो दर्द बढ़ गया| तीसरी बार ऑपरेशन करना पड़ा| ठीक होने में 15 दिन लगे|

मैं 14 वर्ष की हो चुकी थी और आठवीं कक्षा में पढ़ रही थी| तभी एक घटना घट गयी | मेरी ही बिल्डिंग में दो लड़के थे | मैं हमेशा एकाकी और गुमशुम रहती थी | सिर्फ अपने काम से काम रखती थी | मुझे इतना समय ही नहीं मिलता था कि मैं कहीं ताक झाँक करूं या किसी लड़के या लडकी से दोस्ती करूं| मुझे इस घटना के बाद समझ में आया कि वो दोनों आवारा लड़के मेरे पीछे पड़े थे और मुझसे दोस्ती बढाने के लिए आपस में प्रतिस्पर्धा कर रहे थे | दिन का समय था, मैं घर में अकेली थी | तभी एक लड़का आया और खिड़की से मेरे घर में एक चिट्ठी फेंक कर चला गया | मैंने उस चिट्ठी को उठा लिया और पढने लगी| उसमें लिखा था- “खुशी, मैं तुमसे प्यार करता हूँ, तुमसे दोस्ती करना चाहता हूँ | तुम बात क्यों नहीं करती ? मैं तुमसे बात करना चाहता हूँ ...|” मै उस चिट्ठी को पढ़ कर डर गई और उसे जलाने की सोच ही रही थी तभी मेरी फुआ वहाँ आ गई | उन्होंने कड़कदार आवाज में पूछा,

“किसकी चिट्ठी है?”

मैंने घबराते हुए कहा, “फुआ, मुझे नहीं मालूम |”

फुआ ने मेरे गाल पर झन्नाटेदार थप्पड़ जड़ते हुए कहा,

“बेशर्म लड़की पढ़ने लिखने की बजाय इश्क लड़ा रही हो, हमका सब मालूम है, तू मोहल्ले के लड़कों से इश्क लड़ाती हो तभी तुझे चिट्ठी भेजते हैं|”

मेरी आँखों के आगे अन्धेरा सा छाने लगा था| थप्पड़ उसे कान के पास पड़ा था जहां ऑपरेशन हुआ था| मैं सर पकड़ कर जमीन पर बैठ गई | फुआ ने मेरे बालों को पकड़कर दीवाल पर दे मारा और फिर पूछा,

“सच सच बता, नहीं तो इसी वक्त घर से बाहर कर दूंगी, ये मुम्बई है तुझे लोग नोच खायेंगे और पता भी नहीं चलेगा |”

मेरा चेहरा आंसूओं से भीग गया | मैंने सफाई देने की कोशिश की पर फुआ ने मेरी एक न सुनी| मैंने हाथ जोड़कर गिडगिडाते हुए कहा, “फुआ,तुम्हारी कसम मैं उस लड़के को जानती तक नहीं|”

फुआ का गुस्सा शांत हो चुका था |मुझे बाद में पता चला कि दूसरे लड़के ने बुआ से मेरी झूठी शिकायत की थी | दूसरा लड़का उस लड़के का पीछा कर रहा था जिसने मेरे घर में चिट्ठी फेंकी थी | मैं उन दो लफंगे लड़कों की करतूतों की सजा भुगत रही थी | उस दिन से फुआ ने मुझसे बात करना बंद कर दिया| यह दूसरी सजा थी | अब मुझसे फुआ के बच्चों के अलावा कोई बात नहीं करता था | मैं अकेले ही घुटती रहती थी | फूफा तो पहले ही मुझसे खफा थे अब फुआ भी खफा हो गई थी | बेदर्द रिश्तेदारों के दिए दर्द मेरे सीने में काँटों की तरह चुभ रहे थे पर मैं खून का घूँट पीकर रह रही थी |जिंदगी की इतनी कड़वी सच्चाई थी जिसे मैं अपने माता-पिता को भी बता नहीं सकती थी | मेरे सामने मेरी पढाई का लक्ष्य था जो मुझे हर हालत में हासिल करना था| इसके लिए चाहे जो दर्द सहना पड़े मैं तैयार थी |

मुझे याद है मेरे पिता ने मेरे फुआ और फूफा को अपने घर में आश्रय दिया था, उन्हे काम ढूँढने और टैक्सी खरीदने में मदद की थी तब वे बड़े एहसानमंद दिखाई देते थे पर ज्यों ही उनकी आर्थिक स्थिति सुधरी उनका व्यवहार बदल गया |

मुझे हिन्दी कवि तुलसीदास जी का रामचरितमानस में लिखा गया दोहा याद आ रहा था | उन्होंने लिखा है-“सुर,नर,मुनि सब की यह रीति.. स्वारथ लागि करहिं सब प्रीती|” मानस में स्वार्थ शब्द पर विचार किया जाए तो हमें पता चलता है कि यह दो शब्दों से बना है जिसमें ‘स्व’ का अर्थ ‘अपना’ और अर्थ का मतलब ‘हित’ होता है। अर्थात स्वयं का हित ही स्वार्थ है। आज के आधुनिक युग में हम देखते हैं कि हर रिश्ते की बुनियाद स्वार्थ पर ही टिकी हुई है। संसार में सभी लोग किसी न किसी तरह स्वार्थी हैं। इसलिए तुलसी दास जी ने रामचरितमानस में यह लिखा था| इसका भावार्थ यह है कि देवता, मुनि व मनुष्य सबकी यह रीति है कि स्वार्थ के लिए ही सब प्रेम करते हैं। स्वार्थ का केवल एक ही लक्ष्य होता है किसी भी तरह से अपने हित को साधना। अपने लक्ष्य की पूर्ति करना। जब लक्ष्य पूरा हो जाता है तो इंसान दूसरे इंसान का साथ छोड़ देता है। आज कल इंसान हर रिश्ते में अपना स्वार्थ ही देखता है। स्वार्थ में लिप्त व्यक्ति स्वयं अपने में सीमित होता है। वह न केवल दूसरों

को दुख पहुंचाता है बल्कि स्वयं भी दूसरों की नजर में गिर कर अपने सम्मान को भी हानि पहुंचाता है। इसके विपरीत यदि व्यक्ति स्वार्थ की भावना त्याग कर लोगों की भलाई करता है तो उसे सुख व आनंद की प्राप्ति होती है।

बचपन में माँ मुझे एक कहानी सुनाती थी। माँ कहती थी कि मनुष्य बहुत स्वार्थी होता है। केवल स्वार्थ पूरा करने में ही लगा रहता है। कहानी यह थी कि एक बागान में एक विशाल आम का पेड़ था। वहाँ एक छोटा सा बालक खेलने जाता था। वह पेड़ पर चढ़ जाता और आम तोड़ कर खाता। पेड़ पर विश्राम करता। समय के साथ बालक बड़ा हो गया। उसने पेड़ के साथ खेलना छोड़ दिया। काफी दिनों बाद वह लड़का पेड़ के पास गया तो वह दुखी था। पेड़ ने कहा, 'आओ मेरे साथ खेलो'। तब, लड़के ने कहा कि मुझे खेलने के लिए खिलौने चाहिए पर मेरे पास पैसे नहीं हैं। पेड़ ने कहा, तुम मुझे काट लो ,लकड़ियों को बेच दो,तुम्हें तुम खिलौने मिल जाएंगे। लड़के ने खुशी-खुशी पेड़ काट डाला और लकड़ियाँ लेकर चला गया।

इस कहानी से पता चलता है कि आदमी कितना स्वार्थी होता है। जिस आम के पेड़ पर चढ़ कर वह खेला, उसका फल खाया, अंत में उसी पेड़ को काट डाला। इतना स्वार्थी कि पेड़ काटते समय उसे पेड़ पर जरा भी दया नहीं आई। स्वार्थ से दूर रहने के लिए ज्ञान व दूरदर्शीता होनी चाहिए। सेवा करने से न हमें आत्म संतोष मिलेगा बल्कि यश एवं प्रतिष्ठा भी मिलेगी।

इंसान का सबसे बड़ा शत्रु उसका स्वार्थ है। यदि वह अपने हृदय से स्वार्थ की भावना को छोड़ दे तो काफी हद तक दुनिया में बदलाव आ जाएगा। तब, न केवल समाज बल्कि सारी सृष्टि बेहतर हो जाएगी। नकारात्मक की जगह सकारात्मक भावना का विस्तार होगा। यदि देखा जाए तो स्वार्थ शब्द अपने आप में बुरा नहीं है। परंतु, स्वार्थी मनुष्य अपने प्रयोजन की सिद्धि के लिए अनेक बार दूसरों के हित को हानि पहुंचा कर अपना हित अनुचित साधनों से व अधर्म पूर्वक साधता है। अंत में यह कहा जा सकता है कि अपने स्वार्थ हित की आवश्यकता की चिंता न करते हुए परमार्थ प्रयोजन के लिए अधिक से अधिक प्रयास

करते रहना चाहिए।

3

चरित्रहनन

“जहां नारी का सम्मान नहीं होता उस समाज और पशु में कोई अंतर नहीं होता|”

मैं आठवीं कक्षा प्रथम श्रेणी से पास कर चुकी थी| यह सोच कर मैं बहुत खुश थी कि अब मैं नवमीं कक्षा में पढ़ूंगी पर मेरे सपनों पर पानी फिर गया | जिस बात को लेकर मैं डरी हुई थी वही हो गई | मेरी फुआ ने मेरे पापा से कह दिया कि ‘खुशी अब मुम्बई में नहीं पढ़ना चाहती, वो गाँव में पढ़ना चाहती है’| जबकि मैंने ऐसा कुछ नहीं कहा था | सच्चाई ये थी कि मेरे फुआ और फूफा मेरी जिम्मेदारी से बचना चाहते थे | पापा को अब सच्चाई बताने से कोई हल नहीं निकलने वाला था क्योंकि फुआ और फूफा मुझे गाँव वापस भेजने का मन बना चुके थे |वो मुझसे छुटकारा पाना चाहते थे | उन्हें कहीं न कहीं इस बात की आशंका थी कि मैं उन्हें बदनाम कर दूंगी |

एक जवान लडकी की जिम्मेदारी हमारे भारतीय समाज में सिर्फ माता पिता ही ले सकते हैं दूसरा कोई नहीं | उनकी नजरों में मैं बदनाम हो चुकी थी | मेरी फुआ ने मेरी बातों की बजाय उस लड़के की झूठी बातों पर पूरा विश्वास कर लिया था | भारतीय समाज में अगर किसी लडकी को बदनाम करना हो तो उसका चरित्रहनन कर दो | वो या तो आत्महत्या कर लेगी या घुट घुट कर जीने को मजबूर हो जायेगी | मेरा चरित्र हनन हो चुका था पर मैंने स्वाभिमान से जीना ज्यादा उचित

समझा और मैं मुम्बई छोड़कर अपने गाँव चली गई |

गाँव के हिन्दी मीडियम स्कूल में मेरा एडमीशन करा दिया गया | शुरुआत में तो मुझे हिन्दी मीडियम से पढ़ना अच्छा नहीं लगता था |धीरे धीरे मेरी रूचि हिन्दी पढने में भी बढ़ने लगी और मैं हर साल प्रथम श्रेणी से उत्तीर्ण होती रही | मैंने गाँव के स्कूल में चार साल पढाई की और 12 वीं कक्षा प्रथम श्रेणी से उत्तीर्ण की |

इन चार सालों में एक बदलाव आया | मेरी रूचि हिन्दी साहित्य की कविता और कहानियों में बढ़ने लगी | मैं सरिता, मुक्ता ,गृहलक्ष्मी, गृहशोभा और होममेकर जैसी पत्रिकाएं पढ़ती थी | इन पत्रिकाओं में घर की साज सज्जा,स्वास्थ्य, शिष्टाचार, रिश्ते, खानपान, बच्चों की देखभाल, लघु कथाएं और कवितायें होती थी | उन कविताओं को पढ़कर मेरे मन में भी कविता लिखने का विचार जाग उठा| ऐसी ही एक कविता थी- "ख्वाहिश नहीं मुझे" जिसे कथा शिल्पी मुन्सी प्रेमचंद जी ने लिखा था,इस कविता ने मुझे बहुत प्रभावित किया :

ख्वाहिश नहीं मुझे
मशहूर होने की,
आप मुझे पहचानते हो
बस इतना ही काफी है।
अच्छे ने अच्छा और
बुरे ने बुरा जाना मुझे,
जिसकी जितनी जरूरत थी
उसने उतना ही पहचाना मुझे!
जिन्दगी का फलसफा भी
कितना अजीब है,
शामें कटती नहीं और
साल गुजरते चले जा रहे हैं!
एक अजीब सी
'दौड़' है ये जिन्दगी,
जीत जाओ तो कई
अपने पीछे छूट जाते हैं और

खुशी

हार जाओ तो
अपने ही पीछे छोड़ जाते हैं!
बैठ जाता हूँ
मिट्टी पे अक्सर,
मुझे अपनी
औकात अच्छी लगती है।
मैंने समंदर से
सीखा है जीने का सलीका,
चुपचाप से बहना और
अपनी मौज में रहना।
ऐसा नहीं कि मुझमें
कोई ऐब नहीं है,
पर सच कहता हूँ
मुझमें कोई फरेब नहीं है।
जल जाते हैं मेरे अंदाज से
मेरे दुश्मन,
एक मुद्दत से मैंने
न तो मोहब्बत बदली
और न ही दोस्त बदले हैं।
एक घड़ी खरीदकर
हाथ में क्या बाँध ली,
वक्त पीछे ही
पड़ गया मेरे!
सोचा था घर बनाकर
बैठूँगा सुकून से,
पर घर की जरूरतों ने
मुसाफिर बना डाला मुझे!
सुकून की बात मत कर
ऐ गालिब,
बचपन वाला इतवार

अब नहीं आता!
जीवन की भागदौड़ में
क्यूँ वक्त के साथ रंगत खो जाती है ?
हँसती-खेलती जिन्दगी भी
आम हो जाती है!
एक सबेरा था
जब हँसकर उठते थे हम,
और आज कई बार बिना मुस्कुराए
ही शाम हो जाती है!
कितने दूर निकल गए
रिश्तों को निभाते-निभाते,
खुद को खो दिया हमने
अपनों को पाते-पाते।
लोग कहते हैं
हम मुस्कुराते बहुत हैं,
और हम थक गए
दर्द छुपाते-छुपाते!
खुश हूँ और सबको
खुश रखता हूँ,
लापरवाह हूँ ख़ुद के लिए
मगर सबकी परवाह करता हूँ |
मालूम है
कोई मोल नहीं है मेरा फिर भी
कुछ अनमोल लोगों से
रिश्ते रखता हूँ।

जिन्दगी अपनी रफ़्तार से गुजर रही थी पर दुर्भाग्य मेरा पीछा नहीं छोड़ रहे थे | तभी एक घटना घट गई| रात का समय था | गाँव में बिजली नहीं थी | मेरे मामा मेरी माँ को अपने गाँव ले जाने के लिए जीप से मेरे घर आये थे| हम सभी भाई बहन माँ को जीप तक छोड़ने के लिए घर से कुछ दूर तक गए| किसने क्या देखा हमें नहीं पता ,पर दुसरे दिन सुबह

तक पूरे गाँव में यह अफवाह जंगल में आग की तरह फ़ैल गई कि विजय सिंह की बड़ी लडकी खुशी किसी लड़के के साथ घर से भाग गई है| मैं ही बड़ी लडकी थी पर मैं तो घर में मौजूद थी ! इस अफवाह से मुझे और मेरे घर वालों को बहुत शर्मिन्दगी उठानी पडी पर मैं क्या कर सकती थी ? मैं सोच सोच कर डिप्रेसन में चली गई |शर्म के मारे घर से निकलना मुश्किल हो गया था | जितने मुंह उतनी बातें| किसी का मुंह तो पकड़ नहीं सकते थे|

बाद में पता चला कि यह अफवाह हमारे विरोधियों द्वारा फैलाई गई थी जो हमसे जमीन जायदाद के झगडे की वजह से ईर्ष्या करते थे | हालांकि कुछ दिनों बाद सच्चाई सामने आने के बाद मामला शांत हो गया था पर इस घटना की वजह से मैं 9 महीनों तक बीमार रही | मुझे नाहक ही शारीरिक और मानसिक वेदना से गुजरना पड़ा | मेरा मन और शरीर दोनों घायल हो चुके थे | लोगों की सोच पर बहुत क्षोभ और गुस्सा आता था पर मैं कर भी क्या सकती थी ? हर एक को अपनी सफाई नहीं दे सकती थी | एक लडकी की इज्जत ही सब कुछ होती है | यहां तो मेरी चरित्र हत्या दूसरी बार हो रही थी और वह भी अपने ही गाँव में और अपने ही लोगों द्वारा फैलाई गई अफवाह से | इसी दरमियान आशा और निराशा में झूलते हुए मैंने एक कविता लिखी:

वक्त गुजरता चला गया, हम बढ़ते चले गए |
न जाने ऐसा क्या हुआ,जो वो हमसे बिछड़ते चले गए|
उन्हें पाने की एक आस थी, साथ चलने का जुनून |
पर हमारी सारी ख्वाहिशों पर पानी फिरता चला गया |
एक सपना सजाया था, जहां सिर्फ प्यार का आशियाना था |
पर ये ख्वाब टूटा,और आशियाना उजड़ता चला गया |
हमारे इस आशियाने में ,खुशियों की गर्माहट थी |
न जाने क्या हुआ,खौफनाक मंजर बढ़ता चला गया |
ऐ वक्त तू कितना निर्दयी है, हम तुझसे बेखबर थे|
हमें लगा तू आएगा और खुशियाँ बरसाएगा |
हम खुशियाँ पाने की चाहत में इंतजार करते रहे |
और तू खुशी के बदले गम देकर चला गया|

जिंदगी सिर्फ फूलों की सेज नहीं, मुशीबत के कांटे भी हैं|
हमें तो सिर्फ कांटे मिले, वक्त काँटों पर ही गुजरता चला गया |

4

शादी की बलिवेदी

"ज़िन्दगी आप सभी के लिए हमेशा दर्द लेकर आएगी
यह आपकी जिम्मेदारी है आप उससे खुशी पैदा करें|"

इंटरमीडिएट की परीक्षा प्रथम श्रेणी से उत्तीर्ण करने के पश्चात मैं गाँव के महाविद्यालय में ही बी एस सी पढने लगी | पर मेरे माता-पिता को मेरी पढाई लिखाई की बजाय मेरी शादी की चिंता सताने लगी थी | उन्हें लगता था कि किसी तरह मेरी जल्द से जल्द शादी कर दी जाए ताकि उनकी सामाजिक जिम्मेदारी पूरी हो जाए | भारत के गाँव में रहने वाली गरीब घरों की लड़कियों का यही भविष्य होता है | उनके माता-पिता उनकी शादी करके अपनी जिम्मेदारी से जल्दी छुटकारा पाना चाहते हैं |

जहां चाह वहाँ राह | हमारे गाँव की एक रिश्तेदार महिला थी जो दुसरे गाँव में ब्याही थी | उसका एक पोता था | महिला को हम दोनों लडकियां पसंद आ गई | उसने अपने पोते और परिवार के लोगों को हमारे घर हमें पसंद करने के लिए भेजा | हम दोनों बहनों में मात्र 2 साल का अंतर था | जूही 17 साल की थी और मैं 19 साल की | मैं लम्बाई में जूही से छोटी थी, मेरे नाक नक्श सामान्य थे, मैं बोलती भी कम थी और अपने आप में ही रहती थी |मैं 9 महीने की चरित्र हत्या की बीमारी से हाल ही में उठी थी | मेरा चेहरा मुरझाया हुआ था और मेरी चाल ढाल में निराशा झलक रही थी | जबकि छोटी बहन जूही तेज तर्रार, लम्बाई में मुझसे बड़ी और

बातें करने में भी तेज थी| हम दोनों की पर्सनाल्टी और स्वभाव के बारे में लड़के को शायद अंदाजा हो गया था| आम रीति रिवाज के अनुसार हिन्दू परिवारों में सबसे पहले बड़ी बहन की शादी होनी चाहिए | पर यहाँ उलटा हो रहा था | लड़के ने मेरी बजाय मेरी छोटी बहन को पसंद कर लिया|

अब घर वालों के सामने संकट खडा हो गया था- बड़ी बेटी के पहले छोटी बेटी की शादी कैसे करें? अब मेरे लिए लड़का ढूंढा जाने लगा| मेरी दादी ने अपनी भतीजी को ये जिम्मेदारी सौंपी| मेरी दादी की सोच थी कि यदि मेरी शादी पहले नहीं हुई तो हो सकता है मैं घर से भाग जाऊं या आत्महत्या कर लूंगी | हीनभावना से ग्रसित हो जाऊँगी | कुछ दिनों बाद 'होनहार' लड़का मिल गया |मुझे किसी बहाने दूर एक रिश्तेदार के घर भेज दिया गया ताकि लड़का मुझे वहाँ आकर देखे और पसंद कर सके| मुझे यह नहीं बताया गया कि लड़का मुझे देखने आ रहा है |हालांकि लड़का आया और मुझे देखकर चला गया पर मुझे इसकी भनक भी नहीं लगी | मुझे इस बात की जानकारी बाद में दी गई | मैं जब घर वापस आई तो माँ ने मुझसे पूछा ,

"क्या तुम उस लड़के से मिली?"

"नहीं माँ, मुझे उससे मिलने नहीं दिया गया|"

यह सब एक सोची समझी चाल के अनुसार किया जा रहा था |मुझे घर से दूर रिश्तेदार के घर इसलिए भेजा गया था क्योंकि मेरी दादी नहीं चाहती थी कि लड़के को मेरे बारे में पता चले कि मुझे बचपन में बिजली का करेंट लगा था जिसकी वजह से अब तक मेरे सर का तीन बार ओपरेशन हो चुका था | अगर लड़का मेरे गाँव में मेरे घर मुझे देखने आता तो हो सकता है कोई न कोई उसे इस बारे में जरूर बता देता और वो शादी से इनकार कर सकता था|

मुझे जब पूरी सच्चाई का पता चला तो मैं बेचैन हो गई | मेरी अंतरात्मा यह बात स्वीकार नहीं कर पा रही थी कि मेरे होने वाले पति से मेरे सर के ओपरेशन की बात छुपाई जाए | मैंने किसी रिश्तेदार की मदद से लड़के का मोबाइल नंबर ले लिया और अपने घर वालों की गैर जानकारी में लड़के से फोन से संपर्क किया और कहा,

"क्या आप जानते हैं कि मेरे सर का तीन बार ओपरेशन हो चुका है?

"नहीं, मुझे किसी ने बताया नहीं | पर कोई बात नहीं , आपरेशन होने से शादी में कोई रुकावट नहीं है| मेरे भांजे का भी ऐसा आपरेशन हो चुका है और वो अभी ठीक है", उसकी बातें सुनकर मुझे तसल्ली हुई कि मैंने कुछ छुपाया नहीं है| उसने मुझसे पूछा,

"तुमने पी सी ओ से फोन क्यों किया था ? क्या तुम्हारे पास फोन नहीं है?"

"नहीं है|"

दूसरी बार वो जब मिलने आया तो हम एक दुकान पर मिले और उसने मुझे एक छोटा सा फोन गिफ्ट में दिया| अब मैं उस फोन से सीधे बात कर सकती थी | कई दिनों तक उससे बाते करने के बाद मुझे लगा कि वो कुछ 'टपोरी' टाईप का है , उसकी बातें करने का ढंग निचले स्तर का था |मुझे शंका हुई कि मुझसे कुछ बाते छुपाई जा रही हैं | मैं अन्दर ही अन्दर इस शादी से खुश नहीं थी और मैंने यह बात माँ को बताई थी | पर माँ भी कुछ न कर सकी क्योंकि दादी के आगे उसकी कुछ नहीं चलती थी | उसे भी दादी ने शुरू से ही दबा कर रखा था | ठीक वही तरीका अपनाते हुए दादी ने मुझे भी अकेले में बुलाकर चेतावनी दी थी,

"अगर तुमने शादी से इनकार किया तो तुम्हारे मम्मी-पापा का क्या हाल करूंगी, तुम देखोगी|"

दादी ने मुझे समझाते हुए कहा था कि यदि तुमने जुबान खोला तो गंभीर समस्या हो सकती है | तुम्हारी शादी टूट जायेगी और तुम्हारी शादी नहीं हुई तो तुम्हारे छोटे भाई बहनों की शादी में भी रुकावट आ सकती है | गाँव में बदनामी अलग से होगी| अपने परिवार की इज्जत अगर रखनी है तो चुपचाप शादी के लिए तैयार हो जाओ | फिर तो मना करने की मेरी हिम्मत नहीं रही | मैं दादी की बात से डर गई थी क्योंकि मुझे पता था कि मेरे घर में मेरी दादी का ही हुक्म चलता था| मेरे माता-पिता या चाचा भी दादी के सामने अपनी जुबान नहीं खोलते थे | दादी का आदेश अंतिम होता था |मैंने 'परिवार की इज्जत' के नाम पर अपनी जुबान बंद रखना उचित समझा | मैं इतनी सक्षम भी नहीं थी कि दादी की इच्छा के विरुद्ध आवाज उठा पाती | हालांकि मेरे पिता ने कहा था,

"बेटा, अगर तुम उस लड़के से शादी नहीं करना चाहती तो मैं शादी से इनकार कर दूंगा|"

मुझे अपने स्वर्गीय दादा की याद आ रही थी | वो मुझे बहुत प्यार करते थे, मेरी हर छोटी बड़ी जिद पूरी करते थे | मैं उनकी सबसे प्यारी पोती थी और अपने सभी भाई बहनों में बड़ी थी| पर दादी के सामने दादा की भी एक नहीं चलती थी |दादा विनम्र थे जबकि दादी की कड़वी ज़ुबान थी | इसी वजह से वह दादा की डांट फटकार सुनती रहती थी |वह कुंठा से ग्रसित हो गई थी | दादा के गुजर जाने के बाद दादी की दमित इच्छाएं उभर कर सामने आ गई थी और वह अपने दोनों बेटों और बहुओं पर अपना हुक्म चलाने लगी थी |उसका गुस्सा सातवें आसमान पर होता था | विशेषकर मेरे पिता और माता के प्रति उसका तानाशाही रवैया था | इसकी एक वजह और थी –बड़ी बहू और बड़ा बेटा होने के नाते मेरे माता-पिता उसकी आज्ञा का उल्लंघन नहीं करते थे |आज्ञाकारी होने की वजह से वह उन पर ज्यादा ही दबाव डालती थी | वहीं दूसरी ओर मेरे चाचा और चाची के प्रति उसका बहुत नरम रवैया था | वह हमेशा उनके ही पक्ष में बोलती थी |चाची तो उसकी कोई बात सुनती नहीं थी और चाचा को 'अति पुत्र मोह' में कुछ नहीं कह पाती थी | मुझे यह कभी समझ नहीं आया की माता-पिता अपने बच्चों से इतना भेदभाव क्यों करते हैं?

मेरे आपरेशन के बारे में गाँव की एक महिला ने यह अफवाह फैला दी थी कि मेरी शादी कोई नहीं करेगा क्योंकि मेरा तीन बार सर से लेकर पेट तक आपरेशन हो चुका है | अगर मेरी शादी हो भी गयी तो मैं कभी माँ नहीं बन पाऊँगी | मेरी दादी को यह बात चुभ गई थी | कि सच पूछा जाए तो दादी की जिद ने ही मुझे शादी के नरक में ढकेला था| उसे न तो रिश्तेदारों की नीयत का पता था और न ही मेरी भावनाओं की कद्र थी | वह अहंकार से ग्रसित एक तानाशाह की तरह व्यवहार कर रही थी|

दादी की धमकियों को ध्यान में रखकर मैंने चुप रहना ही बेहतर समझा| मैंने इस बात को परमात्मा की मर्जी मानकर उस पर ही छोड़ दिया| मैं वैसे भी बचपन से ही धार्मिक विचारों की थी | मेरा विश्वास है कि इंसान का सिर्फ कर्म करने पर जोर हो सकता है पर फल पर उसका कोई जोर नहीं होता| मेरी क्षमता के अनुसार मैंने जो बन पड़ता था वो

किया, अंततः यह सोच लिया कि जो होगा वो अच्छा ही होगा | मैंने अपने मन की वेदना अपनी डायरी में दर्ज कर दी:

कौन हूँ, कहाँ से आई हूँ मैं,
किसने मुझे भेजा,किसकी हूँ मैं,
जुबां खामोश है,यानी पराई हूँ मैं,
खोली जब आँखें तो इनको ही देखा,
पकड़कर उंगली इनकी चलना मैंने सीखा,
ये तो मेरे मम्मी पापा थे यही मैंने जाना,
मैं तो पराई अमानत हूँ,यही मैंने माना,
कोई आएगा, मुझे छीनकर ले जाएगा,
आत्मा और शरीर दोनो को जुदा कर जाएगा,
आहिस्ता आहिस्ता दो टुकड़ों में बंट जाऊँगी,
फिर भी सारे रिश्ते नाते निभाऊँगी,
करती हूँ बस एक ही दुआ रब से,
ढेर सारी खुशियां और प्यार मिले सबसे,
मैं हमेशा बनी रहूँ एक प्यारी सी बच्ची,
रब की नियामत और दिल की सच्ची|

****

मेरे मौन धारण को सभी ने मेरी शादी की सहमति समझ ली |वहीं दूसरी ओर लड़के ने मुझे बताया कि उसके घर वालों ने कहा है कि “लडकी एक बार देख लिया है तो छोडो मत|” उसे भी शादी करने की जल्दबाजी थी| उसकी आवारगी की वजह से कोई उसे लड़की देने को तैयार नहीं था| उसकी शादी की उम्र निकली जा रही थी, वो 38 साल का हो चुका था | शादी की तैयारियां शुरू हो गई, कार्ड बंटने लगे, घर की पुताई हो गई | इस शादी से सभी खुश थे सिर्फ मुझे छोड़कर !

नियत तिथि को बारात आई, मंगल गीत गाए गए , बैंड बाजे के साथ बारातियों का स्वागत किया गया और मेरी शादी हो गई | हिन्दू रीति के अनुसार मेरे पिता ने मेरा ‘कन्या दान’ कर दिया अर्थात मेरे गोत्र का दान कर दिया | मैंने पिता का गोत्र त्याग कर अपने पति का गोत्र अपना लिया| हालांकि अनजान लोग कन्यादान का अर्थ समझते हैं की कन्या

का दान | कन्या कोई व्यक्तिगत वस्तु नहीं है की पिता उसका दान कर दे | मैंने अपने आप को किस्मत के हवाले छोड़ दिया था क्योंकि जब इंसान की नहीं चलती तो वह अपने आप को परमात्मा के हवाले छोड़ देता है | मैंने भी छोड़ दिया था और जो भी रस्में हो रही थी उन्हे यह सोच कर पूरा कर रही थी कि 'जो भी होगा वह अच्छा ही होगा'|

मेरे पिता ने मेरी शादी में करीब 7 लाख रुपये खर्च किए थे और अपनी क्षमता के अनुसार दान दहेज दिया जिसमें नकद रुपये, फ्रिज,कूलर,अलमारी, पलंग, कलर टी वी, वाशिंग मशीन ,बर्तन कपड़े, सोने चांदी के गहने, चावल दाल इत्यादि शामिल थे | भारतीय शादियों में आम तौर पर यही होता है| माता-पिता को लगता है की बेटी को पूरी गृहस्थी का सामान दे दिया जाए | इसी वजह से वो बेटी के पैदा होते ही उसकी शादी ब्याह के लिए दहेज इकट्ठा करना शुरू कर देते हैं| यदि ऐसा करने की बजाय वो उसे शिक्षा और संस्कार देकर सक्षम बनाने के बारे में गंभीरता से प्रयास करें तो दहेज के लिए साजो सामान और धन इकट्ठा करने की जरूरत ही न पड़े |

सुबह विदाई का वक्त था | लाऊड स्पीकर पर एक हिन्दी फिल्म का गाना बजाया जा रहा था जिसके बोल थे – बाबुल की दुआएं लेती जा, जा तुझ को सुखी संसार मिले ,मइके की कभी न याद आये ससुराल में इतना प्यार मिले ......|सब की आँखों में आंसू थे, मैं अपने सभी परिवारजनों से लिपट लिपट कर रो रही थी | बड़ा अजीबोगरीब नजारा था | एक तरफ मेरा घर बसाने की तैयारी थी तो दूसरी ओर अपनों से बिछुड़ने का गम था | शायद यही शादी की सच्चाई है जहां खुशियाँ और गम दोनों ही कई गुना बढ़ जाते हैं | लोग पहले तो बहुत खुश होते हैं फिर जिन्दगी भर वैवाहिक जिन्दगी के झमेलों से जूझते रहते हैं, कभी हँसते हैं ,मुस्कुराते हैं ,कभी रोते हैं, जिंदगी की जद्दोजहद करते करते आपस में लड़ते झगड़ते सारा जीवन गुजार देते हैं |जीवन से खुशियां गायब हो जाती हैं पर परंपरा के नाम पर निभाए चले जाते हैं | यही भारतीय शादियों का हश्र होता है|

मैं सोचने लगी कि मर्द आखिर शादी क्यों करते हैं? उन्हें नारी शरीर को क़रीब से देखने की चाहत होती है जिससे वो अपनी यौन इच्छाओं को पूरा करते हैं | शादी के बाद ही इसकी सामाजिक स्वीकृति मिलती है

।दूसरा, पत्नी के बिना घर, घर नहीं लगता। पत्नी कामवाली से ज्यादा सस्ती और विभिन्न आवश्यकताओं की पूर्ति करने वाली विश्वासपात्र होती है।वह वृद्ध माता पिता की देखभाल के लिए बिना किसी छुट्टी के आसानी से उपलब्ध रहने वाली, संतान सुख देकर यथासंभव बच्चों की अच्छी परवरिश करने वाली होती है।

यह सत्य है कि शादी करने से सिर्फ़ मर्द को ही नहीं औरत को भी फ़ायदा होता है।औरत मर्द एक दूसरे के पूरक हैं, एक दूसरे की जरूरत हैं। एक के बिना दूसरे को अपने जीवन में अधूरापन, कहीं कुछ खाली सा महसूस होता है। यह ठीक है कि मनुष्य ख़ुद को विविध तरह के क्रियाकलापों में व्यस्त रख सकता है। लेकिन मानव मशीन नहीं है। उसे भी अपने सुख दुःख साझा करने के लिए कोई अति करीबी साथी चाहिए, जो उसके सुख दुख को अपना समझे। माता पिता के बाद ऐसा साथी हमेशा के लिए केवल जीवनसाथी ही होता है।

घर में पत्नी होने पर घर लौटने की चाहत होती है। एक मर्द अपने नौकरी वाले स्थान पर केवल इसलिए स्थाई रूप से रहकर मन लगाकर काम नहीं कर पाता क्योंकि वह अकेला महसूस करता है |उसे यह लगता है कि मैं ये सब आखिर किसके लिए कर रहा हूँ| लक्ष्यहीन होकर कार्य करना मनुष्य के वश की बात नहीं | हर कार्य के पीछे कोई न कोई उद्देश्य होना चाहिए | जब उसे एहसास होता है कि उसके पीछे कोई है जिसकी जिम्मेदारी उसके कंधे पर है तो वह कठिन से कठिन कार्य को भी मन लगा कर करने लग जाता है|

इसी तरह कुछ मर्द में पिता बनने की तमन्ना होती है। पिता बने बिना उन्हें हर खुशी फीकी लगती है। जब वे पिता बनते हैं, मानो उनके जीवन में एक बार फिर से बहार आ जाती है। उनके लिए अपनी संतान की खुशी के लिए कुछ करना मानो जीवन का लक्ष्य बन जाता है। एक पुरुष अपने मन की बात कहता है,"जब मेरा छोटा बच्चा मुझसे कुछ मांगता है तो उसे पूरा करते हुए दिल खुशियों से भर जाता है, सुकून का अनुभव होता है।"

ये खुशियां, संतुष्टि एक औरत मर्द को शादी के बाद ही मिल पाती हैं।शादी के बाद व्यक्ति की शारीरिक, मानसिक और भावनात्मक

आवश्यकताओं की पूर्ति सहज, सरल रूप में सर्वमान्य तरीके से हो पाती हैं। विवाहित मर्दों की तुलना में अविवाहित मर्दों पर विश्वास कम किया जाता है ।विवाहित मर्द को अविवाहित मर्द की तुलना में किराए पर घर अधिक आसानी से मिलता है। आज भी लोग अविवाहित मर्दों को अपना मकान किराए में देने से हिचकिचाते हैं, उसकी नीयत पर सवाल खड़े करते हैं| एक तरह से शादीसुदा होना अच्छे चरित्र का प्रमाणपत्र होता है| हालांकि यह पूरी तरह सत्य नहीं है |लोग शादीसुदा होकर भी व्याभिचारी बन जाते हैं | शादी के बाद बच्चे माता-पिता को पूर्णता का एहसास दिलाते हैं। इसलिए शादी की जाती है। गृहस्थ आश्रम का सुख, अपने कर्तव्य और दायित्वों की पूर्ति शादी के बाद ही संभव हो पाती है।

5

ससुराल या नरक

"एक बेहतरीन जिंदगी जीने के लिए यह स्वीकार करना भी जरुरी है कि सब कुछ सबको नहीं मिल सकता|"

इसी उधेड़बुन में खोयी हुई मैं मायके से विदा होकर ससुराल आ गई |मेरी ससुराल उत्तरप्रदेश के सुल्तानपुर जिले के एक गाँव में थी| ससुराल का घर दो कमरों का कच्चा छोटा सा मकान था| कमरे भी छोटे और बिना खिड़की के थे | छप्पर के नीचे मिट्टी का पटाव था और उस पटाव से मिट्टी कमरे में झर झर कर गिरती रहती थी | घर के सामने एक बरामदा था, वहीं मेरे सास ससुर की चारपाई लगी हुई थी | मुझे एक कमरा दिया गया था और दूसरे कमरे में मेरे जेठ-जेठानी और उनके तीन बच्चे रहते थे | घर में मुझे शामिल करते हुए दो कमरों के मकान में 9 लोग रहते थे | घर की हालत इतनी जर्जर थी की मैं पूरे दिन सुबह से रात तक घर की साफ सफाई और काम में ही लगी रहती थी | मेरी जेठानी और सास मेरे किसी काम में मदद नहीं करती थी |उनको लगता था की छोटी बहू की ही जिम्मेदारी है पूरे घर का काम करने की |

शादी के पहले मुझे बताया गया था की मेरा पति ग्रेजुएट है, उसके मुंबई में दो फ्लैट हैं, एक फ्लैट में रहता है और दूसरे फ्लैट को किराये से दे रखा है | पर ऐसा कुछ नहीं था | वो मुंबई की एक चाल में किराये से रहता था, किराये की टैक्सी चलाता था और आठवीं फेल था | मेरी 19 वर्ष की उम्र में शादी हुई थी और उसकी उम्र 38 वर्ष थी | यह पूरी

तरह बेमेल विवाह था | मेरे साथ धोखा किया गया था| यह जानकार मुझे बहुत आघात लगा | मेरे सपने तास के पत्ते की तरह बिखर गए | मुझे ऐसा लगा की काश धरती फट जाती और मैं उसमें समा जाती!

मुझे सोच सोच कर दादी की उस भतीजी पर बहुत गुस्सा आ रहा था जिसने मेरी शादी में बिचौलिये का काम किया था | मुझे बाद में पता चला की उस भतीजी ने लड़के वालों से कुछ रुपये कर्ज लिया था| उसने अपना कर्ज माफ करवाने के एवज में मेरी शादी उस लड़के से करा दी जिसकी शादी नहीं हो रही थी| उसकी शादी में उसकी उम्र और उसकी गरीबी आड़े आ रही थी | उन्होंने झूठ का सहारा लिया और मुझे अपने जाल में फंसा लिया| मुझे शादी की बलिवेदी पर चढ़ा दिया | मेरी शादी उस जाहिल और गंवार से करा दी | इस तरह मेरे अरमानों का गला घोंट कर मेरी तकदीर लिख दी गई | मेरा पति किसी भी सूरत में मेरे लायक नहीं था | मेरे इस बेमेल विवाह के लिए मेरी दादी भी उतनी ही जिम्मेदार थी जितनी उसकी वो चालबाज भतीजी |

मुझे यह जानकर बहुत दुख लगा| पर अब मैं कुछ नहीं कर सकती थी| मुझे अपने मायके के अच्छे दिन याद आने लगे .... | मैं चाय बनाती थी और घर के सभी लोग इकट्ठा होकर हंसी मजाक करते थी और चाय पीते थे| उसी दरमियान मेरे घर के सामने से रोज एक कुल्फी वाला कुल्फी बेंचने निकलता था| मैं उसको खाने के लिए गुड़ और एक गिलास पानी देती थी| वह इसकी एवज में मेरे छोटे भाई बहनों को कुल्फी देता था इससे मैं बहुत खुश होती थी और वह भी बहुत खुश होता था और खुश होकर मुझे आशीर्वाद देता था| मेरी दादी मेरे इस व्यवहार से नाराज होती थी | उसे लगता था की हम लोग रघुकुल खानदान के क्षत्रीय हैं और हमें हर गली चलने वाले लोगों को मुंह नहीं लगाना चाहिए | मेरी दादी को अपने क्षत्रीय होने मे घमंड था | वह यह भूल जाती थी की 'अच्छाई के बदले अच्छाई और बुराई के बदले बुराई मिलती है'| प्रकृति का नियम है की हम जो बोते हैं वही पैदा होता है , हम जो सोचते हैं या जो करते हैं वही हमारे पास वापस लौट कर आता है | कुछ पाने के लिए हमें जरूर कुछ खोना पड़ता है | कुल्फी वाला भी गुड़ के बदले कुल्फी देता था और सम्मान व प्यार के बदले अपना प्यार जताता था | मेरे ससुराल चले

जाने के बाद भी वो मेरे घर आता था और मेरे बारे में पूछता था |मुझे उस कुल्फी वाले की याद आती थी और मैं रोने लगती थी | मैं सोचने लगती थी की क्या कभी वो दिन लौट कर वापस आएंगे !

ससुराल की हालत बड़ी दयनीय थी| गरीबी चारों तरफ से झलक रही थी| पर अब मुझे इन्ही हालातों में जिंदगी गुजर बसर करनी थी| फिर भी मुझे कुछ समझ नहीं आता था:; मैं क्या करूँ ;कहाँ जाऊँ ? घुटन होती थी मुझे बहुत ज्यादा| जी करता था की कहीं ऐसी जगह चली जाउँ जहां कोई न हो और खूब जोर से चीखूँ चिल्लाऊँ और पूँछू उस भगवान से कि क्या मेरी पूजा

और प्रार्थना में कहीं कोई कमी रह गई थी जो तूने मेरे साथ ऐसा किया ? क्या इस दलदल में फँसने के लिए मैं ही शिकार मिली थी ? कुछ समझ में नहीं आता था की कैसे घरवालों को बताऊँ की मेरे साथ क्या हुआ है | दादी की दी हुई चेतावनी याद आती थी की यदि मैं किसी को यहाँ की बातें बताऊँगी तो गंभीर परिणाम होंगे | यही सोच कर अपने मन को शांत करती थी की अब 'यही मेरी तकदीर है'|

जब मैं ससुराल पहुंची तो एक कमरे में सास ससुर रहते थे| मेरे आ जाने के बाद उन्हे अपना कमरा खाली करके मुझे देना पड़ा | इस बात का सास को बहुत क्षोभ था | उसने कहा,

"तोहरे वजह से हमके हमार घर खाली करे के पड़ल; पता नहीं हमके कहाँ कहाँ से हटई हैं |"

मेरी सास कुंठा से ग्रस्त थी| उसे मेरे आने से खुशी की बजाय नाराजगी थी| उसकी उम्मीदों के अनुसार दहेज में सामान और रुपये नहीं मिले थे | वहाँ की रीति रिवाज के अनुसार मुझसे 11 दिनों तक कोई काम नहीं करवाया गया | बस मुझे सुबह से तैयार होकर नई नवेली दुल्हन की वेशभूषा में रहना पड़ता था| गाँव की औरतें मुझे देखने के लिए आती थी और कहती थी,

"चाची, तुम्हारी बहू बहुत सुंदर और गुणी है, तुम्हारी किस्मत बहुत अच्छी है जो ऐसी बहू पाई हो |"

यह सुनकर मेरी सास जल भुन जाती थी | वैसे वो कहना तो बहुत कुछ चाहती थी पर शिष्टाचारवश कुछ कह नहीं पाती थी और मन

मसोस कर रह जाती थी |

12 वें दिन से मुझे चूल्हा चौके और घर के काम की पूरी जिम्मेदारी सौंप दी गई | मैं सुबह 4 बजे उठ जाती थी | नित्य क्रिया से निवृत होकर घर आँगन की साफ सफाई ,नाश्ता बनाने में लग जाती थी | मुझे मिट्टी के चूल्हे में लकड़ियों से खाना बनाना नहीं आता था | उस चूल्हे को रोज खाना बनाने से पहले मिट्टी से लिपाई करनी होती थी | मैंने अपनी जेठानी से कहा,

"दीदी, मुझे मिट्टी के चूल्हे में खाना बनाना नहीं आता, मुझे जरा बताया दो |"

"कोई बात नहीं, मैं तुम्हें बाद में बता दूँगी,तुम पहले जाकर स्टोव में सबके लिए चाय बनाओ|"

मैं चाय बनाने लगी| तभी मेरी सास आकर मुझे सख्त हिदायत देते हुए कहा,

"देखो, थोड़ी सी चीनी और चाय पत्ती डालना|"

अम्मा, ऐसा क्यों ?"

"तेरे बाप ने चीनी और चाय पत्ती दहेज में दी है क्या?"

मैं सास का गुस्सा देखकर दंग रह गई | मुझे समझ ही नहीं आया की वो इतना गुस्सा क्यों निकाल रही है | मैंने चाय बनाई और पति को दिया | उसने चाय का एक घूंट भरते ही गरम चाय का कप मेरे मुंह पर फेंक दिया और कहा,

"गंवार कहीं की, तुझे चाय बनाना भी नहीं आता |"

मैं दर्द से तिलमिला गई, अपमानित होकर खून का घूंट पीकर रह गई पर कहा कुछ नहीं | जब भी समय मिलता तो जेठानी के कमरे में हम दोनो एक दूसरे के सुख दुख की बातें करते थे | वहाँ और कोई था भी नहीं, कहती तो किससे कहती! यह बात मेरी सास को नागवार गुजरी | उसने मुझे चेतावनी देते हुए पूछा ,

"जेठानी के कमरे में घुस कर दोनो आपस में क्या खुसर पुसर करती हो ? अगर उस कमरे में आज के बाद गई तो टांगें तोड़ दूँगी |"

हालांकि उसकी खुद की टांग टूटी हुई थी और वो लंगड़ा कर चलती थी| हो सकता है उसकी सास ने उसकी टांग कभी तोड़ी हो| उसके कटु

व्यवहार से तो यही झलकता था |मैंने यह बात अपने पति को भी बताई तो उसने कहा,

"जैसा माँ कहती है वैसा ही करो, भाभी से ज्यादा संबंध न बनाओ,इसी में तुम्हारी भलाई है|"

बड़े आश्चर्य की बात थी की एक ही घर में एक ही छत के नीचे रहते हुए दो औरतें आपस में बात नहीं कर सकती थी | यह कैसा बंधन था? यह कैसी दूषित मानसिकता थी ? आपस के प्यार और सहयोग को तो इन्होंने तिलांजली दे दी थी |मुझे जेठानी से पता चला की उसके साथ मेरी सास ने बहुत बुरा वार्ताव किया था| उसे उसके कमरे से घसीट कर आँगन में लाया गया था और लात घूंसों से कई बार जानवरों की तरह पिटाई की गई थी | अब मेरी सास को यही डर खाए जा रहा था की मेरी जेठानी मुझे सास के खिलाफ भड़काएगी | गाँव की औरतें जब भी मुझसे मिलती थीं तो कहती थी,

"खुशी, तुम कहाँ फंस गई, ये अच्छे लोग नहीं है |"

"दीदी, वो कैसे ?"

"कुछ दिनों में तुम खुद जान जाओगी|"

कुछ दिनों बाद उनकी कही बातें सच हो गई | मेरे पति और ससुर के बीच किसी बात को लेकर झगड़ा हुआ | मेरे पति ने अपने पिता की डंडों से बेदम पिटाई की |ससुर पुलिस के रिटायर्ड हवलदार थे पर आज वो कुछ न कर सके | उनकी पद ,प्रतिष्ठा धूल में मिल चुकी थी | यह उन्ही के संस्कारों का परिणाम था | जो उन्होंने अपने पुत्र को दिए थे वही उनका पुत्र उनको लौटा रहा था | उन्होंने चारपाई पकड़ लिया और बीमार रहने लगे | इस दरमियान मैं उनकी खूब सेवा करती थी, समय पर दवा पिलाती थी, उनके पैर दबाती थी | अपनी आँखों में आँसू भरकर एक दिन वो कहने लगे,

"बेटा, तुम ही मेरे पास आना, अपनी सास को मेरे पास मत आने देना वह बहुत दुष्ट औरत है,मुझे मौत से पहले ही मार डालेगी|"

महीनों लगातार इलाज और बिस्तर पर पड़े रहने के बाद भी वो ठीक नहीं हो पाए| उन्हे पत्नी और संतान के द्वारा किया गया निर्दयतापूर्ण और उपेक्षित व्यवहार अंदर ही अंदर खाए जा रहा था | एक दिन मैंने

देखा कि घर के सामने एक एम्बुलेंस आई और उन्हे मेरे पति और सास अस्पताल ले गए | मुझे उम्मीद थी की अगर सही इलाज हुआ तो ससुर बच जाएंगे | करीब दो घंटे पश्चात एम्बुलेंस वापस आकर उन्हे घर पर छोड़ गई | मुझे बाद में पता चला की उन्हे अस्पताल की बजाय बैंक ले जाया गया था और उनसे कुछ कागजात में दस्तखत कराए गए थे | चंद दिनों के अंदर ही उनकी मृत्यु हो गई |

उसके पश्चात मेरे पति और उनके भाई और तीन बहनों के बीच संपत्ति को लेकर विवाद होने लगा | यह साबित हो गया था कि यह एक संस्कारविहीन परिवार है | पुत्र अपने पिता का दुशमन बन गया था| पत्नी को पति से ज्यादा उनकी पेन्सन और बैंक बैलेन्स प्यारा था इसीलिए पत्नी ने उनका ठीक तरह से इलाज नहीं करवाया | मुझे अनुभव हो गया था कि मेरी सास एक 'डायन' से कम नहीं थी जो अपने परिवार को ही खाए जा रही थी | क्या ऐसी औरतें 'गृहलक्ष्मी' कहलाने लायक हैं ? इन्हे तो 'कुलनाशिनी' ही कहा जा सकता है जो विध्वंस करने के लिए ही बनी होती हैं | मुझे विश्वास ही नहीं हो रहा था कि इस दुनिया में इतने स्वार्थी लोग हैं जहां रिश्तों की कोई अहमियत नहीं है!

मैं धीरे धीरे उस परिवार को अपनाने की कोशिश करने लगी, सबकी बातें मानने लगी पर मुझ पर मेरे पति का अत्याचार होने लगा| पति मेरे साथ शारीरिक संबंध बनाने के लिए जोर जबरदस्ती करता था| पर मैं तो मानसिक आघात से पूरी तरह उबर भी नहीं पाई थी | मेरे मना करते ही वो मेरी पिटाई करने लगता था | मेरी सास और मेरी भतीजियाँ मेरे पति से शिकायत करती थी की मैं कोई काम नहीं करती सिर्फ बातें करती हूँ | पति को तो फिर अच्छा बहाना मिल जाता था | वो मुझे बेदम पीटता था | अगर मैं चिल्लाती थी तो मेरे मुंह में कपड़ा ठूंस देता था |मैंने चंद दिनों में महसूस कर लिया की पति को मुझसे कोई लगाव नहीं था| उसे सिर्फ मुझे जानवरों की तरह मारना, पीटना और रात भर मेरे शरीर को नोचना आता था| मेरे पूरे शरीर पर जगह जगह खरोंच के निशान बन गए थे, मेरे प्राइवेट पार्ट में तो घाव हो गया था, जहां से अक्सर खून रिसने लगता था पर उस राक्षस को दया नहीं आती थी| मैं उससे हाथ जोड़कर दया की भीख मांगती थी पर वो तो वहसी था जिसे सिर्फ अपनी यौन पिपासा

शांत करने से मतलब था......

शादी एक ऐसा पवित्र बंधन होता है जो सिर्फ दो परिवारों को ही नहीं बल्कि दो आत्माओं को जोड़ती है| जब तक दो आत्माओं का मेल नहीं होता तब तक प्यार या पति पत्नी का रिश्ता नहीं चलता | जब मैं अपने पति की खुशी के लिए अपना घर त्याग कर आ गई तो वो क्यों मुझसे प्यार भरा वर्ताव नहीं कर रहा था, यही सोचती रहती थी |

उसके साथ रहकर पता चला की उसकी शादी नहीं हो रही थी जिससे उसका वंश बढ़ना मुश्किल था | एक तो मुझसे उम्र मे दोगुना, ऊपर से सिर्फ बच्चे की लालच में उसने मुझसे शादी की थी |वह हीन भावना और कुंठा से ग्रसित था| उसे वो संस्कार दिए ही नहीं गए थे जो एक बच्चे को देने चाहिए थे| उसकी माँ असंतोष से भरी हुई थी | शायद उसे पति से भी सम्मान और प्यार नहीं मिला था| प्यार और सहयोग के अभाव में सब के सब गवांर और जाहिल हो गए थे जिनके लिए अब प्यार और सहयोग की भावना बेमानी थी |

वक्त गुजरता गया और मैं सब कुछ सहती गई | वो रोज मुझे मारता था ,शारीरिक उत्पीड़न करता था, सिर्फ मेरा शरीर चाहता था ,वो इंसान नहीं हैवान था | वो बस मुझे उसके साथ सुबह –शाम , दिन-रात बिस्तर पर चाहता था जो मेरे लिए अति पीड़ादायक अनुभव था| वो मेरे हाथ पैर बांध कर मोमबत्ती से मेरे प्राइवेट पार्टस जलाता था, जलती हुई सिगरेट मेरे शरीर पर चुभा देता था ,मैं चीखती चिल्लाती रह जाती थी |उसके बीड़ी और सिगरेट के धुएं से मेरा दम घुटने लग जाता था पर उस निर्दयी को कोई दया नहीं आती थी | उसे लगता था की मैं उसके पुरुषत्व को चुनौती दे रही थी | वो इंसान के रूप में एक राक्षस था |

मेरी कहानी इतनी दर्दभरी है कि उसके अत्याचारों से दर्द भी जवाब दे गया |दर्द जब हद से ज्यादा बढ़ जाता है तो इंसान उसे महसूस करना बंद कर देता है| यही मेरी हालत थी| मैं गुमशुम और खामोश रहने लगी | मैं एक जिंदा लाश की तरह पड़ी रहती और वो मुझे एक गिद्ध की तरह नोचता खसोटता रहता था | मैंने किसी भी तरह का प्रतिरोध करना बंद कर दिया था| मैं अस्तित्वहीन हो चुकी थी,लगता था सिर्फ चंद सांसें बाकी है|

शादी के एक महीने बाद मैं मायके चली गई | वहाँ मैं बीमार हो गई| डॉक्टर को दिखाया तो पता चला कि मैं माँ बनने वाली हूँ | मैं वहीं अस्पताल में रोने लगी क्योंकि मैं बच्चा नहीं चाहती थी | महीने भर पहले तो मेरी शादी हुई थी और इतनी जल्दी बच्चा.. | ना मैं शादी के लिए तैयार थी और ना ही बच्चे के लिए| शादी मेरी इच्छा के विरुद्ध कर दी गई थी और अब ये बच्चा भी .. | मैंने घर आकार माँ से कहा,

“माँ, मैं प्रेग्नेंट हूँ पर मैं अभी बच्चे के लिए तैयार नहीं हूँ | अभी शादी के कुछ महीने भी नहीं गुजरे, मैं कैसे संभाल पाऊँगी नन्ही सी जान को ?”

“बेटा, भगवान जो करता है अच्छे के लिए करता है, ये भगवान का दिया हुआ आशीर्वाद है लोग बरसों तरसते हैं इस पल की खुशी के लिए और तुम्हें यह आशीर्वाद मिला तो तुम इनकार कर रही हो|”

माँ की बातों ने मुझे सोच में डाल दिया| मैंने सोचा–मैं ये बात ससुराल में नहीं बताऊँगी और गर्भपात करा लूँगी और किसी को पता भी नहीं चलेगी | रात भर इसी सोच में डूबती उतरती रही कि क्या करूँ | ना पति का प्यार मिला ना ससुराल वालों का दुलार | फिर ध्यान आया की ये तो नन्ही सी जान है | इसे पूरा हक है दुनिया में आने का, अपनी जिंदगी जीने का| मैं इस नन्ही सी जान को नहीं मार सकती|

मेरा मानना है की जब इंसान किसी को जीवन दे नहीं सकता तो उसे किसी का जीवन खत्म करने का कोई अधिकार नहीं है |मुझे गाँव की उस महिला की बात भी याद आ गयी जिसने कहा था कि मैं कभी माँ नहीं बन सकती | यह मेरे स्त्रीत्व को चुनौती थी | कहीं न कहीं मेरे अवचेतन मन में यह प्रश्न उठते थे कि आखिर कौन सी कमी मुझमें आ गयी जो मैं कभी माँ नहीं बन सकती| एक मूर्ख और गवांर की बातें मुझे माँ बनने से नहीं रोक सकती | मैंने निश्चय कर लिया की मेरे बच्चे को इस दुनिया में जरूर लाऊँगी | क्या पता यही बच्चा हम दोनो अर्थात मेरे पति बबन और मुझे करीब ले आए ! मुझे आने वाले बच्चे में अपने जीवन की खुशी नजर आई| यही सोचते सोचते कब आँख लग गयी पता ही नहीं चला|

चिड़ियों के चहचहाने की आवाज कान में पडी तो नींद खुल गयी| सूरज की किरणे खिड़की से होकर मेरे चेहरे पर पड़ रही थी | खिड़की के

बाहर देखा तो आम के पेड़ में घोसले में बैठे हुए चिड़िया के बच्चे चहचहा रहे थे और उनकी माँ उनके लिए चोंच में दाना लेकर आती,उन्हें खिलाती, फिर उड़ जाती थी | चिड़िया का यह प्रयास देख कर मैं और भावविभोर हो गयी | सोचने लगी कि जब एक चिड़िया अपने तीन बच्चों को एक साथ पाल सकती है तो मैं क्यों नहीं ? मैं तो सक्षम हूँ|आने वाले कल में मेरा बच्चा भी सक्षम हो जाएगा | यही तो प्रकृति का नियम है |

इसके पहले कि मैं अपने विचार अपनी माँ को बताती, दादी ने मेरे प्रेग्नेंट होने की खबर मेरे ससुराल वालों को बता चुकी थी| ससुराल से फोन आने लगे | सबने कहा पहला बच्चा है तो मायके में ही होना चाहिए| बी एस सी का दूसरा साल था, इसी बीच मेरी शादी हो गयी थी | अब मैं प्रेग्नेंट हो चुकी थी | मुझे कालेज जाने से रोक दिया गया |

बच्चे की कल्पना से मैं मन ही मन खुश हो रही थी पर पहले महीने से ही मुझे तकलीफ होने लगी| ना कुछ खा पाती थी और ना कुछ पी पाती थी | नियमित जांच के लिए डॉक्टर के पास गयी ,डॉक्टर को बताया कि मुझे पेट में दाहिने ओर बहुत दर्द होता है,| कुछ भी खाती पीती हूँ तो उल्टियां नहीं रुकती, सब कुछ निकल जाता है | डॉक्टर ने सोनोग्राफी कराया तो पता चला कि मुझे स्टोन और अपेंडिक्स की वजह से दर्द होता है | डॉक्टर ने मुझे बनारस शहर के हॉस्पिटल में भेजा जहां फिर से पूरी जांच हुई |मुझे दवाईयां दे गयी और मैं घर आ गयी |

दर्द इतना होता था कि लगता था अब नहीं बचूँगी | इसी बीच मेरी माँ नानी से मिलने कुछ दिनों के लिए अपने मायके चली गयी | घर में सिर्फ हम तीन लोग थे –दादी, पापा और मैं | दर्द और प्रेगनेंसी की वजह से मुझे तेज बुखार आने लगा | दादी को मुझसे बहुत नाराजगी थी,वो मेरी हालत देखने के लिए मेरे नजदीक नहीं फटकती थी | दादी के रूखे व्यवहार से मुझे बहुत दुःख लगता था | हालांकि मेरे पापा मेरा हालचाल पूछने आते थे,पास बैठते थे,बुखार में मुझे तड़पता देख मेरे हाथ पैर दबाते थे| पिता से पैर दबवाना मुझे अच्छा नहीं लगता था पर शरीर दर्द के मारे फटा जाता था | कैसी विडम्बना थी कि मुझे उनकी सेवा करनी चाहिए थी जबकि वो मेरी सेवा कर रहे थे |

दादी मेरे माता-पिता को पसंद नहीं करती थी और मुझसे भी नाराज रहती थी| मैंने हिम्मत करके दादी से नाराजगी का कारण पूछा |उन्होंने कहा,

“तुम अपने पिता और चाचा के बीच फूट डाल रही हो, तुम ही झगडे की असली जड़ हो |”

“दादी,जिस लडकी ने आपकी इच्छा के अनुसार शादी के लिए मान गयी उस पर आप झूठा इल्जाम लगा रही हैं | मैंने तो अब तक घर जोड़ने का काम किया है, तोड़ने का नहीं |”

दादी चुपचाप मुंह घुमाकर बैठी रही, कोई जवाब नहीं दिया |मुझ पर एक के बाद एक दुखों का पहाड़ टूटता रहा | पति न ही फोन करता था और न ही इलाज के लिए पैसे भेजता था | दूसरा महीना शुरू हो गया था , मेरी तबियत और ज्यादा बिगड़ने लगी थी | मैं न रात को सो पाती थी , न दिन में | बस दर्द भरी कराह निकलती थी | मुझे इस हालत में देख कर माँ और पापा रोते थे| मैं बहुत कोशिश करती थी कि मैं उन्हें अपना दर्द ना दिखाऊँ पर नहीं हो पाता था | मेरा दर्द मेरे चेहरे पर साफ झलकता था|

पापा मुझे फिर से बनारस शहर के उसी हॉस्पिटल में ले गए जहां पहले इलाज किया गया था | मुझे भरती कर लिया गया | हाथ में सलाइन लगाई गयी | जांच करने पर पता चला कि ‘टायफाइड’ हो गया था|

जब मेरे पति को पता चला कि मैं हॉस्पिटल में भर्ती हो चुकी हूँ तो मिलने आया और बेशर्मों की तरह मेरे माता पिता के सामने ही मेरे पेट को टटोलते हुए कहने लगा,

“मेरे राजा बेटा आ रहा है, जल्दी आजा बेटा,तुझे जलेबी खिलाऊँगा|”

मैं शर्म से मरी जा रही थी पर उस बेशर्म इंसान को कोई फर्क नहीं पड़ रहा था| वह मुझे हॉस्पिटल से डिस्चार्ज करा कर मुम्बई ले जाने की जिद करने लगा | डॉक्टर ने मना किया और कहा,

“मरीज को इस हालत में मुम्बई ले जाना ठीक नहीं है, हम आपरेशन करके स्टोन और अपेंडिक्स निकाल सकते हैं पर बच्चे की जान को ख़तरा हो सकता है|”

बच्चे की जान को ख़तरा हो सकता है यह जानकर मैंने ही आपरेशन के लिए मना कर दिया |मेरे माता-पिता उससे मिन्नतें करने लगे और कहा, "बेटा, इस हालत में खुशी को मुम्बई मत ले जाओ, कहीं रास्ते में परेशानी हो गयी तो जान का ख़तरा हो सकता है |" वह नहीं माना, वह बहुत ही अड़ियल और बददिमाग किस्म का इंसान था | मैं समझ गयी थी कि जो इंसान अपने पिता का सम्मान नहीं करता वो किसी और का सम्मान क्या करेगा ! मेरे पति ने डॉक्टर से कहा,

"डॉक्टर, मुझे आप लोगों पर कोई भरोसा नहीं है, आप तुरंत डिस्चार्ज कीजिये मैं मुम्बई ले जाकर इसका इलाज करवाऊँगा |"

मेरा हमेशा से एक सपना था कि एक ऐसा 'जीवनसाथी' मिले जो सिर्फ मेरे लिए बना हो,जो सिर्फ मेरा हो, जिसे मुझसे प्यार हो| हमारी आपसी समझ इतनी गहरी हो कि हमें किसी तीसरे की जरूरत ना पड़े | मेरे माता पिता की तरह प्यार करने वाले मेरे सास ससुर हों........ पर ऐसा नहीं हुआ|

बबन की जिद पर मुझे हॉस्पिटल से डिस्चार्ज कर दिया गया| बबन हॉस्पिटल से निकलते ही मुझे ससुराल ले गया | मेरे मम्मी पापा रोते गिडगिडाते रह गए | सात घंटे की थका देने वाली यात्रा के बाद थकी हारी मैं शाम को ससुराल पहुँची | डॉक्टर ने मुझे आराम करने के लिए कहा था पर बबन को इसकी कोई परवाह नहीं थी| वह हैवानियत पर उतर आया, मुझे शारीरिक सम्बन्ध बनाने पर मजबूर करने लगा | मैं बहुत डर गयी| वह मेरी पिटाई करने लगा, मैं मना करती रही पर वो नहीं माना और मेरे जिस्म के साथ मनमानी करता रहा और मैं उसकी हैवानियत को रात भर बर्दास्त करती रही, दर्द के मारे छटपटाती रही| ऐसा लगा जैसे मुझे गर्म तेल की कढाई में तला जा रहा हो| मेरे लिए ये क्रूरता की पराकाष्ठा थी|

दुसरे दिन हम मुम्बई के लिए निकल गए| मेरी सास जो मुझसे नफरत करती थी वह भी मेरे साथ थी | मुम्बई पहुंचकर मैंने देखा कि मेरी ननद एक चाल में एक छोटी सी खोली में रहती थी जिसमें वो, उसका पति, उसके दो बच्चे, मेरी जेठानी का छोटा बेटा, मेरे जेठ, छोटे नंदोई और मामा ससुर के लड़के |कुल मिलाकर हम 11 लोग एक ही

खोली में रहने लगे | मैं यही सोचती रही कि इतने लोगों के बीच कैसे रहूँगी?

चौथा महीना शुरू हो गया था| इतने लोगों के बीच दर्द के साथ रहने में बहुत परेशानी हो रही थी| मेरे पति को कोई फर्क नहीं पड़ता था | खोली में सारे मर्द सोते थे, मैं ननद के साथ किचन में सोती थी जहां पूरी तरह पैर पसारने की जगह भी नहीं होती थी| एक रात मुझे महसूस हुआ कि ननद मेरे प्राइवेट पार्ट्स पर हाथ फेर रही है वो भी ऐसी जगह जहां सिर्फ पति का हक़ होता है | मुझे बहुत अजीब लगा | उसकी शादी हो चुकी थी और उसके दो बच्चे थे | मुझे शंका हुई कि इतनी भीड़भाड़ में उसे अपने पति का संसर्ग नहीं मिल रहा था शायद इसी वजह से उसकी यौन इच्छा पूरी नहीं हो रही थी|

मैंने यह बात अपने पति से बताई पर उसने मेरी बात को अनसुना कर दिया| मुझे कुछ समझ नहीं आ रहा था कि मेरे साथ हो क्या रहा है | मैंने अपने पति को बहुत सुनाया| मैंने कहा कि " क्या तुम्हे मैं ही मिली थी बर्बाद करने के लिए?" बहुत धिक्कारने के बाद उसने मुझे बताया कि मेरी ननद की जेठानी का लड़का जो 26 साल का था समुन्दर में डूब कर मर गया था उसकी आत्मा ननद के ऊपर आती है तभी वो कभी कभी ऐसा करती है |

हर रात मेरे लिए डरावनी होती थी | मैं महसूस करती थी कि मानो मेरे शरीर पर किसी मर्द का हाथ हो,मजबूत और रोयेंदार | मैं जब उसका हाथ हटाने की कोशिश करती थी तो वो मुझे कस कर जकड़ने की कोशिश करता था | रात में मेरी नींद टूट जाती थी और मैं फिर ठीक तरह से सो नहीं पाती थी | मैं डर के साए में जी रही थी | मुझे समझ नहीं आ रहा था कि वो हाथ किसी मर्द का था या ननद के ऊपर सवार प्रेतात्मा का! मुझे लगता था कि मैं प्रेतात्माओं के बीच सो रही हूँ |

हो सकता है उस मृतक भतीजे से मेरी ननद के शारीरिक सम्बन्ध रहे हों और उसकी यौन इच्छा पूरी न हुई हों तभी तो वो भटकती हुई आत्मा मेरी ननद के ऊपर सवार होकर मुझे परेशान कर रही थी | उस अँधेरे कमरे में मैं चिल्ला भी नहीं सकती थी | मुझे अंदेशा था कि इस कडवी सच्चाई को स्वीकार करने और उसका उपाय ढूँढने की बजाय सभी

लोग मुझे पागल घोषित कर देंगे |यही सोचकर मैं चुप रहती थी | मेरी जिन्दगी का चैन और सुकून छीनने में जिंदा इंसान और मुर्दा प्रेतात्माएं दोनों शामिल हो चुकी थी | मैं तिल तिल कर मर रही थी| किसी ने सही कहा है –"औरत ही औरत की दुश्मन होती है, कभी सास बनकर, कभी बहू बनकर, कभी ननद बनकर|"

मुझे चेक अप के लिए डॉक्टर के पास जाना होता था | जब भी मैं जाती थी तो मेरा पति मेरे साथ होता था| हम ऑटो रिक्शा में जाते थे | वह बेशर्म ऑटो रिक्शा में ही मेरे साथ जबरदस्ती करता था| कभी मेरे स्तनों को दबाता तो कभी प्राइवेट पार्ट्स में हाथ डाल देता था | मैं विरोध करती तो मुझे ऑटो से बाहर धक्का देने की कोशिश करता था | उसका कमीनापन बदस्तूर जारी था | उसे दुनिया की शर्मो हया से कोई लेनादेना नहीं था | उसे सिर्फ मेरा शरीर नोचने के लिए चाहिए था |

पांचवां महीना लग चुका था |दिनों दिन मेरा दर्द बढ़ता चला गया | जिस तरह से डॉक्टर जांच करते थे उससे दर्द और बढ़ जाता था | मैंने सोचा किसी और डॉक्टर से दिखाकर दर्द की दवा ले लूं शायद आराम मिल जाए |इसी बीच मेरे पापा भी मेरी माँ और छोटी बहन जूही को लेकर गाँव से मुम्बई आ गए थे और मैं जहां रहती थी उससे थोड़ी ही दूर पर एक चाल में किराए से रहने लगे थे | मैंने ननद की प्रेतात्मा वाली बात अपने घर वालों को भी बताई पर मेरी बात पर किसी को भरोसा नहीं हुआ | हालांकि कालान्तर में जब मेरी छोटी बहन को एक रात मेरी ननंद के साथ सोने का मौका मिला तो उसे भी वैसा अनुभव हुआ जो मुझे हुआ था | तभी मेरे घर वालों को मेरी बातों पर विश्वास हुआ |

उदास मन से दिन निकलते रहे | डॉक्टर को दिखाया, दवा ली और जब तक दवा का असर रहता था तब तक दर्द से राहत मिलती थी | दवा का असर ख़त्म होते ही दर्द शुरू हो जाता था | अपनी जिन्दगी से लड़ लड़ के थक गयी थी | तय कर लिया था कि अब चाहे जितना भी दर्द हो ना दवा लूंगी और ना ही इंजेक्सन| देखती हूँ दर्द रहेगा या मैं | इसी तरह तीन महीने लगातार असह्य दर्द में निकाले | जब सातवाँ महीना लगा तो दर्द हद से पार हो गया | मैंने मेरे पति से कहा, "या तो मुझे मार डालो या डॉक्टर के पास ले चलो, अब दर्द सहन नहीं हो रहा है| ये कहकर उसके

पैरों पर गिर पड़ी | वह मुझे एक अस्पताल ले गया जहां उसकी मौसेरी बहन नर्स थी | उससे मैं पहली बार मिली थी | मैं शांत थी पर न जाने क्यों उसने मुझे पहली नजर में ही पागल करार कर दिया | उसने कहा, " इसे कुछ नहीं हुआ है, ये पागलपन का ढोंग कर रही है|"

मेरा दर्द बढ़ने लगा तो मुझे किंग जार्ज मेडिकल हॉस्पिटल भेजा गया| वहाँ मुझे एडमिट कर लिया गया,सलाइन लगाया गया,इंजेक्शन लगाया गया पर दर्द रुका नहीं | डॉक्टर ने मुझे एक दुसरे डिपार्टमेंट में भेजा जहां माइक्रोस्कोप से यूरीन के रास्ते एक छोटा सा पाईप डाला ताकि स्टोन निकल जाए| जब मैं बाहर आई तो मेरा दर्द इतना बढ़ गया कि मैं जमीन पर गिर गयी और मछली की तरह छटपटाने लगी और तड़पती रही | पति तो मुझे इस हालत में छोड़कर पहले ही चला गया था | मैं दर्द से छः घंटे तक चीखती चिल्लाती रही पर मेरी ननद मुझे अकेला वार्ड में छोड़कर बाहर चली गयी थी | वार्ड में किसी भले मानुष को मेरा दर्द देखा नहीं गया | उसने जब ड्यूटी स्टाफ को खूब फटकारा तो मुझे दर्द का इंजेक्शन दिया गया | तब तक मेरी देखरेख के लिए मेरे पिता वहाँ आ चुके थे |

कुछ दिनों बाद चेक अप के दौरान मुझे कुछ अजीब सा महसूस हुआ | ऐसा लगा कि मेरे बच्चे को कुछ परेशानी है | एक सिस्टर बच्चे की हार्ट बीट चेक करने रोज आती थी | उस दिन जब वो आई तो हार्ट बीट चेक किया और बताया कि बच्चे की धड़कन सुनाई नहीं दे रही है | मैं डर गयी और परमात्मा से प्रार्थना करने लगी 'हे प्रभु, मेरी जान चली जाए तो कोई बात नहीं पर मेरे बच्चे को बचा लो'|

डॉक्टर ने जांच की और तुरंत ऑपरेशन की सलाह दी | यदि आपरेशन न हुआ होता तो मैं अपने बच्चे को खो बैठती | मुझे आपरेशन थियेटर ले जाया गया | मुझे लगता था कि बेटा ही होगा | ऐसे वक्त पर एक पत्नी को पति की जरूरत होती है पर मेरा पति बबन नहीं आया | पापा ने ही ऑपरेशन के लिए सहमतिपत्र पर दस्तखत किये| मेरे आँखों में पट्टी बांध दी गई और पेट से कमर तक का भाग सुन्न कर दिया गया | करीब 9 बजे ऑपरेशन के लिए गई और 11.30 बजे ऑपरेशन थियेटर से बाहर निकली | जब मैं ऑपरेशन थियेटर में गई तो भगवान गणेश से

प्रार्थना करती गई थी की एक बेटा दे दो| इसके पीछे बड़ी वजह यह थी कि यदि लड़की होती तो शायद उसे मेरे ससुराल वाले मार डालते | वो पहले से ही कहते थे की उन्हे लड़का चाहिए | अगर लड़की पैदा हो गई होती तो मुझे ससुराल वालों से उपेक्षा और प्रताड़ना झेलनी पड़ती और मेरा जीवन नरक हो जाता |

6

खुशी का एहसास

"आपको पता हैं, प्रेम अंधा क्यों होता है?क्योंकि आपकी माता ने आपका चेहरा देखने से पहले ही आपको प्रेम करना शुरू कर दिया था!"

गुरुवार का दिन था 10 मार्च 2011 और ठीक 11.07 पर बेटे का जन्म हुआ | थोड़ी देर बाद नर्स आई और मुझे कहा, "खुशी, तुम्हें बेटा हुआ है, देख लो|" जब बेटा हुआ तो मैंने टाइम देख लिया था मेरी आँखों में पट्टी बंधी थी पर पट्टी के नीचे से मुझे थोड़ा दिखाई दे रहा था | कुछ घंटों बाद जब नर्स ने बच्चे को मेरी गोद में दिया तो मैं 'खुशी' के मारे रोने लगी, मेरी आँखों से आँसू झर झर कर बहने लगे इतने महीनों का जमा दर्द 'खुशी' में तब्दील हो गया, मैं सम्पूर्ण हो गई, मुझे पहचान मिल गई.... पहली बार माँ बनने की खुशी का बयान नहीं किया जा सकता | ऐसा लगा जैसे मेरा बेटा मेरा अभिमान बन गया, मेरी हिम्मत बढ़ गई ,मेरी ताकत बढ़ गई |परमात्मा ने मुझे माँ बनाने का गौरव प्रदान किया| मैंने उसे तहे दिल से धन्यवाद दिया | मेरे पिता ने जब मेरे बच्चे को देखा तो खुशी से नाचने लगे, खुशी से उनके आँसू बहने लगे| जिस पिता को अपने बच्चे से सच्चा प्यार होता है वही पिता उस खुशी को महसूस कर सकता है | मेरे पिता महसूस कर रहे थे और पड़ोसियों को मिठाई बांटने लगे, खुशियों का इजहार करने लगे|

अस्पताल से डिस्चार्ज होकर मैं घर आ गई| घर आने के बाद प्रताड़ना फिर से शुरू हो गई | मेरी सास मुझे बच्चे को गोद में नहीं लेने देती थी |

मेरे बच्चे को अपनी गोद में लेकर दूध पिलाने की मुझे इजाजत नहीं थी | मेरी सास का कहना था "बच्चा मेरी गोद में रहेगा, तुम झुक कर दूध पिलाओ|" एक माँ के लिए इससे ज्यादा क्रूर व्यवहार क्या हो सकता था! जब मैं सोई रहती थी तो मेरे बच्चे को मेरी सास उठा कर ले जाती थी| जब मैं जागती तो देखती थी की बच्चा मेरे पास नहीं है|

कुछ दिनों बाद मुझे उसे अस्पताल में ले जाया गया जहां मेरे पति की मौसेरी बहन नर्स थी | सब ने मिलकर मुझे पागल घोषित करने का प्लान बना लिया था| वो मेरा बच्चा छीनना चाहते थे| इस विषय में माँ बेटे आपस में बातें कर रहे थे और मैंने सुन लिया था| मुझे शंका हो गई थी | अस्पताल जाने के बाद मुझे एक वार्ड में ले जाया गया जहां कुछ ऐसी मशीनें थी जिन्हे देखकर मेरी शंका और बढ़ गई | मैंने एक नर्स से पूछा, " सिस्टर, मुझे यहाँ क्यों लाया गया है?" सिस्टर ने कहा, " यहाँ आपका चेक अप होगा आप की मानसिक हालत ठीक नहीं है| यदि जांच में ठीक नहीं पाई गई तो आपको 'मेंटल असाइलयम' में भेजा जाएगा जहां आपका इलाज होगा|" अब तो मुझे कोई शंका नहीं रह गई थी की मुझे पागल घोषित करवाकर मुझसे मेरे बच्चे को छीनना चाहते थे| मैने सिस्टर से कहा "सिस्टर, मुझे चेक अप नहीं कराना है ,मुझे यूरीन जाने में बहुत प्रॉबलम होती है, बहुत दर्द होता है| पहले मुझे उसका इलाज कराना है|" मुझे किसी तरह वहाँ से छुटकारा मिल गया और मैं घर वापस आ गई|

घर आने के बाद मेरी सास और नाराज हो गई| और दुर्व्यवहार करने लगी | मुझे ना ही मेरे बेटे के पास बैठने देती और न खेलने देती| मैं माँ होकर भी माँ नही थी, मुझसे मेरा माँ होने का हक छीना जा रहा था| मैं अपने पति से यह बात बताती थी तो वो हमेशा की तरह मेरी किसी भी बात पर ध्यान नहीं देता था| हमारे बीच कटुता बढ़ने लगी, झगड़े बढ़ने लगे,वो मुझे मारने लगता था| बड़ा अजीब सा माहौल था |

वहीं दूसरी ओर मेरी ननद अपने पति की कभी इज्जत नहीं करती थी |वो रात भर आटोरिक्शा चला कर आता था पर उसे मेरी ननंद मार पीट कर घर से बाहर निकाल देती थी| बेचारा आटो में जाकर सो जाता था | वो संस्कारविहीन लोगों का परिवार था जो आपस में न ही प्यार करते थे

और न ही इज्जत|

हर पत्नी की तरह मेरे मन में भी बहुत अरमान थे| पर इस शादी के दलदल में पड़कर सब खत्म हो गया| पति ने मुझे बात बात पर मारना पीटना जारी रखा | एक बार मैं जब चेक अप के लिए गई तो डॉक्टर ने बताया की मुझे इंटरनल प्रॉबलम है | डॉक्टर ने पूछा ऐसा कैसे हुआ तो मैंने अपनी आप बीती बताई की कैसे मेरा पति शारीरिक संबंध बनाने के लिए वहसीपन करता है | डॉक्टर ने पति को बुलाकर खूब डांटा फटकारा | डॉक्टर ने पति से पूछा, “क्या तुम जानवर हो जो अपनी पत्नी के साथ जानवरों की तरह जोर जबरदस्ती करते हो| तुम्हारे इस वहसीपन से तुम्हारी पत्नी को प्राइवेट पार्टस में इंटरनल प्रॉबलम हो गई है|” मुझे यह सब सुनकर अच्छा नहीं लगा पर मैं क्या कर सकती थी| उस जानवर को नियंत्रण में रखने का मेरे पास कोई उपाय नहीं था| इस घटना के बाद पति का रवैया बद से बदतर होता गया |

मैं पति के अत्याचार और सास की जली कटी बातों से बहुत परेशान हो चुकी थी| इसके अलावा ननद के ऊपर सवार प्रेतात्मा मुझे अक्सर रात में परेशान करती थी| मैं चैन की नींद सो नहीं पाती थी |करीब डेढ़ वर्ष का समय इस नरक में निकाल चुकी थी | मुझे लगा यदि मैं ऐसे ही घुट घुट कर जीती रही तो जीवन में कुछ नहीं कर पाऊँगी और मेरे बच्चे का भविष्य खराब हो जाएगा | मैंने निर्णय कर लिया कि अब इस अत्याचार को और नहीं सहूँगी चाहे इसके लिए कुछ भी करना पड़ेगा | मैं आत्मनिर्भर बनूँगी और पति की दया पर जिंदा नहीं रहूँगी | यह भी तो हो सकता है की यदि मैं दूर रहूँ तो पति का रवैया बदल जाए|

मैंने पापा से कहा, “पापा मुझे इस नरक से निकालो|” एक पिता से ज्यादा अपनी संतान का दुख कौन समझ सकता है? पापा ने सहमति दे दी | मैंने अपना सामान बांधा और मायके के लिए निकल पड़ी ससुराल के सभी लोग – पति,सास ,ननंद और बच्चे इकट्ठे हो गए | मुझे मेरी सास गालियां देने लगी और कहने लगी,

“तू चरित्रहीन है, तभी पति का घर छोड़कर जा रही है |”

मैंने कहा, “चरित्रहीन कौन है यह परमात्मा जानता है, तुमने तो पति को जीते जी मार डाला, जिंदगी भर जिसने तुम्हारा पालन पोषण किया

उसे आखरी समय में भी दो बूंद पानी के लिए तरसा डाला और आज मुझे चरित्रहीन कहती हो |"

मेरे पति ने धमकाते हुए कहा, "चुप रह कुलटा, अब और कुछ माँ को बोला तो तेरी जुबान काट लूँगा | तू समझती क्या है अपने आपको ?"

"हाँ, तुमने ठीक कहा, तुम मेरा शरीर नोच सकते हो, मेरी जुबान काट सकते हो,सिर्फ यही कर सकते हो, इसके अलावा तुमने किया ही क्या है ? तुम एक घटिया इंसान हो जिसने अपने पिता पर हाथ छोड़ दिया वो पत्नी की क्या इज्जत करेगा |"

तभी मेरी ननद झगड़े में कूद पड़ी और कहा, "बहुत जुबान चलाती है, जरूर तेरा किसी के साथ चक्कर होगा",

"तुम ठीक कहती हो, मेरा चक्कर तो पति के साथ था पर तुम्हारा कितने मर्दों के साथ है, सबको बताओ जरा? अपना घर होते हुए भी तुम्हारा पति घर से बाहर सोने को मजबूर है| ये भी बताओ जो रोज रात को हाथ फेरता है वो कौन है? उससे तुम्हारे क्या संबंध थे ?आज उसकी प्रेतात्मा भटक रही है,तुम्हारे पिछले कारनामों की सजा मैं भुगत रही हूँ |"

यह सुनकर ननद के तन बदन में आग लग गई वो मेरा बच्चा छीनने के लिए दौड़ी| मैंने कहा, "खबरदार जो मेरे बच्चे को हाथ लगाया|" वो मेरे बच्चे को मुझसे छीनने लगी | तभी हल्ला गुल्ला सुनकर पड़ोसी इकट्ठा हो गए और पूछने लगे, "क्या हुआ?" मैंने कहा,"ये लोग मेरा बच्चा छीन रहे हैं,अगर मेरे साथ जोर जबरदस्ती की गई तो पुलिस बुला लूँगी|" पुलिस का नाम सुनकर सभी ठंडे हो गए| मैंने अपना सामान उठाया और बच्चे को लेकर मायके के लिए निकल पड़ी|

मैं अब ससुराल से कुछ दूरी पर ही अपने माता-पिता, और छोटी बहन के साथ आकर रहने लगी| यह बात मेरे रिश्तेदारों को पता चलते देर नहीं लगी| सभी मेरे पिता को ताने देने लगे, "जवान बेटी को घर में बैठा कर रखा है, आखिर कब तक बैठा कर रखोगे? एक न एक दिन तो उसे ससुराल जाना ही पड़ेगा, जिंदगी भर तो उसे नहीं पाल सकते |" मेरे पिता ने कहा, "वो मेरी जिम्मेदारी है, मैंने उसे पैदा किया है तो उसका पालन पोषण भी कर लूँगा|"

मेरे पिता बचपन से मेरे स्वभाव को जानते थे| मैंने ज्यादातर समय उनके साथ ही बिताया था | अपने से बड़ों को सम्मान देना और छोटों को प्यार और सहयोग देना मैंने शुरू से ही सीखा था |मेरे अंदर दूसरों के लिए सहानुभूति और समानुभूति का भाव बैठा हुआ था | मैं किसी के भी दुख को देखकर दुखी हो जाती थी | अगर कोई मुझे या मेरे परिवार के किसी भी सदस्य को कष्ट पहुंचाता था तो सबसे पहले मैं उससे बदला लेने की बजाय प्यार से मनाने की कोशिश करती थी |

मुझे याद है – मेरे गाँव की एक गली से मैं और मेरी छोटी बहन अकसर आया जाया करते थे| मेरी उम्र उस वक्त 14 साल की थी और मेरे छोटी बहन जूही 12 साल की | उस गली में चार पाँच साल के बच्चों का समूह खेलता हुआ मिल जाता था| वो जूही को 'चीनी रोटी' 'चीनी रोटी' कहकर चिड़ाते थे| हुआ यूं था की जब वो बचपन में स्कूल जाती थी तो उसके टिफिन में दादी 'चीनी रोटी' खाने के लिए रख देती थी | यह बात स्कूल में पढ़ने वाले बच्चों को पता चल चुकी थी और गाँव में सब उसे 'चीनी रोटी' कहकर पुकारते थे| मैंने सोचा इन बच्चों की शरारतों से कैसे बचा जाए? मैंने सब को बुलाया और उनसे कहा, "देखो बच्चों, तुम जूही को चिढ़ाया मत करो मैं तुम्हें चॉकलेट दिया करूंगी|" मैं उन्हे चॉकलेट देना शुरू कर दिया और उन्होंने जूही को चिढ़ाना बंद कर दिया| कभी कभी चॉकलेट नहीं देती थी और उनसे कहती थी रोज चॉकलेट नहीं खाना चाहिए,इससे दांत खराब हो जाते हैं तो वो मान भी जाते थे | प्यार से समझाने की यह तरकीब कामयाब रही और मेरा विश्वास बढ़ता गया की सबसे पहले प्यार से ही किसी का दिल जीता जा सकता है |

मैं बचपन से ही सहनशील, मृदुभाषी और लोगों की मदद करने वाली थी | परंतु मेरा यही गुण मेरे लिए घातक सिद्ध हो रहा था | मैं अपने आत्मसम्मान की रक्षा भी नहीं कर पा रही थी सिर्फ यह सोच कर कि 'लोग क्या कहेंगे?' यह एक ऐसी बीमारी है जो किसी भी इंसान को उठने नहीं देती| जो लोगों को हमेशा खुश करने की कोशिश करता है वो अपने आपको कभी खुश नहीं रख सकता | मैंने पापा को कहा, " पापा, आप मेरी चिंता न करें, मैं काम करूंगी, अपने बच्चे का पालन पोषण करूंगी और आप पर कभी भार नहीं बनूँगी |" पापा कहते थे "बेटा, मैं तुम्हारी

भावनाओं को समझता हूँ| तुम मेरी बेटी नहीं बल्कि बेटे से भी बढ़ कर हो | तुम जो करना चाहती हो खुले दिल से करो और आत्मनिर्भर बनो|" पापा के ये शब्द मेरे लिए घाव में मरहम का काम करते थे, मेरा हौसला बढ़ जाता था|

मेरे पिता और जूही काम पर चले जाते थे | घर में मेरा बेटा आर्यन और मैं रहते थे | एक दिन दोपहर को मेरा पति अपने भतीजे को लेकर मेरे घर आया और मुझसे झगड़ा करने लगा| वो मेरे बेटे आर्यन को मुझसे छीन कर ले जाना चाहता था और मैं देने को तैयार नहीं थी | मैं बहुत रोई,गिड़गिड़ाई, बच्चे की सेहत का वास्ता दिया पर वो किसी भी सूरत में मानने को तैयार नहीं था | अंततः बेटे को छीन कर ले गया और मैं रोती रह गई | मैं इतनी मजबूत नहीं थी की उस राक्षस का मुकाबला करती| मैंने पापा और छोटी बहन जूही को तुरंत फोन किया पर तब तक वो बच्चे को ले जा चुका था |

मैंने खाना पीना छोड़ दिया | जिस माँ का दूध पीता बेटा कोई गोद से छीन कर ले जाए उस माँ की क्या हालत हो सकती है? उसका दर्द एक माँ ही महसूस कर सकती है| 24 घंटे सिर्फ यही खयाल आता था की पता नहीं मेरे बेटे को क्या खिलाया होगा? कैसे खिलाया होगा? वो किस हाल में होगा? दिन बीतने लगे और मैं दिनों दिन उदास रहने लगी, ख्याल आती तो रोने लगती, हंसी चेहरे से गायब हो चुकी थी| मुझे रोता देख मेरे पापा भी उदास रहने लगे| लोगों से जानकारी ली कि बच्चे को कैसे वापस लाया जाए| अंततः पापा ने पुलिस थाने में शिकायत की |

मैं अपने पापा, बहन और एक पुलिस वाले को साथ लेकर पति के घर पहुंची | उस वक्त मेरे बेटे आर्यन को मेरी ननद दूध पिला रही थी |अपने पैरों से बच्चे के दोनो पैर दबा रखी थी और एक हाथ से उसके दोनो हाथों को जकड़ रखा था | उसे जबरदस्ती पावडर का दूध पिला रही थी और बच्चा जोर जोर से चिल्ला रहा था| उसकी हालत देखकर मुझे रोना आ गया| मैंने कहा ,"मेरा बच्चा मुझे दो|" यह सुनते ही ननद बच्चे को लेकर टॉयलेट में जाने लगी तभी मैंने उसकी चोटी पकड़ कर अपनी ओर खींच लिया और बच्चे को अपने कब्जे में ले लिया | इसी बीच मेरा पति बच्चे को मुझसे छीनने लगा और मुझे मारने की कोशिश की | तभी हवलदार

ने उसे दो चार थप्पड़ जड़ दिए और उसे चेतावनी देते हुए कहा, “बच्चे को छोड़ दो, वरना पुलिस स्टेशन घसीटते हुए ले जाऊंगा और तुम्हारी सारी दादागिरी निकाल दूंगा|” हवलदार की धमकी सुनकर उसने बच्चे को छोड़ दिया और हम लोग बच्चे को लेकर घर आ गए| मैंने भगवान का लाख लाख शुक्रिया अदा किया|

7

लोग क्या कहेंगे

"सबसे बड़ा रोग, क्या कहेंगे लोग|"

कुछ दिनों बाद मैं माँ को साथ लेकर मुंबई से अपने गाँव वापस चली गई| गाँव में दादी रहती थी| दादी को यह बात बहुत बुरी लगी की मैं पति का घर छोड़कर अपने घर वापस आ गई थी| वो बहुत ताने मारती थी | कहती थी, "हमारी भी बेटियाँ थी पर किसी ने तुम्हारी तरह नहीं किया| तुम बेशक वहीं मर जाती पर वापस नहीं आती| तुमने समाज में हमारी नाक कटवा दी|" मैं दादी को कैसे बताती कि मैं तो नरक झेल रही थी जिसकी कल्पना भी दादी नहीं कर सकती थी| ये अपना अपना नशीब था| दादी को समझाने से कोई फायदा नहीं था क्योंकि उसे तो समाज की परवाह थी मेरी जिंदगी की नहीं| वो भूल गई थी की जब इंसान ही नहीं रहेगा तो समाज कहाँ रहेगा | सबसे पहले तो इंसानियत कायम रहनी चाहिए तभी समाज कायम रहेगा| दर्द तो मैं सह रही थी समाज नहीं|

गाँव के लोग भी इस मामले में कम नहीं होते| दूसरे के मामले में ताक झांक करना, टांग अड़ाना,अपनी दुश्मनी निकालना,बदनाम करने की कोशिश करना गाँव में आम बात है | गाँव में कुछ औरतों के पास टाईम पास का जरिया ही यही होता है | एक दूसरे की चुगली करना,किसकी लड़की किसके साथ भागी, किसकी शादी किसके साथ हुई, शादी के बाद कौन सी लड़की ससुराल से कैसे वापस आ गई, किसके बच्चा होगा या नहीं होगा, किस लड़की की शादी होगी या नहीं होगी ये सब जानकारी

एक दूसरे को आदान प्रदान करना उनके मनोरंजन का साधन होता है | ऐसी औरतें मुझे कैसे माफ कर देती? मैं भी उनके बीच चर्चा का विषय थी | एक ने कहा, “मैंने तो पहले ही कहा था कि इसकी शादी नहीं हो सकती, अगर हो भी गई तो चलेगी नहीं, इसका तो तीन बार सर से पैर तक ऑपरेशन हुआ है|” दूसरी ने कहा, “इसमें ही कोई कमी होगी,मुंबई में पली बढ़ी है ,तभी इसका दिमाग खराब हो गया है, नहीं तो अपने ससुराल को छोड़कर घर में क्यों बैठती|” वो सब मेरे घर की दीवाल के पीछे खड़े होकर चर्चा में मगन थी पर मुझे कमरे की खिड़की से सब सुनाई दे रहा था|

अब तो मुझे सब के ताने सुनने और सहने की आदत सी पड़ गई थी| इन हालातों में मेरी माँ मेरे साथ थी| वो मेरे दर्द को महसूस करती थी| वो मुझे ढाढ़स बँधाते हुए कहती थी, “बेटा, तुम लोगों की बातों पर ध्यान मत दो बस अपना और अपने बच्चे का ध्यान रखो| दुनिया ने तो सीता के चरित्र पर भी उंगली उठाई थी, तुम्हें कैसे छोड़ देगी? माँ की बातों से मुझे बहुत हौसला मिलता था | माँ मेरे बच्चे का भी पूरा ध्यान रखती थी| ठंड का मौसम था |आर्यन जब रोता था तो उसे चुपचाप उठा कर ले जाती थी और दूध गरम कर, उसे पिला कर, सुला देती थी | वो हमेशा छोटा सा गैस चूल्हा, दूध और दूध की बोतल अपने पास रखती थी | माँ की देखरेख और हौसले की वजह से मैंने दादी के तानों पर ध्यान देना बंद कर दिया था | दादी भी क्या करती ? वह ऐसे सामाजिक परिवेश में पली बढ़ी थी जहां स्त्री को गुलाम बना कर रखा जाता है | वैसे भी वो बहुत ही पुराने और संकीर्ण विचारों की महिला थी जिसके लिए “लोग क्या कहेंगे?” ज्यादा महत्वपूर्ण था |

****

“सबसे बड़ा रोग, क्या कहेंगे लोग” इंसान का एक ऐसा रोग है जो उसे समाज में जीना मुश्किल कर देता है, उसकी खुशियां छीन लेता है, उसकी आजादी छीन लेता है, उसकी तरक्की में रोड़ा अटकाता है, उसे सामाजिक बेड़ियों में जकड़े रहता है|

"जीवन में सफल और खुश रहना है तो एक काम कर लो,लोग क्या सोचेंगे या लोग क्या कहेंगे सोचना छोड़ दो।"

लोग क्या कहेंगे ? इसे ही सोचकर हम अपनी इच्छाओं का गला घोंटते आए है। प्रमोशन हुआ पार्टी नहीं दी तो लोग क्या कहेंगे ? शादी में लिफाफे में 100 रुपये का नोट मत डालो नहीं तो लोग क्या कहेंगे? उससे मत मिलो नहीं तो लोग क्या कहेंगे ? उसके साथ मत हंसो नहीं तो लोग क्या कहेंगे ? ऐसे ही वाक्यों को सुन-सुनकर कान पक जाते हैं|

आप को मान लेना चाहिए कि अगर आप दूसरों कि बातों को दिल में रखकर चलेंगे कि लोग क्या कहेंगे या लोग क्या सोचेंगे ? तो **आप को जीवन में खुशी या सफलता नहीं मिल सकती** आपको उन्हें नजर अंदाज करना ही पड़ेगा जो आपके ऊपर टिका-टिप्पणी करते है।"दुनिया में सबसे ज्यादा सपने तोड़े है इस बात ने की 'लोग क्या कहेंगे?" हम अक्सर अपने किसी काम को शुरू करने से पहले ही हार मान लेते है, सिर्फ यही सोचकर कि अगला व्यक्ति क्या सोचेगा ? इसके लिए एक उदाहरण है,

एक दिन एक आदमी और उसका बेटा साथ में एक गधा लिए कहीं जा रहे थे । दोनों बाप बेटे पैदल जा रहे थे कि रास्ते में एक गांव आया, जहां कुछ लोगो ने उन्हें देखते हुए कहा कि "ये दोनों कितने बेवक़ूफ़ है, जो खुद पैदल जा रहे है और गधा खाली जा रहा है।"

उनकी बातों को सुनकर आदमी ने सोचा की अपने बेटे को गधे पर बैठा देता हूँ। और फिर उसने ऐसा ही किया। कुछ दूर चलने के बाद एक आदमी रास्ते में मिला और उन्हें देखकर बोला कि "ये देखो बेटा कितना बेवकूफ है खुद गधहे पर बैठा है और अपने बाप को पैदल ले जा रहा है।"

फिर आदमी ने सोचा कि मैं गधे पर बैठ जाता हूं और बेटे को पैदल ले चलता हूँ। जब कुछ दूर चला तो फिर रास्ते के एक व्यक्ति ने कहा कि "ये कितना ख़ुदग़र्ज़ इंसान है जो बेटे को पैदल ले जा रहा है|" इतना सुनने के बात आदमी ने सोचा क्यों न हम दोनों ही गधे पर बैठ कर चले तब तो कोई कुछ नहीं बोल पाएगा।

अब दोनों बाप बेटे गधे पर बैठकर जाने लगे। कुछ दूर चलने के बाद रास्ते में फिर वही बात दूसरों से सुनने को मिला कि "ये कैसे लोग है जो दोनों गधे के ऊपर बैठे हुए है, बेचारे जानवर के ऊपर इनको कोई दया नहीं आ रही है।" इसके बाद तो फिर दोनों बाप बेटे नीचे उतर कर गधे को

कंधे पर उठाकर चल दिए ।

"जिंदगी में आप जो करना चाहते है उसे ज़रूर कीजिए ,
ये मत सोचिए की लोग क्या कहेंगे,
क्योंकि जब आप कुछ भी नहीं करेंगे तब भी लोग कहेंगे।"

यही होता है अगर आप दूसरों के कहने या सोचने पर ध्यान देंगे । आपने जो सोच लिया करने के लिए उसे कर दीजिए । ये मत सोचिए कि क्या कहेंगे लोग? आप अपने जीवन में खुशहाली पाने के लिए जो अच्छा लगे उसे कीजिए। आप अपने घर या रिस्तेदारो को ही ले लीजिए। अगर आप मिडल क्लास के व्यक्ति है और बड़े लोगो की पार्टी में जाना है, तो कैसे कपड़े, ज्वेलरी, जूते , सैंडिल आदि को पहनना है इस बात का टेंशन हो जाता है। साथ में यह भी सोचते है कि कहीं मेरा पहनावा सस्ता हो गया तो लोग क्या कहेंगे? चलो आपने कैसे भी करके अच्छी व्यवस्था कर लिया। पार्टी में किसने आपके जूते देखे या किसने आपके कपड़े देखे? किसी को फ़ुरसत कहाँ । क्योंकि सब तो इसी में व्यस्त है की मेरा कपड़ा, मेरी ज्वेलरी कोई देख रहा है की नहीं। उनको दूसरे का देखने मे कोई इंटरेस्ट नहीं। जब आप टेंशन में ही रहे तो फिर काहे की पार्टी और काहे की मस्ती। आपका ध्यान तो सिर्फ इस बात पर है की क्या कहेंगे लोग ?

भले ही जीवन घुट-घुट के कटे और फिर ऐसा ही रहा तो आदमी डिऑपरेशन का शिकार भी हो जाता है, यही नहीं कभी कभी तो आत्महत्या जैसे कदम उठा लेता है । लेकिन हमें तो ये चिंता सताती है कि लोग क्या कहेंगे ? और लोग क्या सोचेंगे ? अरे कौन है वो लोग जो आपकी ख़ुशियों से बढ़कर है,कौन है वो लोग जो आपकी सफलता से बढ़कर है, आखिर कौन है वो लोग जो आपकी जिंदगी से बढ़कर है ।

"खुद को कुर्बान कर दोगे, तो भी ये दुनिया आपसे खुश नहीं होगी,
इसलिए वह करो जो मन चाहे न की जो दुनिया चाहे,
क्योंकि दुनिया को बदलते वक़्त नहीं लगता है। "

आज के इतने बिज़ी लाइफ में किसके पास इतना समय की दूसरे के बारे में सोचे कि उसने क्या पहना है, क्या खाया है, कैसा दिखता है, किससे मिलता है, क्या काम करता है , कैसा काम करता है । ये सब तो

सिर्फ हम अपने बारे में सोचते है की अगला क्या सोचेगा। एक ही जिंदगी मिली है इसे जी लीजिए क्यों बेकार के बातों में उलझ कर अपनी जिंदगी को बेजान बना रहे है। जीवन में याद रखिए कि जो आपको अच्छा लगता है, जिससे आपको खुशी मिलती है उसे कीजिए । दूसरों पे ध्यान मत दीजिए कि क्या कहेंगे लोग ?

"चार रिश्तेदार एक ही दिशा में तब चलते है
जब पांचवा व्यक्ति कंधे पर होता है ,
पूरी जिंदगी हम इसी बात में गुजार देते है
की चार लोग या हमारे रिश्तेदार क्या कहेंगे ,
और होता क्या है अंत में, चार लोग कहते है **राम नाम सत्य है।** "

लोग दूसरों को हतोत्साहित करते हैं,खासकर उन लोगों को जो इस बात पर ध्यान देते हैं की 'लोग क्या कहेंगे?' इसी बात का उदाहरण है -मेढकों का एक झुंड जंगल घूमने निकला| सैर करते-करते दो मेढक एक गहरे गड्ढे में गिर गए| बाहर खड़े उनके दोस्तों ने गड्ढे में झांका| उन्हें लगा कि कितनी भी कोशिश क्यों न की जाए, उनका बाहर निकल पाना नामुमकिन है| वे गड्ढे में फंसे मेढकों से कहने लगे कि हाथ-पैर मारने का कोई फायदा नहीं, वे किसी भी कीमत पर नहीं बच पाएंगे| वह गड्ढा उनके लिए मौत का गड्ढा साबित होगा|

दोनों मेढकों ने उन्हें अनसुना कर दिया और बाहर निकलने की भरसक कोशिश करते रहे| बाहर से झांकते मेंढक उनके न बच पाने की बात दोहराए जा रहे थे| आखिरकार एक मेंढक निराश हो गया| उसने बाहर निकल पाने की आस छोड़ दी और वहीं मर गया|

दूसरा मेढक अब भी बाहर निकलने की कोशिश में बराबर जूझता रहा| कुछ देर बाद वह गड्ढे के बाहर था| बाहर निकलते ही उसने अपने मित्रों को धन्यवाद दिया|

मेंढक कुछ समझ नहीं पाए| यह बाहर कैसे निकल गया| उसने उन्हें बताया कि वह बहरा है और जब वह बाहर आने के लिए लड़ रहा था, तब उन्हें सुन तो नहीं पा रहा था, लेकिन यह भलीभांति समझ रहा था कि वे सब उसे बाहर आने के लिए प्रोत्साहित कर रहे थे|

हमें हौसला बनाये रखना चाहिए| कहने का तात्पर्य यह है कि दूसरों के मुंह से निकले शब्द किसी का हौसला पस्त कर सकते हैं| इसलिए हमेशा दूसरों के बजाय खुद के सोच को प्राथमिकता दें| लोगों की अनर्गल बातें मत सुनिए| वे भीड़ हैं, जो आपके अपने नहीं हैं| दूषित मानसिकता वाले लोग आपके हृदय की जिजीविषा को मार देते हैं| मेंढक ऐसे लोगों की बातों में नहीं आया| बल्कि उल्टा उसने तो यह समझा कि वे उसका उत्साह बढ़ा रहे हैं| वह अपने सोच के साथ बगैर लोगों के कथन की परवाह किए बढ़ता चला गया जब तक कि अपने लक्ष्य को प्राप्त नहीं कर लिया|

याद रखिए जो लोगों के कहने या बहकावे में आ जाते हैं वे लक्ष्य से भटक जाते हैं| लोगों ने अग्नि परीक्षा के बाद भी सीता तक को नहीं छोड़ा और जंगल भिजवा दिया| जब तक आप अपने आपमें स्पष्ट तथा सुलझे हुए हैं, आपको निश्चित होकर आगे कदम बढ़ाना चाहिए| आखिरकार सफर तो आपको ही तय करना है| कोई अन्य तो आपका भार उठाने से रहा| ऐसे में क्यों समय बर्बाद किया जाए तथा औरों की सुनकर निरुत्साहित हुआ जाए| मन हमारा है तो मनोबल भी हमारा ही होना चाहिए| आप अपने मार्ग पर हाथी की मदमस्त चाल से चलते रहिए| मंजिल खुद आपके लिए पलक पांवड़े बिछा आपसे मिलने को आतुर रहेगी यही लक्ष्य के प्रति ईमानदारी का तकाजा भी है| पर ये सब ज्ञान की बातें मैं दादी को कैसे समझाती?

8

नरक में वापसी

"हर दुख एक सबक देता है,और हर सबक इंसान को बदल देता है|"

गाँव आने के बाद मैंने पति के खिलाफ घरेलू हिंसा और तलाक का मुकदमा दायर कर दिया | वहीं दूसरी ओर मेरे पति ने भी मेरे ऊपर गहने चुराने और ससुराल से मायके भाग जाने का झूठा इल्जाम लगाया | साथ ही मेरे घर वालों पर भी इल्जाम लगाया की मेरे घर वाले मुझे ससुराल जाने से रोकते हैं| सच्चाई ये थी कि मेरी सास ने मेरे गहने मुझसे मांगकर मेरी ननद को दे दिया था और उन्ही गहनों की चोरी का इल्जाम मुझ पर मुकदमे में लगाया था| इतना ही नहीं बल्कि मेरी अटैची से मेरे बच्चे का जन्म प्रमाणपत्र भी चोरी कर लिया | इसके पीछे शायद यही सोच थी कि बच्चे का प्रमाणपत्र गायब करके यह साबित किया जा सकेगा कि बच्चा मेरा नहीं है, क्योंकि मेरे पास कोई सबूत ही नहीं बचेगा | कितनी कुटिल सोच थी ! क्या सिर्फ प्रमाणपत्र गायब कर देने से मेरे माँ होने का सबूत मिट जाता? कदापि नहीं | यह तो मूर्खता की भी पराकाष्ठा थी|

मेरे साथ इतना सब कुछ होने के बावजूद भी मेरी दादी मुझे ससुराल भेजने की जिद कर रही थी| आखिर उसकी जिद पूरी की गई और मुझे फिर से उसी नरक में झोंक दिया गया| ससुराल पहुंचते ही मेरे साथ घोर अत्याचार किया जाने लगा |जब मैं प्रेग्नेंट थी तो अपेंडिक्स का ऑपरेशन नहीं किया जा सका क्योंकि बच्चे की जान को खतरा था |

इसके अलावा पेट की नसें इतनी उलझ गई थीं की डॉक्टर ने ऑपरेशन करने से इनकार कर दिया था| हालांकि दर्द की दवा देकर मुझे कुछ राहत दी गई थी |अब दर्द फिर से उभर आया था, डॉक्टर को दिखाया तो उसने ऑपरेशन की सलाह दी और मेरा ऑपरेशन कर दिया |ऑपरेशन के बाद डॉक्टर ने मेरे पति से कहा, "आपकी पत्नी बड़ी सहनशील है,इतनी बड़ी इंटरनल प्रॉबलम होने के बावजूद भी उसने हिम्मत नहीं खोया और दर्द सहती रही |" मेरे पति को यह सुनकर अच्छा नहीं लगा| उसने मुंह बनाते हुए अपना सर घुमा लिया |

ऑपरेशन के बाद डॉक्टर ने मुझे आराम की सलाह दी थी| मैं तो कमजोरी की वजह से बिस्तर पर पड़ी रहती थी| खाना जेठानी की लड़की बनाती थी |जब सब लोग खा लेते थे तब मेरी खाने की बारी आती थी |उठ कर देखती थी तो पाती थी कि खाना खत्म हो चुका है, मैं भूखी ही सो जाती थी | कभी कभार सभी की थाली से बचा हुआ जूठा खाना एक साथ पोंछ कर मेरे लिए रख दिया जाता था | वही मैं खाने को मजबूर थी ठीक उसी तरह जैसे बचा हुआ खाना गली के कुत्तों के लिए डाल दिया जाता है |

मुझे घर से बाहर निकलने की इजाजत नहीं थी | हमेशा मेरे ऊपर किसी न किसी का पहरा होता था| वैसे भी गाँव में पर्दा प्रथा थी जहां 24 घंटे घूँघट में रहना पड़ता था | मेरे घर वालों से बात नहीं करने दिया जाता था|

मैं धीरे धीरे ठीक होने लगी थी | इसी बीच जेठानी के लड़के की शादी थी| मुझे बचपन से ही गाने का शौक था | शादी के अवसर पर मैंने गाना गाया | सबने मेरी तारीफ की | औरतों ने कहा, "चाची, तुम्हारी बहू कितना अच्छा गाती है,बबन की किस्मत बहुत अच्छी है जो इतनी गुणवान बहू पाया है|" मेरी सास को मेरी प्रशंसा सुनकर बहुत बुरा लगा| उसने कहा, "खाक अच्छी है, दिन भर चारपाई पर पड़ी रहती है, काम की न धाम की बैरी अनाज की, गाने से पेट भरता है क्या?"

मेरी सास मुझे प्रताड़ित करने का मौका ढूंढ रही थी और उसे मौका मिल गया| मैं पूरी तरह ठीक नहीं हुई थी, मुझे उस दिन बुखार था और मैं अपने जेठानी के कमरे में सो गई थी | सास वहाँ आई और मुझसे पूछा,

"काम क्यों नहीं कर रही है?" मैंने कहा,"माँ,मुझे बुखार है|" यह सुनकर वो भड़क गई और गालियां देने लगी, "कामचोर कहीं की, सबके सामने गाना गाने में बुखार नहीं आता, घर का काम करने में बुखार आता है | तू है ही बदचलन, रुक तेरी चमड़ी उधड़वाती हूँ |" ऐसा कहकर वो गुस्से से नथुने फुलाते हुए बाहर निकल गई|

मेरे सास को अपने बेटे से बहुत अधिक मोह था और मुझसे उतनी ही ज्यादा घृणा| किसी ने ठीक कहा है, "मोह अधिक हो जाए तो बुराई नहीं दिखती और यदि घृणा ज्यादा हो जाए तो अच्छाई नहीं दिखती|" मेरे अंदर मेरी सास को कोई अच्छाई नहीं दिखती थी|

मेरी सास हमेशा मुझे परेशान करने का मौका ढूंढते रहती थी| थोड़ी देर में मेरा पति आया और वह भी गालियां देने लगा, "उठ बदचलन औरत, तुझे माँ से जुबान लड़ाना बहुत आता है|" उसने मेरे बाल पकड़ कर मुझे पीटना शुरू कर दिया| आँगन में मेहमान बैठे हुए थे और वो जानवर मुझे कमरे में पीट रहा था पर किसी ने हस्ताक्षेप नहीं किया, किसी ने उस वहसी से नहीं पूछा कि वह अपनी पत्नी को क्यों पीट रहा है| मुझे बेदम होते तक पीटा और चेहरे पर विजेता भाव लेकर चला गया|

अत्याचार सहने की यही प्रवृति एक अत्याचारी को घोर अत्याचारी बना देती है, विशेषकर उस समाज में जहां लोग अत्याचार होते हुए दूर खड़े होकर देखते हैं | उन्हे सिर्फ इसकी चिंता होती है की ये तो लोगों के बीच का व्यक्तिगत मामला है | यदि उन्होंने इस अत्याचार का विरोध किया तो वो किसी मुशीबत मे फंस जाएंगे| वो यह नहीं समझ पाते की एक घर में लगी आग पड़ोसी के घर को भी जला सकती है| इससे पहले कि यह आग और फैले एक पड़ोसी को दूसरे पड़ोसी की मदद करनी चाहिए |पर यह तो कायर लोगों का समाज था जहां स्त्रियों का कोई सम्मान नहीं था |इनका स्वाभिमान खत्म हो गया था| जहां लोगों का स्वाभिमान खत्म हो जाता है, वहाँ लोगों का अस्तित्व भी मिट जाता है| इस बात का इन्हे जरा भी एहसास नहीं था|

नारी दया, करुणा,प्रेम और ममता की पवित्र मूर्ति होती है| नारी ही मनुष्य की जन्मदात्री होती है जिसके ह्रदय में सूर्य जैसा तेज, समुद्र जैसी गंभीरता, चंद्रमा जैसी शीतलता, पर्वतों जैसी मानसिक उच्चता,और

पृथ्वी जैसी क्षमता होती है| वहीं जिस समाज में नारी का सम्मान नहीं किया जाता, उस समाज का जल्द ही सर्वनाश हो जाता है | स्त्रियों की मान-हानि साक्षात लक्ष्मी और सरस्वती की मान- हानि है |

इसलिए हर किसी को नारी का सम्मान करना चाहिए| परंतु जिस समाज में मैं रह रही थी वहाँ स्त्रियों को पैर की जूती समझा जाता था | यदि किसी घर में लड़की पैदा होती थी तो उसे या तो जन्म होते ही गला दबाकर मार दिया जाता था या उसका पालन पोषण कुछ इस तरह से किया जाता था कि वो पढ़ने लिखने की बजाय बड़ी होकर सिर्फ घर का चूल्हा चौका संभाले,या घर के पालतू पशुओं की देखभाल करे| कुछ कमियाँ पाए जाने पर घर वालों की प्रताड़ना सहे और पति के हाथों जानवरों की मार खाए और मार खाने के बाद भी ऊफ भी न करे| यही उस समाज का नारी के प्रति व्यवहार था जो मुझे नरक की तरह लग रहा था|

मेरा पति मुझे बदनाम और परेशान करने की नई नई तरकीबें सोचता रहता था | मेरे ध्यान में आया की जब भी दिन में मैं अपने कमरे में अकेले होती थी तो वो अपने किसी न किसी दोस्त को किसी बहाने मेरे कमरे में भेज देता था | मुझे उसकी नीयत पर शक हो गया था की वो मुझे बदनाम करना चाहता था उसने एक दिन कहा था, “मैं तुझे मुंबई ले जाकर बेच दूंगा और किसी कोठे में बैठा दूंगा तब तेरा घमंड टूटेगा |” मैं तुरंत कमरे से बाहर आ जाती थी और उसका प्लान फेल हो जाता था|

कब तक इस अत्याचार को झेलूँ मैं? कब खत्म होगा ये सब? ये सवाल मेरे दिमाग में बार बार उठते थे| मेरा भाई मुझसे मिलने मेरे ससुराल आया | सोचा, उसे बता दूँगी सारी हकीकत पर जब भी वो मेरे पास आता तो कोई न कोई उसके साथ जरूर बैठा होता| यह सब जानबूझकर किया जा रहा था ताकि मैं उसे कुछ न बता सकूँ| भाई वापस घर लौट गया पर मैं उससे कुछ कह नहीं सकी | मैंने किसी तरह घर में संदेश भिजवाया कि किसी बहाने मुझे मायके वापस बुला लें| मेरा भाई आया और मुझे इस नरक से उबार ले गया |

मैं मायके आ गई और एक साल का कंप्यूटर डिप्लोमा कोर्स में एडमीशन ले लिया| बच्चों को कंप्यूटर सिखाने का प्रस्ताव मिला और तनख्वाह थी मात्र 2000 रुपये प्रति माह | मैंने इतनी कम तनख्वाह में

भी काम करना स्वीकार कर लिया क्योंकि मैं अपने बच्चे की जिंदगी सवाँरना चाहती थी, अपने पैरों पर खड़ा होना चाहती थी |हालांकि तनख्वाह बहुत कम थी पर ये मेरी जिंदगी के संघर्ष में डूबते को तिनके का सहारा थी,ठीक अंधेरे मे टिमटिमाते दिए की रोशनी की तरह | इससे मैं बच्चे के लिए जरूरत का सामान खरीद लेती थी| पति ने तो बहुत पहले ही खर्च देना बंद कर दिया था| ना ही फोन करता था और न ही बच्चे का या मेरा हालचाल लेता था | मैंने कंप्यूटर टीचर की नौकरी तीन चार महीने की और फिर नौकरी छोड़कर मुंबई आ गई|

सन 2013 -गाँव से वापस मुंबई आने के बाद मैंने काम की तलाश शुरू की| मुझे अंधेरी इलाके के मंगला हॉस्पीटल में रिसेप्सनिस्ट का काम मिला | तनखवाह थी मात्र 4000 रुपये प्रति माह| मैं सुबह 8 बजे से शाम 4 बजे तक काम करती थी | वहाँ सप्ताह में सातों दिन काम करना पड़ता था| तनख्वाह मिलते ही अपनी माँ के सुपुर्द कर देती थी | मेरा बेटा आर्यन 2 साल का हो गया था, उसका ख्याल माँ ही रखती थी|

जिंदगी अपनी रफ्तार से ठीक ठाक चलने लगी थी| हर महीने तलाक और घरेलू हिंसा की पेशी में मुंबई से अपने गाँव जाना पड़ता था | गाँव में पेशी के दौरान मुझे अपने ही घर में रहने की इजाजत नहीं थी | दादी का कहना था की यदि घर में रुकी तो 'लोग क्या कहेंगे?' लोग तरह तरह के सवाल पूंछेंगे| गाँव में घर पहुँचने के पहले रास्ते में ही मुझे फोन से निर्देश मिल जाते थे की घर नहीं आना, बल्कि गाँव की बजाय किसी दूसरे गाँव में जान पहचान वाले या वकील के घर में ही रुक जाना | मैं गाँव में अपना चेहरा भी दिखाने नहीं जाती थी | मेरी दादी ही मेरा वर्तमान, भूत और भविष्य लिख रही थी| विधाता ने उसे ही मेरे जीवन में चुनौती खड़ी करने और कठिन परीक्षा लेने के लिए चुना था | यह सिलसिला दो वर्षों तक चलता रहा , मैं हर बार छुप छुप कर अपना मुकदमा लड़ने आती रही और जाती रही| मैं वकील को कहती थी कि 'वकील साहब मुकदमे का निपटारा जल्दी करा दीजिए' वो कहता था, 'ये मेरे वश में नहीं है, तुम्हारा पति अदालत की पेशी में आता नहीं है ,फिर मुकदमा कैसे जल्दी निपटेगा?' ऐसे वक्त पर मेरे पिता मेरे साथ थे| वो वकील की फीस, आने जाने का खर्च सब कुछ अपनी छोटी सी आय से पूरा करते थे | हालांकि

उनके ऊपर भी मेरे अलावा तीन भाई बहनों, माँ और दादी की जिम्मेदारी थी|

मैं मुंबई में थी| एक दिन मैं बाजार गई हुई थी| बबन ने बाजार में मुझे देख लिया और मेरा पीछा करने लगा| मैंने भी उसे देखा| वो पीछा करते करते मेरे नजदीक आकर मेरे दुपट्टे को भरे बाजार में छीनने की कोशिश की | मैं दुपट्टा छुड़ा कर भागी| वो पीछा करते करते मेरे घर आ गया और घर में जबरदस्ती घुसकर मुझे मारने लगा| किचन में जाकर रसोई गैस का पाईप निकाल दिया | वो आवेश में लाइटर ढूंढ रहा था, लाइटर नहीं मिली पर उसको चाकू मिल गया| वह पागलों की तरह चिल्ला रहा था और कह रहा था, “मैं तुम सबको जला कर मार डालूँगा, काट डालूँगा और मैं खुद मर जाऊंगा|” हम सब डर के मारे घर से बाहर भागे और बाहर से दरवाजा बंद कर दिया | वो दरवाजा पीटता रहा जब हमने दरवाजा नहीं खोला तो उसने चाकू से अपने हाथ को ही काट डाला और पुलिस को फोन करके बुला लिया| पुलिस आ गई हम सभी को पुलिस थाने ले गई| थाने में हमारे खिलाफ उसने रिपोर्ट लिखवाई और बयान दिया कि, “मैं अपने बच्चे से मिलने अपने ससुराल आया था जहां मुझे मेरे सास ससुर ने पकड़ लिया और मेरी पत्नी ने मुझ पर चाकू से हमला कर दिया| मैंने अपने आप को बचाने की कोशिश की तो चाकू मेरे हाथ में लग गया | मैंने अपने आप को छुड़ाया तो ये सभी लोग घर से बाहर भागे और बाहर से दरवाजा बंद कर दिया |” यह पूरी तरह झूठा बयान था पर पुलिस ने उसके बयान को ही सही मानते हुए हमारे खिलाफ शिकायत लिख लिया और हमारी एक न सुनी | पुलिस को उसने घूस देकर अपने पक्ष में कर लिया था| पुलिस ने हमसे झगड़ा न करने का वादा लिखित में लेकर हमें छोड़ दिया|

इस घटना से मैं बहुत दुखी हो गई थी | ऐसा मन करता था कि कहीं जाकर अपनी जान दे दूँ| पर मैं ऐसा नहीं कर सकती थी क्योंकि बेटे का खयाल आता था| यदि ऐसा किया तो बेटा अनाथ हो जाएगा |

9

समझौता या तलाक

"रिश्ते निभाने के लिए बुद्धि नही,दिल की शुद्धि होनी चाहिए|"

इसी बीच मेरे वो रिश्तेदार मेरे घर आए जिन्होंने मेरी शादी कारवाई थी| उनका आने का मकसद था हमारे वैवाहिक संबंधों को फिर से जोड़ना| एक तरह से ये लोग समझौता कराने आए थे| उन्होंने समझाने की कोशिश की और कहा, "तुम दोनों आपस में समझौता कर लो और एक साथ रहो| पति पत्नी के बीच ऐसे झगड़े तो होते रहते हैं| तुम दुनिया की कोई अनोखी लड़की नहीं हो, ऐसा सब के साथ होता है | अगर पति को प्यार से समझाओगे तो मान जाएगा, हर मर्द ऐसे ही होते हैं|" मैंने कहा, " जिस इंसान के दिल में पत्नी के लिए प्यार नहीं है वो कभी सम्मान नहीं दे सकता| मैं कोई मशीन नहीं हूँ की जब चाहे तो स्टार्ट कर दिया और जब चाहे तो बंद कर दिया| मेरी भी भावनाएं हैं| बबन की सोच यही है की औरतें चूल्हा चक्की करें और बच्चे पैदा करें और पति की हर इच्छा पूरी करें| यह मुझसे नहीं हो सकता और न ही मैं मशीन हूँ| आप लोगों ने झूठ बोलकर मेरी शादी करवा दी , वो भी अधेड़ इंसान से जो मुझसे 19 साल बड़ा था, जो पढ़ा लिखा नहीं था, बेरोजगार था | जिसका ठीक से एक घर भी नहीं है, सास उससे भी ज्यादा अत्याचारी है| मैं आखिर किसके सहारे रहूँ ? अब मैं उसके साथ नहीं रह सकती |" मैंने अपने माता-पिता से भी कहा, " यदि मैं आप लोगों को बोझ लग रही हूँ तो बता दें मैं अपना रास्ता ढूंढ लूँगी|"

तलाक का मुकदमा चल रहा था| जज से अपने फैसले में कहा की " पति पत्नी दोनो एक साथ छः महीने तक रहें, यदि नही रह सके तो तलाक के मामले पर विचार किया जाएगा|" मैंने इन हालातों में एक बार फिर से साथ रहने का विचार किया| पति ने एक कमरे का मकान ढूंढ लिया| मैं खुशी खुशी अपने बच्चे को लेकर उसके साथ रहने को चली गई| मेरी बहनें जूही और रूही ने मेरी गृहस्थी जमाने में मदद की, गृहस्थी का सामान खरीद कर ले आईं | मुझे बड़ी उम्मीद हो गई की अब जीवन फिर से पटरी पर चलने लगा है और आगे भी चलेगा |

मैं रोज सुबह उठ कर पति और अपने लिए टिफिन तैयार करती थी| घर का सारा काम करके बेटे आर्यन को अपनी माँ के पास छोड़ कर अपने काम पर चली जाती थी| मैं उस समय एक 'रियल इस्टेट' कंपनी में काम करती थी | वो आटोरिक्शा चलाता था और आटो रिक्शा दीदी के घर के पास खड़ा करता था | वो घर से निकलकर सीधे अपनी दीदी के घर जाता था और आटो रिक्शा लेकर काम पर निकल जाता था | शाम को जब वापस आता था तो कहता था आज कोई कमाई नहीं हुई | कुछ दिन बाद मुझे पता चला कि उसने झूठ बोला था की वो आटोरिक्शा चलाता है, जबकि वो बेरोजगार घूम रहा था |

उसके खुराफाती दिमाग में कुछ न कुछ चलता रहता था | वह मेरे मम्मी पापा से शिकायत करने लगा की "तुम्हारी बेटी किसी लायक नहीं है,वो घर का काम नहीं करती मुझे खुद करना पड़ता है, मैं अपने कपड़े खुद धोता हूँ, मुझे पत्नी का सुख नहीं मिलता|" वो मेरी कमाई पर अपना गुजर बसर करना चाहता था| मुझे यह बात पता लग चुकी थी | वो आले दर्जे का निकम्मा और बददिमाग इंसान था| उसके और भी न जाने कितने रूप थे जो मैं समझ नहीं पाई |

मैं सबको अपनी ही तरह इंसान समझती थी | मुझे क्या पता कि दुनिया फरेब और झूठ पर टिकी हुई है| मुझे तो परमात्मा और अपने कर्मों पर विश्वास है | इंसान जो कर्म करेगा उसे उसका प्रतिफल देर सबेर अवश्य मिलेगा| ये तो प्रकृति का नियम है की हम जो बोते हैं वही पैदा होता है |

सन 2012 -मेरा बेटा आर्यन 3 साल का हो चुका था| उसका एडमीशन नर्सरी स्कूल में कराने के लिए मैंने बबन को 15000 रुपये दिए ताकि वो बेटे का एडमीशन नर्सरी स्कूल में करा दे| वो आर्यन को स्कूल लेकर गया |शाम को जब मैं अपनी ड्यूटी से वापस आई और बबन से पूछा, "क्या आर्यन का एडमीशन हो गया?" उसने कहा "हाँ, हो गया| सोमवार से स्कूल खुलेगा|" मैं बड़ी खुश थी | सोमवार को मैं और मेरी छोटी बहन जूही आर्यन को तैयार करके स्कूल ले गए| उस दिन मेरी खुशी का ठिकाना नहीं था, बेटा भी खुशी के मारे उछल कूद रहा था| स्कूल पहुंचकर हमें जानकारी मिली कि आर्यन नाम के किसी बच्चे का एडमीशन हुआ ही नहीं था | यह सुनकर मुझे बड़ा आश्चर्य हुआ| मुझे यकीन ही नहीं हुआ की ऐसा भी हो सकता है |

मैंने बबन को तुरंत फोन किया और पूछा,"क्या तुमने आर्यन का एडमीशन नहीं कराया था?" उसने कहा, "एडमीशन नहीं कराया, माँ की तबीयत खराब थी तो दवा के लिए पैसे घर भेज दिया|" मैंने कहा, अगर ऐसा था तो मुझे बता देते, मैं कहीं से पैसे का इंतजाम कर लेती पर तुमने तो बच्चे के भविष्य के साथ खिलवाड़ किया है| वो मुझे फोन पर ही भद्दी भद्दी गालियां देने लगा और फोन काट दिया|

मैं ठगी सी रह गई | मुझे कुछ सूझ नहीं रहा था और मुझे अपनी बेबसी पर रोना आ रहा था| मैं रोने लगी |तभी मेरे बेटे ने मेरे आँसू पोंछते हुए कहा, "माँ, रो मत,अगर इस स्कूल में एडमीशन नहीं हुआ तो कोई बात नहीं, मैं दूसरे स्कूल में भी पढ़ लूँगा|" मैं आर्यन को लेकर घर वापस आ गई|

शाम का समय था, मैं ऑफिस से लौटकर माँ के घर आर्यन को लेने गई थी | तभी बबन आ गया, मुझसे बिना वजह झगड़ा करने लगा और सबके सामने मुझे मारने लगा | और गालियां देते हुए कहने लगा, "जो बेटा तूने पैदा किया है, वो किसी की नाजायज औलाद है | न जाने कहाँ मुंह काला करके आई है और इसे मेरा नाम दे रही है|" इतना सुनते ही मेरे तन बदन में आग लग गई और मैंने उसका गिरेबान पकड़ लिया और उसके गाल पर एक जोरदार तमाचा जड़ दिया| वो मेरी ओर झपटने की कोशिश किया तो मम्मी और पापा ने उसे पकड़ लिया| मैंने कहा,

"खबरदार, जो मेरे बेटे के लिए अपनी गंदी ज़ुबान से दुबारा ऐसा कहा, अगर तुझे जरा भी शक है तो चल DNA टेस्ट करा ले|" मन तो किया इस दुष्ट को चप्पल से मारूं पर मुझे भी मेरी माँ और बहन ने पकड़ लिया | वो धमकी देते हुए कहने लगा, "मैं आज रात तुझे ख़त्म कर दूंगा|"

मैं थोड़ी देर बाद घर गयी | घर पहुँची तो बबन अपनी माँ से फोन पर बात कर रहा था| मैं बाहर ही खड़े होकर उसकी बातें सुनाने लगी | वह कह रहा था, "माँ आज मैं इसे मार डालूँगा, और आर्यन को ले आऊंगा, दूसरी शादी करूंगा| मैं मिट्टी का तेल ले आया हूँ | उसे जलाकर और आर्यन को लेकर भाग जाऊँगा|" वो माँ से ऐसे बता रहा था जैसे अपनी माँ के कहे अनुसार प्लानिंग कर रहा था| उसे जैसे ही मेरे आने की आहट मिली तो उसने फोन काट दिया|

मैं घर पहुंचकर बैठ गई| वो उठा और दरवाजा बंद कर दिया | बहसबाजी चालू कर दिया| फिर मैं सोने के लिए बिस्तर पर लेट गई | वो मुझे मारने लगा, मैंने भी उसका प्रतिरोध किया और दो चार चांटे जड़ दिए | उसने घर में मिट्टी का तेल पहले से लाकर रखा था, उसे मेरे ऊपर उंडेल दिया| इसके अलावा जो और भी कपड़े रखे थे उन पर भी डाल दिया |वह गुस्से में तमतमा रहा था| आर्यन डर के मारे दुबक के कोने में बैठा रो रहा था | जोर से बारिश हो रही थी | मुझे समझ नहीं आ रहा था की बबन का गुस्सा कैसे ठंडा करूँ और उस हालात से कैसे निकलूँ ?

मैंने धीरे से माँ को फोन लगा कर फोन चालू कर दिया और उसे किसी तरह बातों में उलझाए रखी, उसके सामने गिड़गिड़ाती रही, माफी मांगती रही पर इधर मेरा फोन चालू था | मेरी माँ को समझते देर न लगी कि मामला गंभीर है | मेरी माँ मेरे भाई रुद्र को लेकर थोड़ी देर में मेरे पास आ गई | रात के ढाई बजे थे, मैं सबसे ऊंचे फ्लोर में रहती थी| बारिश की वजह से नीचे फ्लोर तक आवाज भी सुनाई नहीं दे रही थी | मेरी माँ और भाई मुझे और आर्यन को लेकर अपने घर ले आए | इस तरह हम दोनो अदालत के आदेश के अनुसार एक महीने भी साथ नहीं रह सके | मैं सोचने लगी अच्छा ही हुआ अब इस राक्षस से छुटकारा मिल जाएगा|

उसके इस कारनामें को देखकर मैं सोचने लगी कि कोई इतना कैसे बेरहम हो सकता है| मैंने कभी उसकी इज्जत को आंच नहीं आने दिया

था | उसने जैसा कहा वैसे ही करती रही| समाज में लड़कों को ही इतनी अहमियत क्यों दी जाती है ? क्या लड़कियों का कोई हक़ नहीं है कि वो भी शुकून से जी सके, खुश रहें ,अपनी जिन्दगी अपने तरीके से जियें? लड़कियों को इतनी बंदिशों में क्यों रखा जाता है?

मैंने किसी का क्या बिगाड़ा था जो मेरी जिन्दगी बर्बाद कर दी गयी, पढाई छुडा कर कम उम्र में शादी कर दी गयी ,सपने देखने पर रोक लगा दी गई | शादी के लिए मैंने बहुत सपने सँजोये थे| मेरा पति होगा, उसे इतना प्यार दूंगी कि अगर उसे कोई तकलीफ भी रहेगी तो मेरा प्यार पाकर सब भूल जाएगा| मुझे प्यार करेगा, साथ रहेगा, वो मेरी परछाई , मेरा भगवान् होगा! सब सपने टूट गए| मैं एक महीने के अन्दर ही हमेशा के लिए मायके वापस आ गयी | मैंने अपनी डायरी के पन्ने पलटे और दर्ज कर दिया अपना दर्द:

क्या नसीब है हमारा ....
सारी कयामत ही हमसे रूठ गई
जिस मंजिल को पाने का सपना था,
वो मंजिल भी हमसे छूट गई
क्या नसीब है हमारा........
कितनी कोशिशें की उसे पाने की
हर हालात में खुद को समझाने की
उम्मीद की रोशनी हम जलाए रखे,
पर हवा के एक झोंके से वह भी बुझ गई
क्या नसीब है हमारा.........
कैसे कैसे ठोकर खाए हमने,
उन जख्मों को छुपाये हमने
लहू लुहान चलते रहे मंजिलों की ओर
पर वो हमसफ़र भी साथ छोड़ गए
क्या नसीब है हमारा.........

सन 2016-मैं मुम्बई में जॉब करती थी, जो कमाती थी घर में माँ को दे देती थी| मेरे लिए माँ बाप ही मेरी दुनिया थे | हर पेशी में गाँव जाना पड़ता था | थक चुकी थी केस लड़के पर कुछ हासिल नहीं हो रहा

था | इसी तरह चार साल निकल गए| एक दिन अपने वकील से मैंने बात की| मैंने उसके सामने हाथ जोड़कर जिन्दगी की भीख माँगी और कहा, "प्लीज मुझे इस झंझट से छुटकारा दिला दीजिये| मैं अकेले रह लूंगी,बेटे को पाल लूंगी पर अब मैं और इस जानवर के साथ नहीं रह सकती |" मेरे दर्द को देखकर वकील ने कहा,"मैं तुम्हारी मदद जरूर करूंगा| वकील ने पैसे तो बहुत लिए पर उसने मेरा काम कर दिया|

कुछ महीनो बाद मुझे वकील का फोन आया| मैं फेमिली कोर्ट में गयी | वहाँ बबन अदालत में अपने साथ कई रिश्तेदारों को लेकर आया था | सभी मेरे पास बारी बारी से आकर समझाने लगे कि मुझे बबन से समझौता कर लेना चाहिए और साथ रहना चाहिए |कहने लगे - पति पत्नी के बीच झगडे होना मामूली बात है | वही घिसी पिटी बातें,वही आदर्श भरे उपदेश जो सिर्फ एक औरत के लिए लागू होते हैं | बबन भी आकर रोने ,गिडगिडाने लगा, हाथ जोड़कर कहने लगा

"सब कुछ भूल जाओ और मैं अब तुम्हे कभी परेशान नहीं करूंगा, समझौता कर लो, हम फिर से साथ रहेंगे |"

मैंने कहा, " अब मगरमच्छ के आंसू मेरे सामने मत बहाओ, मैं अब किसी भी सूरत में तुमसे समझौता नहीं कर सकती| तुम्हारे जैसे राक्षस के साथ जिन्दगी बिताने की बजाय मैं अकेले रहना पसंद करूंगी|"

जब उसने देखा कि अब उसकी चिकनी चुपड़ी बातों में नहीं आने वाली तो उसने अदालत के बाहर ही मुझे गालियाँ देने लगा,

" तू कुलटा औरत है, तू कभी सुखी नहीं रहेगी, मुझसे ज्यादा प्यार करने वाला तुझे कोई नहीं मिलेगा|"

मैंने उसकी बातों पर कोई ध्यान नहीं दिया | मैंने निश्चय कर लिया था कि अब चाहे सूरज पूर्व से उगने की बजाय पश्चिम से उगने लगे फिर भी मैं उस राक्षस से समझौता नहीं करूंगी| घुट घुट कर जीने से तो मौत अच्छी है| अगर जीना है तो स्वाभिमान से जीना होगा | मैंने तो अपने स्वाभिमान का ही गला घोंट दिया था,मेरी स्त्री होने की पहचान, और एक इंसान होने का अस्तित्व ही समाप्त हो गया था| कोर्ट में जज के सामने मैं पेश हुई| जज ने पूछा,

"खुशी, आप क्या चाहती हैं |"

“जज साहब, मैं इसके साथ अब नहीं रह सकती,मैं तलाक चाहती हूँ |”

अंततः मेरा तलाक हो गया| मुझे छः वर्षों की असीम वेदना और उस राक्षस से छुटकारा मिल गया| मैं बहुत रोई पर मैं समझ नहीं पा रही थी की ये खुशी के आँसू थे या गम के| मेरे आँसू मेरी कलम से कुछ इस तरह निकल पड़े,

काश किसी को मेरा भी एहसास होता,
काश किसी को मुझसे भी प्यार होता|
मैं अपनी सारी जिंदगी उस पे लूटा देती,
काश किसी को मेरा भी इंतजार होता|
पलकें बिछाए बैठी रहती हूँ,
कोई तो आएगा सूने मन के आँगन में|
आज नहीं तो कल ‘खुशी’ मिले मुझे
काश किसी को मेरा भी इंतजार होता|
आँखें आज भी इंतजार करती हैं,
उस पल का दीदार करती हैं|
वो पल जो सिर्फ मेरे लिए होता,
काश किसी को मेरा भी इंतजार होता|

10

अपनों से संघर्ष

"खुशी देने वालेअपने तो होते ही हैं पर गम देने भीअजनबी नहीं होते हैं|"

तलाक के बाद मेरे मन में हर मर्द के लिए नफरत पैदा हो गई| मैंने अपने आप से वादा किया की अब पूरी जिंदगी अकेली रहूँगी| आर्यन को अच्छी शिक्षा दूँगी| उसकी अच्छी परवरिश करूंगी, उसे माँ बाप दोनो का प्यार दूँगी| उसे पिता की कमी कभी महसूस नहीं होने दूँगी|

मेरे पिता ने आर्यन का एडमीशन एक स्कूल में करा दिया |वो जूनियर के जी में पढ़ने लगा | आर्यन शुरू से ही पढ़ने में बहुत तेज था | मेरे मम्मी-पापा,बहनें –जूही और रूही, भाई हर्ष सब ने उसे अपनी पलकों पर बिठा कर रखा, उसे बहुत प्यार दिया| कभी किसी चीज की कमी नहीं होने दी| उसको हमेशा अपने से जोड़ कर रखा |

तलाक के वक्त मेन्टीनेंस के लिए मुझे एकमुस्त 2,50000 रुपये मेरे पूर्व पति ने दिए थे| एक बार पापा की तबीयत बहुत खराब हो गई| अगर समय पर उनका इलाज न हुआ होता तो उनका बचना मुश्किल था |मैंने वो पूरा पैसा उनके इलाज पर खर्च कर दिया| मेरे लिए पैसों से ज्यादा जरूरी मेरा परिवार था ,विशेषकर मेरे पिता जिन्होंने मुशीबत के वक्त हमेशा मेरा साथ दिया | पैसे तो मैं फिर भी कमा लेती पर यदि पापा को खो देती तो फिर दुनिया में मेरा सहारा कौन होता? मैं अपने आप को कभी माफ न कर पाती |

दादी ने मुझसे पूछा की मैंने पैसों का क्या किया| मैंने उन्हे बताया की पापा के इलाज में पूरे पैसे लग गए|वो मेरा जवाब सुनकर भड़क गई और पूछा, “ऐसा क्यों किया तुमने?” वो कहने लगी चाचा ने वो पैसे तुम्हारी शादी में लगाए थे तो उन्हे ही वापस करना था | मैंने कहा, “दादी, आप के लिए पैसे जरूरी हैं, पर क्या आपको अपनी औलाद जरूरी नहीं है?” मेरा यह सवाल सुनकर दादी स्तब्ध रह गई| उन्हे आशा नहीं थी की मैं उनसे ऐसा सवाल करूंगी| मैंने कहा,“पैसे तो फिर आ जाएंगे, अगर पापा को कुछ हो जाता तो क्या होता, क्या इसका भी अंदाजा है आपको?”वो इस बात से मुझसे नाराज रहने लगी|

मैं छोटी सी नौकरी करके परिवार के साथ गुजारा कर रही थी पर अपसेट भी बहुत रहती थी| मुझे अक्सर अपने भाई, बहनों, रिश्तेदारों और पड़ोसियों के ताने सुनने पड़ते थे| मैं उन तानों से तंग आ चुकी थी| मुझे कोई समझने वाला नहीं था | सोचने लगी कि जो इस दुनिया में आता है उसका परमात्मा ख्याल रखता है| मेरे बेटे आर्यन का भी वही खयाल रखेगा| कभी कभी ऐसी घुटन होती थी की जीने का मन नहीं करता था |

उस दिन दादी मुंबई से गाँव जा रही थी| घर के सभी लोग उन्हे छोड़ने के लिए रोड तक गए थे|घर में कोई नहीं था | मैंने यही मौका सही समझा और मैं भी परेशान होकर अपनी जान देने निकाल पड़ी और रेलवे स्टेशन पहुंची| एक ट्रेन आ रही थी, मैं कूदने ही जा रही थी तब तक मुझे एक सज्जन आदमी ने खींच लिया| उसने मुझे पूछा की मैं ऐसा क्यों कर रही थी? तो मैं रो पड़ी और रोते हुए पूछा “क्यों बचाया मुझे? मर जाने दो, नहीं जीना है मुझे दुनिया में, लड़की को समझने वाला कोई नहीं है, दुनिया स्वार्थी है | लड़की को अच्छा घर ना मिले और पति छोड़ दे तो वो दुनिया की बदचलन लड़की है|” तब एक औरत ने मुझे समझाया| मेरी कहानी सुनकर वहाँ खड़े हुए सभी लोग द्रवित हो गए|वो सज्जन इंसान मेरी हिम्मत बँधाकर मुझे घर तक छोड़ने गए|

घर वाले मुझे ढूँढने निकल चुके थे| माँ तो किसी अनहोनी की आशंका में पड़कर बेहोश हो चुकी थी| मुझे घर वापस आया देखकर सबकी जान में जान आई| दादी को स्टेशन से वापस बुलाया लिया गया|

दादी गाँव न जाकर घर वापस लौट आई और मुझे पूछने लगी, "ऐसा क्या हुआ जो तू आत्महत्या करने जा रही थी?" मैं क्या जवाब देती? मैं उनकी गोद में सर रखकर खूब रोई और पूछा, "दादी,क्यों मेरे साथ ऐसा हुआ? मैं सीधी साधी हूँ, ना किसी से बात करती हूँ ना झगड़ा, फिर भी मुझे कोई क्यों नहीं समझ पाता?"

मेरे आँसू रुक नहीं रहे थे| मेरे सीने में जमा कई वर्षों का दर्द पिघल कर बाहर आ रहा था| आँसू के अर्थ यदि भाषा में समा पाते तो फिर मैं रोती क्यों, कविता या कहानी न लिखती| जब भाषा असमर्थ हो जाती है तो आँखों से आँसू बहते हैं| जो बात हम किसी भी विधा में नहीं कह पाते वो हम रो रोकर कहते हैं| आँसू कुछ कहते हैं, कुछ ऐसा कहते हैं जो किसी विधा में नहीं कहा जा सकता| वही कर रही थी मैं|

दादी का आँचल आंसुओं से भीग गया था| उसने समझाते हुए मुझे कहा, "तू उदास मत हो,दुबारा जिंदगी शुरू कर | जो तू चाहती है वो कर, तुझे कोई रोकेगा नहीं और अपने अतीत को भूल जा|"

****

क्या अतीत सचमुच भुलाया जा सकता है? प्रश्न बड़ा जटिल है | इंसान का दिमाग एक कंप्यूटर की तरह काम करता है| कंप्यूटर और इंसान के दिमाग में सबसे बड़ा अंतर यही है कि कंप्यूटर को जब चाहे ऑन या ऑफ किया जा सकता है परंतु इंसान का दिमाग पैदा होने के साथ ही ऑन हो जाता है और मृत्यु के बाद ही ऑफ होता है| यादें भुलाई नहीं जा सकती बल्कि दिमाग के किसी कोने में जमा रहती हैं और परिस्थितिवश उभर कर सामने आ जाती हैं |

यही यही जन्म और मृत्यु से जुड़ा जीवन चक्र है, इसका हर पल उत्साह, उल्लास, खोने और पाने के साथ चलता है। ये जीवन की कुछ परिक्रमाएं हैं जिनके साथ ही मनुष्य को चलना होता है। क्योंकि भावनाएं मनुष्य की चाहतों को परिचालित करती हैं| खुशी और गम के साथ इंसान का मृत्युपर्यंत रिश्ता रहता है।

वस्तुत: मानव का हर लक्ष्य 'पाने' की चाह के साथ चलता है, उनका संपूर्ण जीवन-चक्र उसी चाह को पूरी करने में लगा रहता है। सामान्य मनुष्य इस पर इतने अधिक केंद्रित होते हैं कि वे इसे ही खुशी और

गम का पैमाना मान बैठते हैं। किंचित, यह उनकी वास्तविक खुशी होती नहीं है, वर्तमान में उलझे हुए वे वस्तुस्थिति को समझ नहीं पाते। ऐसे में अक्सर यह होता है कि आप आगे नहीं बढ़ पाते, क्योंकि जो आपके मनोनुकूल हुआ नहीं उसे आप भूल नहीं पाते और उसे भूले बिना आगे की सोच पाना संभव नहीं हो सकता। ऐसे में आखिर क्या किया जाए?

सत्य को समझना हर दुख-पीड़ा से निकलने का एकमात्र रास्ता है | वह सत्य आपका वर्तमान है, इसे कभी ना भूलें। इसलिए जो हो रहा है, अगर वह आपके नियंत्रण में नहीं है तो उसे होने दें, अगर वह आपके अनुकूल नहीं है या दुख का कारण बनता है तो धैर्य के साथ उसके गुजर जाने का इंतजार करें, भूल जाएं। यही एक खुशहाल जीवन का मूल मंत्र है और हर बुद्धिमान मनुष्य इसके साथ चलता है। आम भाषा में ऐसे लोगों को व्यावहारिक या प्रैक्टिकल कहा जाता है, पर वास्तव में यह खुशहाल जीवन की जरूरत होती है। पर जो ऐसा नहीं कर पाते, उसका क्या कारण है? कैसे अनचाही यादें भुलाई नहीं जाती ? उसका कारण हैं-भावनाएं|

हम अपनी भावनाओं, विचारों, विश्वास, तमाम प्राकर के अनुभवों, प्रियजनों का साथ आदि आधारों पर अपना जीवन जीते हैं। वास्तव में आप इन सबके साथ चलते हुए समय की धारा में केवल बह रहे होते हैं, उसमें 'अपने' जीने के लिए आपका 'अपना' कोई भी योगदान नहीं होता। इसे इस उदाहरण से समझा जा सकता है... अगर जीवन को एक बड़ी नदी माना जाए तो आप उसकी धारा के साथ बह रहे होते हैं। आपके पास दो ही विकल्प होते हैं - या तो उस धारा के साथ बहते हुए वह जहां ले जाता है वहां जाएं, या किसी पत्ते के समान बन जाएं जो धीरे-धीरे पानी की सतह पर बहते हुए अपनी मंजिल तक पहुंचता है।

जीवन अनवरत घटनाक्रमों के साथ चलता है। आप जन्म लेते हैं, बड़े होते हैं, प्यार में पड़ते हैं, कॅरियर चुनते हैं इत्यादि| जीवन में बढ़ते हुए क्रम की घटनाओं के साथ चिंता, खुशी, क्रोध, प्रेम, घृणा आदि जैसी तमाम भावनाएं भी साथ-साथ चलती हैं। कभी मनपसंद कॅरियर पाने की खुशी होती है, तो कभी कॅरियर में तरक्की पाने की खुशी, कभी अचानक बीमार पड़ना आपको डराता भी है, तो कभी जिम्मेदारियां

आपको थकाती भी हैं, हर पल अपने आप में नया और चौंकाने वाला होता है। एक पल में जिंदगी बदल सकती है, इसलिए जो हो रहा है वह भी हमेशा के लिए नहीं है, जो होगा वह भी हमेशा के लिए नहीं होगा। इसे समझ लेना आपको सभी दुखों से उबार लेगा, अतीत की कड़वी यादों को भी भूलना आसान हो जाएगा ।

****

अपने भूतकाल को भुलाने के लिए और घर की परिस्थिति संभालने के लिए मैं दो शिफ्ट में काम करने लगी| सुबह 8 बजे घर से निकलती थी, 9 बजे से शाम 6 बजे तक एक फार्मेसी कंपनी के दफ्तर में रिसेपसनिस्ट का काम करती थी | दूसरी शिफ्ट में शाम 7 बजे से रात 12 बजे तक एक हॉस्पीटल में काम करती थी | इस तरह मैं हर दिन 14 घंटे काम करती थी| यह सिलसिला एक साल तक चला |

मैंने अपने आप को व्यस्त कर लिया था | घर वाले शादी के लिए दबाव डालते थे पर मैं मना कर देती थी| मैं डॉक्टर बनना चाहती थी पर MBBS की पढ़ाई के लिए 4 लाख सालाना फीस का इंतजाम मैं किसी भी सूरत में नहीं कर सकती थी| मेरे मात-पिता की आर्थिक स्थिति तो बस पेट पालने की थी | मैंने अपनी अधूरी पड़ी ग्रेजुएशन की पढ़ाई पूरी करने का मन बनाया| मैंने डिस्टेंस लर्निंग से B Sc में एडमीशन ले लिया |

मुशीबतें मेरा पीछा नहीं छोड़ रही थी | एक एक करके मम्मी और पापा बीमार रहने लगे| उनकी देखरेख की जिम्मेदारी मेरे कंधों पर आ गई| मैंने बैंक से क्रेडिट कार्ड लिया | बहन की शादी के समय गाड़ी खरीदने के लिए पैसों की कमी पड़ गई | मैंने क्रेडिट कार्ड से पैसे चुका दिए पर समय पर बैंक में पैसा न जमा कर पाने की वजह से मुझ पर भारी कर्ज हो गया | भाई ट्रांसपोर्ट का बिजनेस करने की जिद करने लगा| मैंने उसे सलाह दी की पैसे नहीं है,उसे पहले कोई नौकरी कर लेनी चाहिए| वो नहीं माना, उसे भी मैंने कर्ज लेकर रुपये का इंतजाम किया| हालांकि उसका ट्रांसपोर्ट का बीजनेस नहीं चला| मैं वो कर्ज सालों चुकाती रही| फिर भी मुझे अपने ही घर वालों से सुनना पड़ा –“तूने हमारे लिए किया ही क्या है?”

वक्त की मार अभी खत्म नहीं हुई थी कि ऊपर से एक और मार लगी|पापा की तबीयत ज्यादा खराब हो गई| उन्हे के एम हॉस्पीटल में भर्ती करना पड़ा | उस वक्त कहीं से कोई आय का साधन नहीं था| पापा का काम छूट गया था| मुझे ही उनकी देखरेख और पैसे का इंतजाम करना पड़ता था| वो बहुत असन्तुष्ट हो गए थे, कुंठाग्रस्त हो गए थे और गालियां देने लगते थे | मैं उनकी हालत देखकर रोती थी और कर भी क्या सकती थी| अस्पताल में पापा की देखभाल के लिए मैं ही हॉस्पीटल में रुकती थी तो वो मेरे ऊपर ही सारा गुस्सा निकालते थे| मैं चुपचाप सह लेती थी|

एक घटना याद आ गई |रात का समय था, 2 बज रहे थे,पापा के लिए मेडीसीन लाना था| मेडीसीन की दुकान हॉस्पीटल से अलग और कुछ दूरी पर थी | रास्ते में पोस्टमॉर्टम की बिल्डिंग से गुजर कर जाना पड़ता था| रात होने की वजह से चारों ओर सूनसान था|उस दुकान को छोड़कर सभी दुकाने बंद थी | मुझे डर लग रहा था पर मेडीसीन जरूरी थी |मैं रास्ते से गुजर रही थी तभी तीन लोग मेरा पीछा करने लगे| एक ने मुझे रुकने के लिए आवाज दिया| मैं लंबे लंबे कदमों से चलने लगी और पीछे मुड़कर देखा तो वो मेरे पीछे दौड़ने लगे | मैं भी दौड़ने लगी |मुझे दौड़ता देख रास्ते में कुत्ते भूँकने लगे और मेरा पीछा करने लगे| मुझे रास्ते में एक छड़ी पड़ी मिली |मैंने उसे उठा लिया और उनकी तरफ लपकी | कुत्ते भूँकते हुए भागे अब वो लड़के दिखाई नहीं दे रहे थे| शायद वो छिप गए थे |मैं हिम्मत बांध कर गई और मेडीसीन खरीदा| दुकानदार को अपनी परेशानी बताई तो उसने अपने एक नौकर को मेरे साथ वापस अस्पताल तक मुझे छोड़ने के लिए भेजा |जिंदगी में परेशानियाँ भी ऐसी होती हैं | यदि हम उनसे भागे तो वो हमारा पीछा करती हैं | यदि हम उनका मुकाबला करने की ठान लेते हैं तो वो दुम दबाकर कुत्ते की तरह भाग जाती हैं |पापा कुछ दिन बाद ठीक हो गए|

मेरी जिंदगी से खुशी गायब थी| मैंने भी इसे अपनी तकदीर समझ लिया था| इतना सब कुछ करने के बाद भी मुझे अपने भाई बहनों की सहानुभूति और सहयोग मिलने की बजाय ताने मिलते थे| सब को मैं एक मुशीबत लग रही थी| मेरे भाई बहनों को कहीं न कहीं लगता था की

मेरी वजह से उनकी शादी में रुकावट आएगी| उन्हे भी रिश्तेदारों के ताने सुनने पड़ते थे | वो घर आकर अपना असंतोष जाहिर करते थे| उन्होंने तो यहाँ तक कह दिया कि "तू चरित्रहीन है|" वो मेरे फोन के मैसेज और फ़ेसबुक की फ्रेंडलिस्ट भी चेक करते थे| मैं कहीं जाती थी तो मेरा पीछा करते थे और मुझसे उलटे सीधे सवाल करते थे | सभी मुझसे उम्र में छोटे थे और मुझसे जो बन पड़ता था वो मैं सब कुछ कर रही थी| पर उनके अंदर आशंका के बीज उग आए थे जो हमारे संबंधों में खटास पैदा कर कर रहे थे |

मैं उनका ये रवैया देखकर बहुत दुखी हो गई थी | मैंने सोचा क्यों न आर्यन को उसके पिता अर्थात मेरे पूर्व पति को सौंप दूँ | शायद वो बेटे की देखभाल मुझसे ज्यादा अच्छी तरह करे | पर उसने मना कर दिया| जब यह बात मेरी बहनों को पता चली तो उन्होंने मुझे बहुत बुरा भला कहा| मैं रोती हुई घर से निकल गई और एक मंदिर में चली गई| वहाँ मैंने भगवान से प्रार्थना की " हे प्रभु मुझे इन परेशानियों से लड़ने की शक्ती दे, हौसला दे, वरना मैं टूट जाऊँगी|" मैं अकेली थी, मेरा हौसला बढ़ाने वाली सिर्फ मैं थी जबकि मुझे नीचे गिराने वाले मेरे अपने ही लोग थे| मैं अपनों से संघर्ष कर रही थी, अपने आप से संघर्ष कर रही थी|

मैं अपने घर वालों से बात करना बंद कर दिया| अपनी कोई भी तकलीफ उनसे नहीं बताती थी| पर आर्यन जब भी मुझे परेशान देखता था तो वो मेरे चेहरे से समझ जाता था| मुझे पानी का गिलास पकड़ाता था, दवा लाता था और मेरा सर दबाता था| कहता था "माँ लगता है तेरी तबीयत ठीक नहीं है, मैं तेरा सर दबा देता हूँ, तू जल्दी ठीक हो जाएगी|" उसके इस भोलेपन को देखकर मेरी आँखों में आँसू आ जाते थे| मैं उसे सीने से लगा लेती थी| आखिर वही तो मेरा सहारा था!

11

खुशी की तलाश

"ख़ुशी दुनिया की बहुत ही कीमती चीज़ है इसके लिए किसी दूसरे पर निर्भर ना रहें,ये तो अपनी सोच,अपने कर्म और मुकद्दर से नसीब होती है|"

सन 2020 - पिछले 10 वर्षों में पति के अत्याचार और अपने लोगों के ताने सहते सहते मैं परेशान हो चुकी थी| घायल मन किसी भी पुरुष से रिश्ता बनाने के लिए तैयार नहीं था| मेरे माता-पिता को मेरी बढ़ती उम्र के साथ चिंता सताने लगी थी | मेरे अनिश्चित भविष्य को देखते हुए बहुत चिंतित होने लगे थे | उन्हे लगता था की यदि मेरी दुबारा शादी कर दी गई तो मुझे 'खुशी' मिल जाएगी और मेरा जीवन खुशहाल हो जाएगा |

मुझे भी बेटे के लिए एक पिता चाहिए था जो उसका भविष्य सवांर सके और उसे पिता का प्यार दे सके| मुझे अपने आप में यकीन नहीं था की मैं एक माँ और एक पिता दोनो की जिम्मेदारी निभा पाऊँगी| मेरे भी कुछ सपने थे, प्यार पाने की लालसा थी| बचपन से लेकर पिछले 34 वर्षों में मैंने प्रताड़ना, लांछन ,उपेक्षा, अपमान, शारीरिक और मानसिक कष्ट ही झेले थे | अपना कोई भी मेरे जीवन में नहीं था जिसे मैं अपना दुख बांटती और प्यार के दो बोल सुनती | सभी ने सिर्फ अपनी आकांक्षाओं और अपेक्षाओं को पूरा करने के लिए मेरी बली चढ़ा दी थी |

मैं एक दुख से उबरती तो दूसरा दुख पहले से ही मेरा इंतजार कर रहा होता | मुझे तो कई बार ऐसा लगता था की विधाता मेरी इतनी परीक्षा क्यों ले रहा है| मैं तिल तिल कर टूट रही थी | अब मुझे भी किसी के कंधे का सहारा चाहिए था| एक उम्मीद की हल्की सी रोशनी थी कि हर अंधेरे के बाद उजाला आता है | प्रकृति का परिवर्तन का नियम है | हर चीज समय के साथ बदलती है | कोई स्थायी नहीं है | जहां सुख है वहाँ दुख है, जहां प्यार है वहाँ नफरत भी है, जहां आशा है वहाँ निराशा है | हर सिक्के के दो पहलू है मेरे जीवन में अंधेरा था तो सोचा रोशनी आएगी, परिवर्तन आएगा, खुशियां आएंगी |और इन्ही खुशियों और रोशनी की तलाश में मैंने दुबारा शादी करने का फैसला किया|

पर क्या इतना आसान होता है एक मध्यमवर्गीय भारतीय समाज की एक परित्यक्ता और तलाकशुदा स्त्री के लिए दुबारा शादी करना? बिल्कुल नहीं | सब को कुंवारी लड़की चाहिए जो गोरी हो,सुंदर हो,नैन नक्श सुंदर हो,पढ़ी लिखी हो, कमाऊ हो, सास ससुर की सेवा करने वाली हो, ननद और जेठानी की ताने सुनने वाली हो ,पति की शारीरिक और मानसिक जरूरतों को हर समय पूरा करने वाली हो, सभी रिश्तों को निभाने वाली हो, घर को सवाँरने वाली हो और 'गृहलक्ष्मी' बन जाए|

यह एक असंभव कार्य है| और फिर एक स्त्री से ही इतनी उम्मीदें क्यों? पुरुष से क्यों नहीं? जबकि पुरुष अगर कमाऊ है या धनी है तो गोरा, काला,सांवला, कैसा भी चलेगा, वह कितनी भी गलतियाँ करे सब माफी योग्य हैं क्योंकि वह 'गृहस्वामी' है| इन सबके बावजूद एक स्त्री को पुरुष का सहारा चाहिए, प्यार चाहिए, यौन सुख चाहिए, मातृत्व सुख चाहिए, खुशी चाहिए,सामाजिक स्वीकृति चाहिए, उसको एक पहचान चाहिए| मेरे अंदर भी वही अरमान थे जो मेरे अवचेतन मन में कहीं न कहीं बैठ कर मुझे जगा रहे थे| अब मैं जाग उठी थी|

मैंने शादी के लिए अपना प्रोफ़ाइल बनाया और Shaadi.com,Rajputmatrimony,jeevanshaathi.com में डाल दिया और जीवन साथी की तलाश में जुट गई| इसी दरमियान एक लड़के से बात हुई| उसका नाम संजय था और वो भोपाल का रहने वाला था |वो किसी आयल कंपनी में काम करता था |मेरे घर वालों ने भी उस लड़के

और उसके घरवालों से शादी के विषय में चर्चा की|

इसी दरमियान पूरी दुनिया में कोविड-19 नाम की बीमारी फैल रही थी | भारत भी इसकी चपेट में आ चुका था | काम धंधे बंद होने लगे, कर्मचारियों की छंटनी होने लगी| मुझे भी काम से निकाल दिया गया| मेरे माता-पिता, भाई बहन और मैं सभी मुंबई छोड़कर गाँव चले गए |

****

मैं नौकरी के प्रयास में लगी रही| संयोगवश मुझे भोपाल के होटल में एक रिसेप्सनिस्ट का काम मिल गया। मेरे पिता मुझे भोपाल छोड़ने आए और मैंने एक हॉटल में रिसेप्सनिस्ट की नौकरी ज्वाइन कर ली और एक हॉस्टल में रहने लगी |

भोपाल आने के बाद मेरे पिता और मैं संजय के घर वालों से मिलने गए| वो दो कमरों के फ्लैट में अपनी माँ,बड़े भाई और बड़ी बहन के साथ रहता था| हमने सबसे बात की| मेरे पिता ने संजय की बहन निशा से मिलने के बाद कहा "ये बहुत तेज लगती है, तुमसे कैसे पटेगी?" मैंने कहा "पापा, किसी को सिर्फ देखकर और थोड़ी बात करके आप कैसे उसके स्वभाव के बारे में जान सकते हैं|" "बेटा, ये अपना अपना अनुभव है, हो सकता है मेरा अनुमान गलत हो|"

संजय अक्सर मुझसे मिलने होटल में आ जाता था| मुझे शक हुआ कि जब ये कहीं काम करता है तो अक्सर मुझसे मिलने का समय दिन में कैसे निकाल लेता है| मैं छुट्टी के दिन उसके घर गई और उसके घर के आसपास के लोगों से पता किया वो क्या करता है| मुझे उसके एक पड़ोसी ने बताया, "वैसे तो वो एक अच्छा लड़का है पर वो कोई काम नहीं करता है, आजकल तो बस दारू पीकर यूं ही घूमता फिरता रहता है|"

मैं उसके बारे में और जाना चाहती थी | एक दिन मैंने उससे पूछा,

"संजय, तुमने मुझसे झूठ क्यों बोला की तुम काम करते हो जबकि तुम बेरोजगार घूम रहे हो?"

उसने कहा, "सॉरी खुशी, मैं आजकल कोई काम नहीं करता,पहले मैं प्रॉपर्टी एजेंट का काम करता था|"

"मुझे पता चला तुम शराब पीने के आदी हो|"

"हाँ शराब तो पीता हूँ ,जब से मेरे पिता गुजर गए तब से मैं डिप्रेस हो गया, पहले कमाई होती थी तो पूरे पैसे घर में दे देता था| जब कमाई कम हो गई तो घर में पैसे देना बंद कर दिया| फिर मेरी माँ और भाई-बहन मेरे साथ दुर्व्यवहार करने लगे, मुझे हमेशा बुरा भला कहने लगे | मैं तनावग्रस्त रहने लगा और शराब पीने लगा|"

एक दिन संजय ने बताया की उसकी माँ हॉस्पीटल में भर्ती है| मैं उसकी माँ से मिलने गई| जब तक वो अस्पताल में भर्ती रही मैं रोज वहाँ जाती थी और माँ की सेवा करती थी| उनकी बेटी भी उनके पास रुकने और सेवा करने को तैयार नहीं थी |माँ बड़ी खुश हो गई और मुझसे कहा,

"बेटा, संजय का तलाक नहीं हुआ है, तलाक का मामला कोर्ट में चल रहा है, पिता के गुजर जाने के बाद ये लड़का शराब में डूबा रहता है, कोई काम नहीं करता है, लोगों से कर्ज लेकर शराब पीता है, फिर भी अगर तुम्हें इससे शादी करना है तो अच्छी तरह सोच लो |"

मैंने माँ की बात सुनी और कुछ सोचने लगी| बात तो सही थी पर ऐसे इंसान से मैं शादी नहीं कर सकती थी जो परिवार के लिए नकारा हो | मैंने संजय को आईना दिखाने की सोची|

मैंने संजय को कहा, "देखो संजय,अगर तुम्हारा यही हाल रहा तो तुम्हारे घरवाले तुम्हें घर से निकाल देंगे और तुम रोड पर आ जाओगे और फिर तुम जैसे शराबी को कोई भीख भी नहीं देगा |शराब पीने की आदत ठीक नहीं है, तुम्हें कोई काम करना चाहिए, तुम ग्रेजुएट हो, हिन्दी इंग्लिश अच्छी बोल लेते हो, तुम्हें जॉब के लिए अप्लाई करना चाहिए|"

संजय को मेरी बात समझ आ गई और उसने जॉब के लिए अप्लाई कर दिया| कुछ दिनों बाद उसे फ्लिपकार्ट कंपनी में जॉब मिल गई | एक दिन वो बड़ा खुश था और कहने लगा,

"खुशी तुम्हारी वजह से मैंने जॉब के लिए अप्लाई किया और जॉब मिल भी गई, तुम मेरे लिए बड़ी लकी हो|"

"इसमें तुम्हारी काबीलीयत और मेहनत है, मैंने तो तुम्हें सिर्फ जगाया है |"

“तुम सच कह रही हो, तुमने मेरा हौसला बढ़ा दिया वरना मेरी बहन तो अक्सर कहती थी कि मैं कोई जॉब कर ही नहीं सकता|”

“तुम्हारी बहन की नकारात्मक सोच है , उसे जॉब नहीं मिला,तो उसने सोचा की तुम्हें भी जॉब नहीं मिल सकती|”

“तुम ठीक कहती हो|”

संजय को जॉब मिलने के बाद उसकी बहन उससे ईर्ष्या करने लगी|उसे लगा की निकम्मे भाई को काम मिल गया उसे क्यों नहीं मिला | संजय को परफ़ोर्मेंस के आधार पर जल्दी तरक्की भी मिल गई | पर उसकी बहन की ईर्ष्या बढ़ने लगी| उसे लगा एक अनजान लड़की के कहने पर ये काम करने लगा फिर तो शादी के बाद सिर्फ उसका ही कहना मानेगा | निशा ने मेरे बारे में अपनी माँ और संजय को भड़काने लगी | वो मुझसे पैसे उधार माँगता था और मैं दे देती थी | मेरे पास की जमा पूंजी खत्म होने लगी थी और मुझे तनख्वाह भी नहीं मिल रही थी |

एक दिन अपनी बहन और माँ के बहकावे में आकर संजय मुझसे झगड़ा करने लगा क्योंकि मैंने उससे शादी के लिए इनकार कर दिया था | वह मुझ पर लांछन लगाने लगा और मुझे ‘चरित्रहीन’ कहने लगा| मैंने उससे कहा,

“तुम पहले अपने गिरेबान में झांक कर देख लो की तुम्हारी क्या हैसियत है और कैसा चरित्र है, लोगों से कर्ज लेकर दारू पीते हो,मुझसे पैसे उधार मांगते हो और मुझे ‘चरित्रहीन’ कहते हो!”

मुझे पूर्व अनुभव से यह बात समझ आ गई थी कि यह एक संस्कारविहीन परिवार है| मैंने अंततः यह रिश्ता तोड़ लिया| करीब दो महीनों के बाद भी मुझे उस होटल मालिक ने तनख्वाह नहीं दी थी| मैंने काम छोड़ दिया और वापस मुंबई आ गई | ‘खुशी’ की तलाश अधूरी रह गई |

****

मुंबई आकर मैं अपने एक दोस्त के साथ आकर रहने लगी| मैं लगातार बहुत बुरे अनुभव से गुजर रही थी | मुझे लॉकडाउन की वजह से ‘वर्क फ्रॉम होम’ के जॉब का ऑफर मिला, एच आर एगजेकिटिव का जॉब था | मैंने ज्वाइन कर लिया| मेरी दोस्त भी वर्क फ्रॉम होम जॉब कर रही

थी| वो कभी कभार ड्रिंक लेती थी | उसने मुझे भी ऑफर किया| रिश्ता टूट जाने की वजह से मैं बहुत अपसेट थी| मैंने कहा,

"नहीं यार, मैं शराब पीती नहीं हूँ|"

"मैं भी कहाँ पीती हूँ, कभी कभार लेने से टेंशन दूर हो जाता है, ले चल उठा गिलास और भोले बाबा के नाम से गटागट पी जा|"

"चीयर्स"

मैंने जैसे ही मुंह में लगाया शराब बड़ी कसैली और कड़वी सी लगी| मैंने एक ही सांस में गिलास खाली कर दिया| मेरी दोस्त मेरे इस तरीके को देखकर मुस्कराने लगी और कहा,

"अरे पागल, इस तरह थोड़ी पीते हैं शराब को|"

"तो फिर तू ही बता कैसे पीते हैं?"

"इस तरह चुस्की लेते हुए, धीरे धीरे, साथ में स्नैक्स,सलाद का स्वाद लेते हुए|"

उसने फिर एक पैग बनाया| मैंने इस बार चुस्की लेकर पीना शुरू किया| शराब ने अपना असर दिखाना शुरू कर दिया था| मुझे नशा सा छाने लगा था| उसके साथ साथ मैं अपने अतीत में खोने लगी थी| मेरी आँखों से आंसुओं की धार बहने लगी|

मैं बुदबुदाने लगी, "यार,ये दुनिया बड़ी जालिम है, लड़कियों के लिए कोई जगह ही नहीं है, कोई इन्हे समझने की कोशिश ही नहीं करता,पहले तो माँ बाप ही नहीं समझते, जबरदस्ती शादी कर देते हैं, फिर पति अत्याचार करता है, कहते हैं निभाओ, एक पति मिला था मुझे हरामी नंबर वन .....मुझे माँ बना दिया .....फिर मुझे और मेरे बच्चे को छोड़ दिया, दूसरा मिला वो महा हरामी निकला.......निकम्मा और शराबी, साला मुझसे शादी करना चाहता था ...... सब मर्द एक जैसे होते हैं.....

फिर तो रोज रात को यही होता था| दिन बीतने लगे | सुबह से शाम तक काम में व्यस्त रहते थे और रात को दो पैग पीकर सो जाते थे| इस तरह महीने से कुछ ज्यादा दिन बीते थे कि मुझे 'चिकन पाक्स" निकल आया जिसे हम 'छोटी माता' कहते हैं| मुझे मुंबई छोड़कर गाँव जाना पड़ा| चार महीने बाद लॉक डाउन की वजह से वो कंपनी भी बंद हो गई| मैं अब फिर से बेरोजगार हो चुकी थी|

****

सन 2021 के आखरी महीने में कोविड 19 का प्रभाव कम हो गया था |मेरे माता-पिता मुंबई वापस आ गए| मुझे कोटक बैंक में जॉब मिल गई |मेरे ऊपर अब फिर से जीवन साथी तलाश करने का दबाव डाला जा रहा था | मैंने फिर से अपनी प्रोफ़ाइल मैरिज साइट में डाल दिया| राजपूत मैट्रमोनी में एक लड़के से संपर्क हुआ| उसका नाम था राजेश और वो मर्चेन्ट नेवी में काम करता था| देखने स्मार्ट, साँवले रंग का खूबसूरत नौजवान था | हालांकि उसकी उम्र मुझसे करीब 8 साल ज्यादा थी| उसका तलाक हो चुका था और उसकी 8 साल की बेटी भी थी| मर्चेन्ट नेवी का जॉब ऐसा था कि वो छः महीने जहाज में देश-विदेश की यात्रा करता था और छः महीने घर में रहता था | उसकी पत्नी एकाकीपान से तंग आकर उसे छोड़कर चली गई थी |

उसने मुझे पसंद कर लिया पर उसकी माँ ने किसी और लड़की को पसंद किया था| उसकी माँ का कहना था की,

“हमारी होने वाली बहू हमारे पास 15 दिनों के लिए रहेगी, हम उसका तौर तरीका देखेंगे, अपने तौर तरीके सिखाएंगे, यदि उसका कार्य पसंद आया तभी हम उसे अपने घर की बहू बनाएंगे|”

यह बहुत ही अनोखी शर्त थी | हमारे परिवार या समाज में ऐसी कोई प्रथा नहीं थी कि एक लड़की को शादी के पहले ससुराल में ट्रायल के लिए भेजा जाए | यह एक अपमानजनक शर्त थी जिसे मेरे माता -पिता ने नामंजूर कर दिया | राजेश की माँ ने मुझे रिजेक्ट करने की एक चाल चली| उसने कहा,

“लड़की तो हमें पसंद है पर हम उसके 11 साल के बेटे आर्यन को स्वीकार नहीं करेंगे|”

मैंने कहा, “ मैं ऐसी जगह शादी नहीं कर सकती जहां मेरे बेटा स्वीकार्य नहीं है|”

हालांकि राजेश मेरे बेटे को स्वीकार करने के लिए तैयार था पर अपनी माँ और बहन के दबाव में था |वह भी मजबूर था क्योंकि वो घर से छः महीने अपनी ड्यूटी पर बाहर रहता था|उस दौरान उसके बच्चे की देखरेख उसकी माँ और बहन करती थी | अंततः मैंने इस शादी से इनकार

कर दिया| जब हम आखरी बार मिले तो वो मुझसे कहने लगा,

"मुझे तुमसे अच्छी पत्नी नहीं मिल सकती,तुम एक बार शादी के लिए हाँ कह दो, मैं तुम्हारे लिए अलग घर किराये से ले लूँगा, हम अलग रहेंगे|"

मैंने कहा,"मेरी शादी सिर्फ तुम्हारी सहमति से नहीं बल्कि तुम्हारे घर वालों की सहमति से भी होगी, यदि तुम्हारी माँ और बहन ने मुझे स्वीकार नहीं किया तो फिर मेरा गुजारा कैसे होगा? मुझे तो ऐसे परिवार में शादी करनी है जहां सभी मुझे स्वीकार करें |"

मैंने शादी की प्रोफ़ाइल भी डिलीट कर दिया| मेरी 'खुशी' की तलाश फिर अधूरी रह गई | मैंने अपने गम को स्याही में उतारा, वो कुछ इस तरह था,

हमने भी जमाने के कई रंग देखे हैं,
कहीं धूप, कहीं छाँव तो कहीं बारिशों के मौसम देखे हैं,
जैसे जैसे मौसम बदला, लोगों के बदलते रंग देखे हैं,
प्यार की कसमें खाकर जज़्बातों से खेलते हुए देखे हैं,
ये उन दिनों की बात है जब हम मायूस हो जाया करते थे,
और अपनी मासूमियत के गीत गाकर आँसू बहाया करते थे,
अक्सर लोग हमारे आंसुओं को देखकर हंसी उड़ाया करते थे,
लोग आंसुओं की नहीं बल्कि मुस्कुराहट की उम्मीद करते थे
जिंदगी ने एक मोड लिया और हमने समझ लिया,
अपनी परेशानियों को हमने दूर पीछे छोड़ दिया,
अब तो लोगों की जिंदगी में हम उम्मीद का दिया जलाते हैं,
और खुद को भी अगर रोना पड़े तो जी भरकर मुस्कुराते हैं|

12

शादी खुशी या गम?

"एक अच्छी जीवन संगिनी आपको खुश रखती है और एक खराब जीवन संगिनी आपको गम में डूबा देती है,आपको दार्शनिक बना देती है|"

"आनंद बचपन से ही खुशमिजाज और मिलनसार स्वभाव का लड़का था| आनंद के पिता विजेंद्र पाटिल मर्चेन्ट नेवी में अधिकारी थे और माँ ममता पाटिल पुणे के सरकारी अस्पताल में डॉक्टर थी |

आनंद की माँ ने उसे पाँचवीं कक्षा तक अपने पास रखकर पुणे में ही पढ़ाया| पर उसके बाद सरकारी ड्यूटी की वजह से उनकी पोस्टिंग पुणे से दूर शिरूर तालुका में हो गई| आनंद के माता पिता ने उसके भविष्य को देखते हुए उसे पंचगनी के बोर्डिंग स्कूल में भेजने का फैसला किया | इस तरह आनंद की इन्टरमीडिएट तक पढ़ाई सेंट पीटर्स स्कूल के बोर्डिंग में रहते हुए पूरी हुई | तत्पश्चात उसने पुणे विश्वविद्यालय से स्नातक और एम बी ए की पढ़ाई पूरी की|

आनंद पढ़ने में एक औसत दर्जे का विद्यार्थी था पर उसके सपने बहुत बड़े थे | पढ़ाई के दौरान ही उसने निश्चय कर लिया था की वो किसी कंपनी का सी ई ओ बनेगा और अपने माता पिता को साथ रखेगा | आनंद ने अपने पिता को मर्चेन्ट नेवी में रहते हुए देखा था की वो साल के छः महीने समुद्री जहाजों में दुनिया के अलग अलग देशों में जाते थे | घर में सिर्फ माँ ही उसकी देखभाल करती थी | उसे पिता की कमी हमेशा महसूस होती थी | तभी उसने निश्चय कर लिया था की वो ऐसी कोई

नौकरी नहीं करेगा जहां उसे अपने परिवार को छोड़कर लंबे समय के लिए घर से दूर रहना पड़े|

उसका मानना था की पैसे के लिए परिवार को दूर रखना सही नहीं है | आखिर इंसान पैसा किसके लिए कमाता है? यही सोचकर उसने मर्चेन्ट नेवी की बजाय पुणे में रहकर कोई अच्छी नौकरी करने का विचार बनाया |उसने नौकरी की तलाश शुरू कर दी और अंततः पुणे के 'कुमार बिल्डर्स' नाम की कंपनी में उसे असिस्टेंट मार्केटिंग मैनेजर की नौकरी मिल गई |

आनंद गोरे,लंबे, और छरहरे बदन का लड़का था, जिसके चेहरे पर हमेशा मुस्कुराहट बिखरी हुई होती थी | वह जिससे भी मिलता बहुत गर्मजोशी से मिलता था | उसका ड्रेस सेंस भी बहुत आले दर्जे का था | सेंट पीटर्स स्कूल के बोर्डिंग स्कूल के वातावरण ने उसके व्यक्तिव में बहुत निखार लाया था| वह बहुत ही उत्साही, मिलनसार और मृदुभाषी था | कंपनी में उसके काम को देखते हुए उसे तीन वर्षों में ही जनरल मैनेजर के पद पर पदोन्नति दे दी गई |

आनंद 26 साल का हो चुका था |उसका गाँव सातारा जिले में था जहां उसके दादा-दादी रहते थे| अब उसके पिता भी मर्चेन्ट नेवी से रिटायर्ड होकर घर आ गए थे| हालांकि माँ की नौकरी अभी भी दो वर्ष बाकी थी | आनंद के माता-पिता चाहते थे की आनंद की शादी उसके अपने रिश्तेदारों के बीच ही हो| लड़की ऐसी हो जो कोई नौकरी की बजाय पति और घर की देखभाल करे| गाँव में उनकी पैतृक संपत्ति काफी थी और आनंद इकलौता लड़का था| यदि नौकरी या बिजनेस ना भी करे तो खेती की जमीन इतनी थी की किसी भी नौकरी से ज्यादा सालाना कमाई होती थी | हालांकि यह काम आनंद के दादा ही देखते थे |पर अब वो बूढ़े हो चले थे | अब यह काम आनंद के पिता देखने लगे थे |

आनंद के गाँव के नजदीक ही किसी रिश्तेदार के माध्यम से आनंद के लिए शादी का रिश्ता आया | लड़की के पिता इंडियन नेवी में नौकरी करते थे और समय से पहले ही नौकरी छोड़कर घर आ गए थे | लड़की की माँ एक स्थानीय सरकारी प्राइमरी स्कूल में शिक्षिका थी | लड़की का नाम रागिनी था, उसने सातारा से ही समाज शास्त्र में पोस्ट ग्रेजुयेशन

किया था | लड़की देखने में सुंदर, तीखे नाक नक्स,लंबी और छरहरे बदन की थी| उसकी नाक कुछ उठी हुई थी| हालांकि परिवार मध्यम श्रेणी का था पर लड़की रिश्तेदारी में होने की वजह से आनंद के दादा ने ज्यादा खोजबीन नहीं की और शादी का प्रस्ताव स्वीकार कर लिया| दोनो की कुंडली मिलाई गई, आनंद ने रागिनी को देखा और पसंद किया| रागिनी को भी आनंद देखने में अच्छा लगा| इस तरह दोनो परिवारों की सहमति से आनंद और रागिनी की शादी हो गई |

****

घूमने का मौका मिले तो आम भारतीय के मन में सबसे पहले समुद्रतट देखने की चाहत आती है। सागर का सौंदर्य देखने और वहां व्याप्त शांति को महसूस करने की इच्छा सबके भीतर होती है। अधिकतम लोगों को समुद्रतट पसंद होने की बड़ी वजह वहां मौसम की अनुकूलता है। भारत में जब समुद्रतट की बात आती है तो सबकी पहली पसंद गोवा होता है। इसके बाद केरल व तमिलनाडु की बात आती है। ऐसे ही स्कीइंग के लिए उत्तरांचल में औली सबसे मुफीद जगह है। हिमाचल में सोलंग घाटी और नारकंडा भी अच्छे स्कीइंग क्षेत्र हैं। आनंद और रागिनी ने घूमने और हनीमून मनाने के लिए गोवा को चुना| वे दोनो निकल पड़े सात दिनों के लिए गोवा की सैर करने|

पुणे से गोवा की 500 किलोमीटर की बस यात्रा 12 घंटों में पूरी करने के बाद दोनो वास्को डी गामा के 'वास्को रेज़िडन्सी' में एक कमरा बुक किया | रात भर की थकान के बाद पूरे दिन उन्होंने आराम किया और फिर शाम को घूमने निकल पड़े | दिसंबर का महीना था | जगह जगह उत्सव हो रहे थे| ईसाइयों के क्रिसमस त्यौहार इसी महीने में होने की वजह से दुनिया भर के शैलानी यहाँ सैर करने के लिए आते हैं|

गोवा की सडकें बेहद आरामदायक हैं। किसी भी कोने से किसी भी कोने तक जाने के लिए किराये पर मोटर साइकिल और कार उपलब्ध हैं। निजी बस सेवा और सरकारी कदंब बस सेवा भी हर शहर के लिए उपलब्ध है। स्वप्नगंधा जंगल में कोलारघाट में स्थित दूधसागर वाटरवाल्स गोवा-कर्नाटक सीमा पर स्थित हैं। ऊंचाई में यह प्रपात भारत में पांचवे नंबर पर है। नाम के अनुरूप दूध जैसा पानी। पणजी

या मडगाव से टैक्सी या बस से यहां पहुंचा जा सकता है। लेकिन सबसे मजेदार बात यह है कि दो हजार फुट की ऊंचाई से गिरते इस झरने के ठीक सामने कुछ मीटर की दूरी पर रेल पटरी गुजरती है। मडगाव से ट्रेन से यहां आया जा सकता है। रोमांच प्रेमी प्रपात के सहारे-सहारे चट्टानों व झाडियों पर चढाई करते-करते उसके शीर्ष तक पहुंच जाते हैं। मडगाव के लिए दिल्ली-मुंबई व अन्य जगहों से सीधी ट्रेनें हैं। दांबोलिन हवाईअड्डा भी मडगाव से पांच किलोमीटर दूर है।

भारत की समुद्रतटीय जगहों में गोवा केवल सौंदर्य ही नहीं, अपनी खास संस्कृति के कारण भी लोगों को पसंद है। पर्यटकों को यहां के लोगों से जैसा अपनापन मिलता है, वैसा बहुत कम जगहों पर संभव है। यहां के समुद्रतटों में **कोल्बा** सबसे लोकप्रिय है। सागर, रेत व सूर्य की त्रिवेणी सबका मन मोह लेती है। चपोला किले से सटे **अंजुना बीच** के पास **अल्बुकर्क महल** है। **डोना पौला बीच** सुंदरता के लिए तो मशहूर है ही, यहां वाटर स्पोर्ट्स की सुविधा भी है। **मीरामार बीच** पाम के पेड़ों के कारण हरियाली से भरा है। **आरामबोल बीच** की खूबी यहां चट्टानों पर की गई कलाकारी है। **बेतुल बीच** पर फैले पाम के पेड़ उसे अलग रंग देते हैं।

बेनौलिम, बोगमालो व बागा बीच का सौंदर्य भी अनूठा है। गोवा के मंदिर भारत के अन्य मंदिरों से अलग हैं। इनमें **देवस्थान** सर्वाधिक महत्वपूर्ण है। यहां शयनमुद्रा में भगवान विष्णु की प्रतिमा प्रतिष्ठित है। यहां ब्रह्मा जी का भी मंदिर है। आप योगाभ्यास में रुचि लेते हों तो **श्री देव बोडगेश्वर संस्थान** जा सकते हैं। गिरजाघरों की बहुलता होने से गोवा को पूरब का रोम कहा जाता है। इनमें **बासिलिका द बॉम जीसस** अपनी बेमिसाल वास्तुकला के नाते दुनिया की धरोहरों में शामिल है। **चर्च ऑफ एंड्रयू, चर्च ऑफ लेडी ऑफ रोझेरी और चैपल ऑफ संत कैथरीन** आदि भी दर्शनीय हैं।

गोवा भारत के सबसे लोकप्रिय और सदाबहार पर्यटन स्थलों में शामिल है। प्राकृतिक सौंदर्य से परिपूर्ण समुद्र तट, वैभवशाली अतीत की याद दिलाते कई किले, सांझी संस्कृति के परिचायक मंदिर व गिरजाघर, कला के बेहतरीन नमूने समेटे कला दीर्घाएं, ट्रैकिंग के शौकीनों के लिए

सुविधायुक्त ट्रैक्स व खाने-पीने के लिए एक से बढ़कर एक समुद्री व्यंजन और अन्य स्वादिष्ट खाद्य व पेय पदार्थ, ऐसा लगता है कि विश्व के कई खूबसूरत गन्तव्यों का एक झरोखा है गोवा।

गोवा में 14वीं शताब्दी तक यादवों के साम्राज्य के बाद, करीब 300 वर्ष पुर्तगालियों ने राज किया। 19 सितम्बर 1961 को गोवा पुर्तगालियों के कब्जे से मुक्त होकर भारतवर्ष का अंग बना तथा 30 मई 1987 को इसे पूर्ण राज्य का दर्जा दिया गया। लम्बे अर्से तक पुर्तगालियों के वर्चस्व की छाप आज भी गोवा के जन-जीवन पर दिखाई देती है। डॉल्फिन जैसी दुर्लभ मछली का साथ भी आपको मिल सकता है।

गोवा के मशहूर समुद्र तटो मे **अंजुना** पणजी से 18 किमी दूर है। पणजी से 18 किमी की दूरी पर उत्तरी गोवा मे एक और बीच **बागा** है, जो सात किमी लंबा है। पणजी से 50 किमी दूर **आरामबोल बीच** की खूबी यहां चट्टानो पर की गई कलाकारी है। दक्षिण गोवा मे मडगांव से 22 किमी दूर **बेतुल बीच** दोनो ओर फैले पाम के पेड़ो के लिए जाना जाता है। इससे पहले मडगांव से 4 किमी दूर **बेनौलिम बीच** है। कोल्बा बीच पर सन, सैंड और सी (सूर्य, बालू और समुद्र) का मिलन होता है। तीनो मिलकर मनोरम दृश्य बनाते है। पणजी से 3 किमी दूर स्थित **मीरामार बीच** को गोल्डन बीच के नाम से भी जाना जाता है। वाटर स्पोर्ट्स के शौकीनो के लिए **डोना पाउला और बोगमालो बीच** पर अच्छी सुविधाएं है।

गोवा का मुख्य आकर्षण है इसके रूपहली रेत से अठखेलियां करते पारदर्शी पानी से लबरेज समुद्र तट।तटो से जी भर जाए तो **अरवालेम जलप्रपात** जा सकते है। 24 मीटर ऊंचे इस जलप्रपात की छटा मानसून के बाद देखने लायक होती है। आसपास की गुफाएं इसके सौदर्य को और बढ़ाती है। यहां एक आकर्षक जलप्रपात **दूधसागर** भी है, जहां सैकड़ो फुट की ऊंचाई से गिरता पानी बेहद सुंदर दृश्य उत्पन्न करता है। वन्य जीवन में रुचि रखने वालो के लिए यहां के **पक्षी विहार व अभ्यारण्य** काफी आकर्षक है। यहां 48 दुर्लभ स्तनधारी, 276 पक्षी और 48 सरीसृप देखे जा सकते है। आप यहां डॉल्फिन जैसी दुर्लभ मछली के साथ समय बिता सकते है। गोवा के अभ्यारण्यो मे भगवान महावीर वन्य जीव

अभ्यारण्य, बोदला फॉरेस्ट, कोटीगांव वन्य जीव अभ्यारण्य एवं **सलीम अली पक्षी विहार** प्रमुख है।

गोवा के इतिहास व सांस्कृतिक विरासत की झलक पाने के लिए द **आर्कियोलॉजिकल म्यूजियम एंड पोर्ट्रेट गैलरी**, द **आर्काइव्ज म्यूजियम ऑफ गोवा** देखने जा सकते है। पूरी तरह ईसाई कला को समर्पित म्यूजियम ऑफ क्रिश्चियन आर्ट एवं नौसेना को समर्पित एविएशन म्यूजियम का अपना अलग महत्व है।

समुद्री तटों के बाद गोवा मे लोगो को सबसे ज्यादा आकर्षित करते है किले। पणजी से 18 किमी दूर **अगुआदा फोर्ट** गोवा का सबसे मजबूत किला माना जाता है। यहां वास्तुकला के बेहतरीन नमूने देखे जा सकते हैं। गोवा मे कई ऐसे किले है जिन्हे बाद के शासक संजो कर नही रख सके। इन्ही मे से एक है कैबो ऑफ रामा फोर्ट। यह किला अब लगभग वीरान रहता है। यहां पुर्तगालियों के किलो से अलग पुरातन भारतीय स्थापत्य कला का नजारा देखने को मिलता है। इनके अलावा चपोरा फोर्ट, मर्मोगांव फोर्ट, टेराकोल फोर्ट, गेट ऑफ द पैलेस ऑफ आदिल शाह, वायसराय आर्च प्रमुख है।

गोवा मे गिरजाघरों की बहुतायत के कारण इसे पूरब का रोम भी कहा जाता है। जो चर्च यहां काफी प्रसिद्ध हैं उनमे बासिलिका द बॉम जीसस का नाम भी शामिल है। बेमिसाल वास्तुकला के नाते यह चर्च विश्व की धरोहरों मे गिना जाता है। इसके साथ ही चर्च ऑफ एंड्रयू, चर्च ऑफ लेडी ऑफ रोझेरी, चैपल ऑफ संत कैथरीन भी देखने लायक हैं।

गोवा के मंदिरो मे श्री अनंत देवस्थान अपने आप मे अलग महत्व का है। यहां शयन मुद्रा मे भगवान विष्णु की काले पत्थरो से निर्मित मूर्ति देश मे अपनी तरह की गिनी-चुनी मूर्तियो मे से एक है। यहां श्री भगवती मंदिर, श्री बागेश्वर मंदिर, श्री चंद्रनाथ मंदिर, श्री दामोदर मंदिर, श्री गणपति मंदिर, श्री गोमंतेश्वर देवस्थान, श्री महादेव मंदिर, श्री महालक्ष्मी मंदिर भी दर्शनीय हैं।

गोमांतक भूमि यानि गोवा देश-विदेश के पर्यटकों के लिए अल्टीमेट डेस्टीनेशन बन चुका हैं। पिछले चंद सालों से गोवा का आकर्षण दिन दुना-रात चौगुना होता जा रहा है। खूबसूरत समुद्र तट, पांच सौ साल से

भी ज्यादा पुराने विशाल गिरजाघर और साफ-सुथरे मंदिर और उतनी ही सुशेगात (सुशेगात कोंकणी लफ्ज है। कोंकणी यहां की मूल भाषा है। सुशेगात का मतलब होता है, सुकूनभरी-शांतिपूर्ण, तसल्लीबख्श) लाइफस्टाइल। सैलानियों में गोवा की लोकप्रियता की यूं तो तमाम वजहें थी हीं, लेकिन अब इको टूरिज्म ने वहां की खूबसूरती में एक नया आयाम जोडा है। गोवा ने अपने समुद्र तट, कैसिनो, चर्च आदि की भव्य खूबसूरती में इको टूरिज्म भी शामिल कर लिया है। इससे यहां आने वाले सैलानियों की संख्या में एक नया वर्ग और जुड गया है। इको टूरिज्म यानि एक तरह से कुदरती पर्यटन स्थल। जहां प्रकृति के साथ इंसानी दखल कम से कम हो, जहां की प्राकृतिक रचना वैसे ही संभाली गई हो जैसी प्रकृति ने हमें दी थी, जहां पर्यावरण का संतुलन न बिगडा हो। पक्षियों को देखना जिन्हें भाता हैं, उनके लिए यह स्थान सटीक है। यहां पक्षियों और जंगली जानवरों की कई किस्मों के नजारे बेहद नजदीक से देखे जा सकते हैं।

यहां से महज एक घंटे की दूरी पर है दूधसागर फॉल्स जिसकी ख्याति दूर-दराज तक फैली हैं। आंखों को सुकून देना हो, तो दुधसागर जैसे कुदरती वॉटरफॉल का कोई विकल्प नहीं हैं। इको टूरिज्म के जितने स्थल गोवा में हैं, शायद ही कहीं ओर हो। पणजी से 52 किमी और मडगांव से 36 किमी की दूरी पर एक खूबसूरत जंगल बना हैं, जिसे बोन्डला के नाम से जाना जाता हैं। बोन्डला वन्यजीव अभयारण्य भी है, और चिडियाघर व बोटोनिकल गार्डन भी। सपरिवार रहने और जंगल का लुत्फ उठाने के लिए गोवा सरकार की तरफ से यहां बेहतरीन कॉटेज भी उपलब्ध हैं। यहां देखने लायक अन्य चीजों में डीयर सफारी पार्क, बर्ड लाइफ पार्क, नेचर एजुकेशन सेंटर, रोज गार्डन भी हैं। लेकिन बोंडला पार्क हर बृहस्पतिवार को बंद रहता है। गोवा की तीसरी बडी वाइल्ड-लाइफ सैंक्चुअरी है- कोतिगांव। दक्षिण गोवा का यह प्रमुख पर्यटन स्थल पणजी से 76 किमी की दूरी पर बना हैं। वहीं सालिम अली बर्ड सैंक्चुअरी तो पूरी दुनिया में जानी जाती है। यह गोवा की प्रख्यात मांडवी नदी के किनारे फैली है। यहां पक्षियों की विविध किस्में देखने पूरे साल भर पर्यटक यहां आते रहते हैं।

गोवा जाने वाले हर पर्यटक की, चाहे वो विदेशी हो या देशी, स्थानीय फूड खाए बिना गोवा यात्रा व्यर्थ कहलाएगी। दुनियाभर में मशहूर यहां के खाने का असली जायका उसके मसालों में हैं। यही वजह है कि पिछले कुछ सालों से गोवा के इको टूरिज्म में स्पाइस प्लांटेशन भी प्रमुख तौर पर शामिल हो गए हैं। वैसे, विदेशी पर्यटक तो गोवा के मशहूर काजू, कोकोनट, आम, आमसूल के बगीचे देखने में भी बेहद रुचि रखते हैं। गोवा में हर्बल गार्डंस पर्यटकों के लिए नया आकर्षण बनते जा रहे हैं। पार्वती-माधव पार्क प्लान्टेशन, केरी नामक गांव में बसा हैं, जहां काफी सारा हर्बल कल्टीवेशन किया गया है। ऑर्गेनिक फार्मिग के अलावा यहां पर पर्यटकों का ठेठ गोवन लजीज खाना भी खिलाया जाता है। इसके अलावा वालपई गांव के निकट रस्टिक प्लांटेशन फलों के बगीचों के लिए खास देखने लायक है। इनके अलावा सहकारी स्पाइस फार्म, संस्कृति सैवियो प्लांटेशन आदि पर मसाले उगाए जाते हैं, जो पर्यटकों को आकर्षित करते हैं।

गोवा में आनंद और रागिनी के सैर के सात दिन कुछ इस तरह बीते जैसे किसी स्वर्ग की सैर करके आ रहे हों| दोनो के लिए यह नया अनुभव था| वहाँ सिर्फ घूमना फिरना, खाना पीना और मौज मस्ती ही थी| सात दिन कब गुजर गए पता ही नहीं चला| वह एक अलग ही दुनिया थी, जहां न किसी काम की चिंता थी और ना ही किसी की रोक टोक| दोनो जब गोवा से वापस पुणे आए तो बहुत खुश थे |आनंद और रागिनी के जीवन में खुशी ही खुशी थी और आनंद ही आनंद| ********

अब रोजमर्रा की जिंदगी शुरू हो गई थी| आनंद सुबह 9 बजे ही दफ्तर चला जाता था और रात करीब 9 बजे ही फुरसत मिलती थी| रागिनी दिन भर घर में अकेले बैठी रहती और अपने दोस्तों और रिश्तेदारों को फोन घुमाती रहती| आनंद ने उसे एक बढ़िया सेमसंग का फोन गिफ्ट में दिया था| अब वह दिन भर यू ट्यूब,फेसबुक और सोशल मीडिया में व्यस्त रहती थी| घर का काम काज करने के लिए आनंद ने एक नौकरानी की सेवाएं ले ली थी | रागिनी के पास समय ही समय था|

आनंद की माँ भी सुबह ही काम पर निकल जाती थी और अपनी ड्यूटी से शाम को लौटती थी|घर में रागिनी पूरे दिन सोशल मीडिया

पर ऊलजुलूल कमेंट्स को पढ़ते रहती और कमेंट्स करते रहती थी |अकेलापान भी उसको खाए जा रहा था | आनंद देर रात घर वापस आता था | कुछ दिनों में ही रागिनी असन्तुष्ट रहने लगी| उसने आनंद से एक दिन कहा,

"तुम्हें शाम को जल्दी घर लौटना चाहिए पर तुम रात 9 बजे आते हो, ये सब नहीं चलेगा|"

"रागिनी, तुम समझने की कोशिश करो, मैं नौकरी कर रहा हूँ, मैं एक जिम्मेदार पद पर हूँ | अपनी मर्जी से काम छोड़कर पहले नहीं आ सकता| अगर जीवन में आगे बढ़ना है तो औरों से ज्यादा मेहनत करनी पड़ेगी|

"इसका मतलब ये हुआ कि तुम्हें मेरी जरा भी परवाह नहीं है| यदि ऐसा है तो तुम मुझे मायके छोड़ दो|"

"डार्लिंग, कैसी बातें करती हो? समझने की कोशिश करो| मैं तो कहता हूँ तुम भी कोई जॉब कर लो व्यस्त रहोगी तो ये सब सोचने का समय ही नहीं मिलेगा|"

"इसका मतलब मैं भी तुम्हारी तरह मशीन बन जाऊं | तुम्हारी माँ ने तो शादी के पहले कहा था की मुझे बाहर जाकर कोई काम करने की जरूरत नहीं है,अब तुम कह रहे हो कोई काम कर लो,ये क्या तमाशा है? मैं ये सब बर्दास्त नहीं करूंगी, मुझे कोई नौकरी नहीं करनी है|"

"ठीक है, तुम जॉब नहीं कर सकती तो कोई स्टडी कर लो, किसी सामाजिक संस्था से जुड़ जाओ और सामाजिक कार्य कर लो| तुमने तो समाज शास्त्र में मास्टर्स डिग्री ली है|व्यस्त रहोगी तो खुश रहोगी और मन भी लगा रहेगा|"

"खुद तो समय पर घर नहीं आते और लेक्चर देते हो, मुझे ज्यादा लेक्चर देने की जरूरत नहीं है|" "देखों, मैंने तो तुम्हें सिर्फ सलाह दिया है ताकि तुम घर में अकेले बैठ कर परेशान ना हो, करना ना करना तुम्हारी मर्जी है |"

अब आए दिन आनंद और रागिनी के बीच छोटी छोटी बात पर झगड़े होने लगे| आनंद की माँ ममता समझाने की कोशिश करती तो रागिनी उस पर बिफर पड़ती| एक दिन माँ ने कहा,

“बेटा, छोटी छोटी बातों पर झगड़ा नहीं करते, नौकरी में अपनी मनमर्जी नहीं चलती| सप्ताह में एक दिन छुट्टी होती है उस दिन तुम दोनो कहीं घूम फिर लिया करो मन लगा रहेगा|

“माँ, अगर मनमर्जी नहीं चलती तो नौकरी क्यों करते हैं ,नौकरी छोड़ दें और अपनी मनमर्जी का काम करें और शाम को जल्दी घर आ जाएँ | वैसे भी ये टाटा या बिरला तो बन नहीं सकते|”

“कैसी बात करती हो बेटा, अपना काम भी करेगा तो कोई जरूरी नहीं है की रोज शाम को तुम्हारे पास ही रहेगा|”

“माँ जी, अगर आनंद को मेरे पास नहीं रहना था तो मुझसे शादी ही क्यों की थी?”

ममता ने रागिनी की बात सुनी तो स्तब्ध रह गई और चुप रहना ही उचित समझा| रागिनी की बे सिर पैर की बातों से घर में रोज क्लेश होने लगे| वो हर छोटी बात को तिल का ताड़ बना देती थी और रोज की घटनाओं को बढ़ा चढ़ा कर अपनी माँ को फोन पर उसी वक्त बता देती थी | रागिनी की बातों से आनंद के घर में तनाव व्याप्त हो गया| साथ ही रागिनी के माता-पिता भी दुखी होने लगे| जब ऐसी नकारात्मक बातें फैलती हैं तो लोग सुनकर मजा लेते हैं,खासकर वो रिश्तेदार जो किसी की तरक्की से ईर्ष्या करते हैं| अब रिश्तेदारों के भी फोन आने लगे हालचाल जानने के लिए|

एक दिन रागिनी आनंद और उसकी माँ से झगड़ा करने के बाद अपना सामान बांध कर मायके चली गई | मायके से रागिनी की माँ के फोन आने लगे | वो अपनी बेटी को पाक साफ़ बताने लगी और आनंद और उसकी माँ को सारा दोष देने लगी |

इसी बीच रागिनी गर्भधारण कर चुकी थी | ससुराल से गए हुए उसे करीब सात आठ महीने बीत चुके थे | इस बीच आनंद तीन चार बार रागिनी को मनाने अपने ससुराल पहुंचा था पर रागिनी ने वापस आने से मना कर दिया था |उसने कहा,

“देखो आनंद, अगर तुम मेरे साथ रहना चाहते हो तो माँ को तुमसे दूर रहना होगा, अगर मेरी शर्त मंजूर है तो मैं तुम्हारे साथ चलने को तैयार हूँ|”

आनंद के सामने बड़ी विकट समस्या थी| माँ जब भी पूछती, “बेटा, रागिनी क्यों नहीं आई?” तो वह कोई जवाब नहीं दे पाता था| वो कैसे कहता की रागिनी ने कैसी शर्त लगाई है| उसे माँ से बहाने बनाने पड़ते थे | समय बीतता गया और इसी बीच रागिनी के मायके में ही एक बच्चा पैदा हुआ| बच्चे का नामकरण किया गया –हर्ष | इस अवसर पर आनंद के माता-पिता और दादा दादी सभी रागिनी के घर पहुंचे| दोनो परिवार आपस में मिले और तय किया गया की रागिनी आनंद के साथ पूना जाएगी | आनंद रागिनी और छोटे से बच्चे हर्ष को लेकर पुना आ गया |उनके साथ रागिनी की माँ भी बच्चे की देखभाल के लिए पूना आ गई

पूना आने के बाद भी रागिनी का रवैया नहीं बदला| आनंद के ऊपर अपने काम की जिम्मेदारी का बोझ होता ,ऊपर से घर आते ही रागिनी के ताने सुनने पड़ते थे | अब तो उसकी माँ भी साथ नहीं थी जो उसे सहारा देती |आनंद धीरे धीरे टूटने लगा, वह देर रात घर आता,जब भी आता तो शराब पीकर घर लौटता और आकर चुपचाप सो जाता| काम में भी पूरा ध्यान नहीं दे पाता था| इसका नतीजा यह हुआ की उसकी परफ़ोर्मेंस घटने लगी और उसे नौकरी से हाथ धोना पड़ा|

रागिनी और आनंद के बीच झगड़े और बढ़ने लगे और एक दिन रागिनी अपनी माँ को लेकर मायके चली गई| इस तरह एक साल और बीत गया | अब रिश्तेदार जागरूक हो गए| दोनो के परिवार और रिश्तेदार मिले ,रागिनी और आनंद को समझाया| फिर दोनो साथ रहने के लिए सहमत हो गए | आनंद अपनी माता और पिता को भी साथ रहने के लिए बुलाया लिया, यह सोचकर की शायद उनके घर में रहने से झगड़े में कमी आए और रागिनी का विचार बदले| पर उसका यह उपाय भी कामयाब नहीं हुआ क्योंकि रागिनी के दिमाग में फितूर घुसा हुआ था |

अब आनंद दिन भर घर में ही रहता था फिर भी रागिनी उसे ताने देती रहती थी, “घर में निठल्ले बैठे रहते हो, कोई काम क्यों नहीं करते?” आनंद कोई जवाब न देता| आनंद रागिनी के व्यवहार से परेशान हो चुका था| उसे समझ नहीं आ रहा था की वह रागिनी से कैसा व्यवहार करे ताकि रागिनी जीवन के प्रति सरल हो जाए और काम की अहमियत को समझे |

उसने एक मनोचिकित्सक से संपर्क किया और उसे सारी बातें बताई |मनोचिकित्सक ने रागिनी की पारिवारिक हिस्ट्री की जानकारी ली और इस नतीजे पर पहुंचा की रागिनी के पालन पोषण में बहुत कमियाँ थी | उसे जरूरत से ज्यादा बंधन में रखा गया, उसे कोई भी कार्य स्थायी रूप से करने की आजादी नहीं दी गई, उसके बचपन में दोस्त नहीं थे, उसकी प्रतिभा कुंठित होती गई | उसके अंदर असंतोष इतना बढ़ गया की वो अपना दुख किसी से नहीं कह पाती थी | नतीजा यह रहा की वह शादी के बाद सारी कुंठा,आक्रोश, आनंद और उसके माता-पिता पर निकालने लगी | वह अपनी इच्छाओं को अब पूरा करना चाहती थी, उन्हे पूरा करने के लिए उसने जिद का सहारा लिया ,तर्कहीन बातें करने लगी ,जिद पूरी न होने की वजह से वो आत्महत्या करने , बच्चे की हत्या करने ,मायके से चले जाने की धमकी देने लगी |इसमें सबसे ज्यादा जिम्मेदार उसके माता पिता थे जिन्होंने उसे नहीं समझा |

अब वो इस स्टेज पर पहुँच चुकी थी की वो समय के साथ ही बदल सकती है | उसे कोई दवा ठीक नहीं कर सकती | ठीक होने में कितना समय लगेगा यह कहा नहीं जा सकता था | हो सकता है उसे एक लंबे सेपरेशन के बाद अपनी गलतियों का एहसास हो तब तक जीवन का बहुमूल्य समय निकल जाए | यदि उसके माता पिता सहयोग करें तो हो सकता है वो जल्दी ठीक हो जाए | मनोचिकित्सक ने कहा,

“आनंद, आप अपनी पत्नी को उसके माता पिता और अपने माता पिता को साथ लेकर यहाँ आयें मैं सबसे बात करूंगा और उनका पक्ष भी जानने की कोशिश करूंगा तभी कुछ सही सलाह और कुछ दवाइयाँ दे सकूँगा|”

आनंद ने यह बात अपने माता-पिता और रागिनी के माता-पिता को बताई| रागिनी की माँ यह सुनकर भड़क गई और कहा, “क्या तुमने हमारी बेटी को पागल समझ रखा है? हमारी बेटी देखने में सुंदर है, घर का काम करती है, अपने बच्चे की देखभाल करती है, और क्या सास ससुर के पैर दबाए? तुम और तुम्हारा परिवार संस्कारविहीन है जो हमारे बेटी की इज्जत नहीं करता है|”

"माँ जी, मेरी बात को समझने की कोशिश कीजिए| एक बार मनोचिकित्सक की सलाह मान लेने में क्या बुराई है?"

तभी बीच में रागिनी के पिता पत्नी के हाथों से फोन छीन लिया और कहा, " सुनो तुम आले दर्जे के गंवार और जाहिल हो, तुम चाहते हो की हम बेटी को वहाँ ले जाएँ ताकि तुम उसे पागल घोषित करवा सको और तलाक ले लो| तो ऐसा नहीं हो सकेगा| हमाई बेटी अब तुम्हारा अत्याचार नहीं सहेगी, हमने उसे फूलन देवी बनाया है| वह ईंट से ईंट बजा देगी, हम तुम्हारे ईंट का जवाब पत्थर से देंगे, अब तो कोर्ट में ही फैसला होगा | फोन रखो और दुबारा फोन नहीं करना|"

इसी बीच देश में कोरोना का प्रकोप हो गया| कंपनी कर्मचारियों की छंटनी शुरू कर दी | जॉब मिलना और मुश्किल हो गया | रागिनी झगड़ा करके फिर अपने मायके चली गई| आनंद अपने माता पिता के साथ गाँव चला गया|

गाँव पहुँचने के बाद रागिनी ने आनंद और उसके माता पिता के खिलाफ, दहेज उत्पीड़न, घरेलू हिंसा का झूठा मामला दर्ज कर दिया | इधर आनंद ने भी तलाक का मुकदमा दायर कर दिया| जो बातें आसानी से घर में हल हो सकती थी वो अब कोर्ट के दायरे में आ गई| इस तरह अदालत में पेशी पर पेशी होती रही पर कोई नतीजा नहीं निकला|

10 वर्षों का समय निकल गया| हर्ष अब पाँचवीं कक्षा में पढ़ने लगा था | पर दोनो परिवारों के रिश्ते इतने खराब हो गए थे कि एक छोटा सा बच्चा अपने पिता और दादा-दादी के प्यार से वंचित हो गया था|

इस सब के पीछे सिर्फ एक ही कारण था –रागिनी की परवरिश और सोच| एक ऐसी सोच जो अहंकारपूर्ण और आधारहीन है| जिसका कोई ठोस कारण नहीं है| किसी ने ठीक कहा है "स्त्री के चरित्र और पुरुष का भाग्य कब बदल जाए इसका कोई अंदाजा नहीं लगा सकता|

इसी तरह आनंद भी रागिनी के स्वभाव को कभी समझ नहीं पाया | वो वास्तव में चाहती क्या थी यह जान नहीं पाया | शादी के बाद 10 साल बीत चुके थे पर रागिनी और आनंद के संबंधों में सुधार की बजाय और भी खटास आ चुकी थी | अब तो सिर्फ तलाक का इंतजार था जो कोर्ट के चक्कर लगाते लगाते दिन प्रतिदिन लंबा होता जा रहा था | साल पर

साल बीत रहे थे | जीवन से खुशी गायब हो चुकी थी |आनंद सोचने पर मजबूर हो गया कि शादी खुशी है या गम | उसे अब भी 'खुशी' की तलाश थी ....

13

स्त्री-पुरुष मनोविज्ञान

"स्त्री का चरित्र और पुरुष का भाग्य देवता भी नहीं जानते, तो मनुष्य कैसे जान सकता हैं|"

महिलाएं ईश्वर द्वारा बनाई गई सबसे अद्भुत शक्ति हैं। महिलाएं किसी रहस्य से कम नहीं होती, महिलाओं की मनोदशा कब बदल जाये, इसका कोई अंदाजा नहीं लगा सकता हैं| कई लोग तो यह भी कहते हैं कि- महिलाओं को समझना किसी के बस की बात नहीं! महाभारत में एक श्लोक बहुत प्रसिद्ध हैं :

|| त्रिया चरित्रं, पुरुषस्य भाग्यम देवो न जानाति,कुतो मनुष्यः ||

अर्थात स्त्री का चरित्र और पुरुष का भाग्य देवता भी नहीं जानते, तो मनुष्य कैसे जान सकता हैं ।हालांकि कोई इस बात से इनकार नहीं कर सकता हैं कि महिलाएं अद्भुत हैं ! किसी भी देश की महानता और संस्कृति में महिलाओं का विशेष स्थान होता हैं| यहाँ तक कि हमारे वेदों और ग्रंथों में भी महिलाओं को विशेष दर्जा प्राप्त हैं। उनके पास असीम क्षमता होती है | एक स्त्री घर को आबाद कर सकती है और चाहे तो बर्बाद कर सकती है | हर पुरुष की सफलता के पीछे एक स्त्री का हाथ होता है | राज छिपाकर रखने की उनमें अद्भुत क्षमता होती हैं, और कभी न कभी वो अचानक राज खोलकर सबको आश्चर्य में डाल देती हैं | महिलाओं से जुड़े रोचक तथ्य हमें हैरान कर देते हैं|

एक सर्वे के अनुसार महिलाओं का मस्तिक 24×7 काम करता है और फिर भी वह थकती नहीं हैं। आप किसी भी तरह की मदद के लिए कहते हैं और वे हमेशा आपकी मदद करने के लिए मुस्कुराते हुए आगे आती हैं| महिलाओं की जरूरतें को आप कभी पूरी नहीं कर सकते, और हाँ सबसे दिलचस्प बात यह हैं कि उन्हें खुद नहीं पता होता कि उन्हें आखिर चाहिए क्या। महिलाएं पुरुषों के मुकाबले बहुत ज्यादा सोचती हैं चाहे कितनी भी छोटी से छोटी बात क्यों न हो| वे बहुत भोली होती हैं, आपकी कोई भी गलती बहुत जल्दी माफ़ कर देती हैं| उनके इस स्वभाव का कभी भी फायदा नहीं उठाना चाहिए उनका विश्वास सदैव बनाये रखना चाहिए|

महिलायें अपनी खूबसूरती से कभी पूरी तरह संतुष्ट नहीं हो पाती। उन्हें दूसरी महिलाओं की खूबसूरती ज्यादा मनमोहक लगती है। उनको केवल दूसरे को सलाह देना पसंद है, लेकिन सलाह लेना बिल्कुल भी नहीं। "मैं क्या पहनूँ" यही सोचने में ही महिलाएं अपना जीवन का एक साल बर्बाद कर देती हैं। पुरुषों की तुलना में महिलाएं एक बार में कई प्रकार के कार्य कर सकती है, मतलब की एक महिला एक साथ अलग-अलग काम करने में पुरुषों से ज्यादा सक्षम होती हैं। महिलायें अधिकांश बड़ी शक्की मिजाज की होती हैं।जब आप किसी लड़की या महिला से सलाह लेते हैं तो उसे बहुत अच्छा लगता है, उसे लगने लगता है कि आप उस पर खुद से भी ज्यादा विश्वास करते हैं।

नर में नारी के आश्रय की उत्कट अभिलाशा है तथा उसके अभाव में उसका जीवन अपूर्ण है लेकिन पुरुष मन ही मन अपनी इस पराधीनता व निर्भरता को स्वीकारना नहीं चाहता। पुरुष सोचता है कि नारी ने उसे अधीनस्थ कर रखा है और उसके बिना पुरुष का जीवन खोखला है। इसीलिए वह घोर जीवन व्यापी संघर्ष में रत रहता है और अपने पुरुषत्व अहं के आगे स्त्रीत्व की महत्ता को स्पष्ट तौर पर स्वीकार करने में न केवल झिझकता है अपितु स्त्रीत्व पर प्रहार करने का भी प्रयत्न करता रहता है ताकि उसमें कहीं कोई हीन भावना उत्पन्न न हो।

डी.एच. लॉरेन्स के उपन्यासों को पढ़िये तो उसमें दांपत्य जीवन का जो चित्र सामने आयेगा, वह ऐसे दो प्राणियों का होगा, जो ऐसे शत्रुओं का

होगा जो पारस्परिक संघर्ष में निरंतर निरत हैं, जो एक-दूसरे को दबोच लेना चाहते हैं और कोई पराजय स्वीकार नहीं करता। मानो वे पति-पत्नी न हों चूहे और बिल्ली हों अथवा सांप और नेवला। पति और पत्नी बात की छोड़ दीजिये। लॉरेन्स के उपन्यास में पात्रों को मिथुनाचार से यद्यपि एक क्षणिक आनंद की अनुभूति होती है पर साथ ही साथ उनमें एक दुर्दांत विकृत घृणा के भाव भी उत्पन्न होते है। प्रेम की आड़ में घृणा और बैर फुफकारते से दिखाई पड़ते हैं, प्रणय और प्रीति के गर्भ से जैसे घृणा और बैर-भाव के बीज विकसित हो रहे हों। मानों मानव तृप्ति की लालसा से व्याकुल हो और जीवन भर उसी की खोज में अपना सब कुछ दांव पर लगा देना चाहते हो। पर उसे वो तृप्ति मिलती नहीं है, वो खुशी मिलती नहीं है। उसे अपने अंदर कभी भी गम्भीर तृप्ति प्राप्त नहीं हो सकती। उसे नारी के कोमल आगोश में तृप्ति मिलती है । उसे इसके लिए नारी पर निर्भर रहना ही पड़ता है|

स्त्री के लिए पुरुष का प्यार पहले पुरुष की आँखों में समाता है, आँखों से दिलों दिमाग में, फिर उसकी धड़कनों में, फिर उसके वक्ष से होते हुए उसकी जंघाओं तक पहुँच जाता है| फिर पुरुष प्यार और यौनक्रिया का तालमेल चाहता है, तृप्ति चाहता है| इसे ही वो प्यार का नाम देता है| इस प्यार को पाने के लिए वो किसी भी हद तक गुजर जाता है|

स्त्री-पुरुष के संबंधों की यह सच्चाई है कि नर में नारी की और नारी में नर की तलाश बनी रहती है। दो विपरीत ध्रुव होने के बाद भी एक-दूसरे की निर्भरता अनिवार्य है।

मूल प्रवृत्तियों व संवेगों का वैवाहिक जीवन पर प्रभाव पड़ता है |मूल प्रवृत्तियों से ही मनुष्य में संवेगात्मक भावना उत्पन्न होती है। मानव जीवन की प्रारंभिक घटनाएं स्थायी भाव बन जाती हैं जिनका प्रभाव व्यक्ति के व्यवहार पर पड़ता है। संवेग सुखदायी व दुःखदायी दोनों प्रकार के होते हैं, यथा क्रोध, घृणा, भय आदि दुःखदायी संवेग हैं और प्रेम, दया, करूणा आदि सुखदायी संवेग हैं। वैवाहिक जीवन की सफलता इन्हीं संवेगों पर आधारित होती है। भिन्न-भिन्न वातावरण या परिवेश व समाज में पालित-पोषित बालक व बालिका में भिन्नताएं होना स्वाभाविक हैं। जब वे वैवाहिक संबंधों के द्वारा एक दूसरे के

संपर्क में आते हैं तो उनमें परस्पर विभिन्नता होने के कारण सामंजस्य बैठाने में उन्हें परेशानियों का सामना करना होता है। साथ ही कभी-कभी टकराहट की स्थिति, गृहक्लेश, अंतद्र्वंद, कुण्ठा, तनाव की स्थिति भी उत्पन्न हो जाती है।

नव वधू के आगमन पर सास को प्रायः "असुरक्षा की भावना" अनुभव होती है। इसी के वशीभूत हो कर वह अपने मन के रोष, क्षोभ, आशा, स्पर्धा आदि भावों का शिकार हो जाती है। परिवार के पुरुष वर्ग का अधिकांश समय घर के बाहर व्यतीत होता है और प्रायः स्त्रियां सारा दिन घर में रहती हैं इसलिए समायोजन की आवश्यकता उनके साथ अधिक होती है। यद्यपि आज महिलाएं नौकरीशुदा भी हैं। एक अन्य मनोवैज्ञानिक कारण है- स्त्रियों में जाने अनजाने में एक दूसरे के रूप और गुण के प्रति ईर्श्या की भावना का होना।

एक और स्थिति में जरा-सी चूक हो जाने पर समायोजन की समस्या गंभीर होने के साथ-साथ असंभव भी हो जाती है, जहां पुरुष अपने परिवार से बहुत अधिक जुड़ा रहता है। उसके अनुसार आदर्श नारी का रूप उनकी मां और बहनें ही होती हैं और वह उन्हीं की विशेषताओं को अपनी पत्नी में भी देखना चाहता है। स्त्री का अपना व्यक्तित्व और विशेषताएं होती हैं तथा जब पति के द्वारा अपनी पत्नी तथा परिवार की अन्य स्त्रियों में बहुत अधिक तुलना की जाने लगती है तो कई बार पत्नी के आत्म-सम्मान को ठेस पहुंचती है और सहनशीलता की सीमा पार हो जाने पर परिवार टूट जाते हैं। ऐसा कभी-कभी पत्नी के द्वारा भी हो जाता है कि वह अपने पिता की छवि व विशेषताएं अपने पति में देखना चाहती है।

यह भावना ग्रंथी होती है। इन्हें मनोवैज्ञानिक फ्रायड ने मनोग्रंथियां कहा है। फ्रायड के अनुसार पुत्र की लिबिडो(कामलिप्सा या कामवासना) प्रायः माता पर एवं पुत्री की लिबिडो पिता पर केन्द्रित होता है। जब पुत्र का लिबिडो माता पर केन्द्रित हो जाता है तब इसे फ्रायड ने "इडिपस ग्रंथी" कहा है। जब पिता और पुत्री में लिबिडो के आधार पर अधिक प्रेम पिता पर केन्द्रित हो जाता है और उसके फलस्वरूप जो मानसिक ग्रंथी उत्पन्न होती है उसे फ्रायड ने "इलेक्ट्रा ग्रंथी" कहा है। यही वजह है की

पुत्र का प्रेम माता के प्रति और पुत्री का प्रेम पिता के प्रति ज्यादा होता है|

परिवार में वैयक्तिक विभिन्नताओं का प्रभाव एक दूसरे पर पड़ता है| कई बार इसमें तालमेल बिठाने में कठिनाई होती है | वैयक्तिक विभिन्नताओं के कारण परिवारों में पूर्णतया शांति तो कहीं भी नहीं होती। परस्पर मतभेद के कारण सफल समायोजन(Adjustment) नहीं हो पाता। वर्तमान समय में समायोजन के लिए आवश्यक है कि पति-पत्नी में समानता की भावना हो, अधिकार की नहीं। जब कई बर्तन एक साथ होते है तो खटक हो ही जाती है । बर्तन न खटके तो बर्तन कैसे? यह भी तो होता रहना चाहिए। पर खटपट से मिलन का मिठास और गहरा हो जाता है । एक रूठे नहीं तो दूसरे को मनाने का मौका कैसे हाथ आये |दो रोज अलग-अलग होकर दोनों के मुंह न फूले रहें तो तीसरे रोज साथ बैठकर दोनों कैसे आँसू बहायें । इसी तरह के उठा पटक का नाम जीवन है।

स्त्री-पुरुष संबंधों में व परिवारों में जिन समस्याओं के कारण तनाव उत्पन्न हो, उन समस्याओं पर मिलकर विचार करना चाहिए। कौन सही है, इस पर नहीं अपितु क्या सही है इस पर विचार किया जाना चाहिये और यह स्वस्थ संवाद से ही संभव है। सुखी, शान्त पारिवारिक जीवन के लिए आवश्यक है कि पति-पत्नी दोनों अपनी मान्यताओं में परिवर्तन लायें तथा परस्पर मतभेदों को दूर कर पारस्परिक समझौते से परिवार में शांति स्थापित करें।

हमारे रिश्ते में एक महिला हैं जिनकी दो बेटियाँ हैं। वे उनके विवाह के लिए फिक्रमंद हैं।बेटियाँ पढ़ी लिखी हैं और घर से बाहर रहकर काम भी करती हैं। दोनों ही बेटियाँ विवाह नहीं करना चाहतीं। उनकी माँ का मानना है कि ज़माना बहुत खराब है; आजकल अच्छे लड़के नहीं मिलते। आजकल सभी लड़के पत्नियों को गुलाम बनाना चाहते हैं। विवाह में सिर्फ लड़कियों को समझौता करना पड़ता है, अपने सपनों को छोड़ना पड़ता है। इससे बात मत करो यहाँ मत जाओ, वहाँ मत जाओ आदि। आगे जो उन्होंने कहा वह सन्न करने वाली बात थी। वे बोली कि मैंने तो बेटियों से कह दिया है विवाह तो कर लो, न जमे तो छोड़ देना ।

सुनकर मैं अवाक रह गया! क्या विवाह करना कोई मज़ाक है? खेल है? अगर तोड़ना ही है तो जोड़ना ही क्यों? और पुरुष बुरे है, फरेबी है, कठोर, गैर-जिम्मेदार है; ये बातें अगर कोई माँ अपनी बेटी को सीखा रही है तो बेटियों के मन में हमेशा पुरुषों के छवि गलत ही बनेगी न ।

अक्सर महिलाओं को कहते-सुनते देखा है कि पुरुष बहुत बुरे होते हैं। लड़कियों और महिलाओं को उनसे हमेशा एक दूरी बनाकर रखनी चाहिए। पुरुष हमेशा महिलाओं की देह पाने की ताक़ में रहते हैं। बहुत ही लापरवाह और गैर-जिम्मेदार होते हैं। यही नहीं जब भी किसी महिला का किसी पुरुष से मतभेद या झगड़ा होता है तो वह सबसे पहले कहती है, "मैं तुम्हे अच्छी तरह से जानती हूँ"। महिलाएँ अक्सर इस बात पर भी गर्व करती देखी गई हैं कि उनमें पुरुष की मंशा जान लेने की अद्भुत शक्ति है। वे हर पुरुष की रग-रग से वाकिफ़ होती हैं। लेकिन क्या यह एकतरफा सोच नहीं है? क्या है पुरुष का मनोविज्ञान? क्या वे सच में बहुत कठोर और लम्पट हैं? क्या स्त्रियों में पुरुष की मंशा जान लेने की अद्भुत शक्ति है? क्या वे हर पुरुष की रग रग से वाकिफ़ होती हैं?

लेकिन क्या यह एकतरफा सोच नहीं है? क्या है पुरुष का मनोविज्ञान? क्या वे सच में बहुत कठोर, लम्पट, गैर जिम्मेदार और रूखे हैं? क्या विवाह में हमेशा महिलाएँ ही समझौते करती है? क्या पुरुष अपनी पत्नी द्वारा पीड़ित नहीं हो सकते?

परिवार परामर्श केंद्र में रोज़ कई मामले आते हैं जिनमे पति-पत्नी के बीच अनबन और तलाक की बात होती है। महिलाओं की समस्याओं और समाधानों को ध्यान में रखकर स्थापित किए गए इन केन्द्रों में अब पुरुष भी गुहार लगा रहे हैं। देखिये कुछ उदहारण:

केस नंबर एक: मिस्टर कुलकर्णी एक अधिकारी हैं और उनकी पत्नी बैंक में मैनेजर हैं। मिस्टर कुलकर्णी ने पिताजी की बात मानकर एक विकलांग महिला से विवाह कर लिया और पच्चीस बरस अपनी पत्नी के टार्चर सहते रहे।उनके बीच कभी प्रेम नहीं पनप पाया। मिसेस कुलकर्णी ने हमेशा उनपर अपने पद और रुपयों का रुतबा जमाया। बच्चों के विवाह के बाद अब पति अपनी कर्कशा और झगडालू पत्नी से निजात चाहते हैं। लेकिन पत्नी तलाक नहीं देना चाहती भरसक कोशिश करने

के बाद भी जब तलाक नहीं मिला तो एक दिन पति एक खत छोड़ कर चुपचाप घर से चले गए। खत में लिखा था "संध्या, मैंने सारी उम्र समझौते किए; तुम्हारे साथ बच्चों के साथ, समाज के साथ; अब बर्दाश्त नहीं होता। मैं अपना सब कुछ तुम्हे देकर जा रहा हूँ। मुझे सिर्फ तुम्हारा प्रेम चाहिए था और कुछ नहीं" । वे कहाँ गए किसी को नहीं पता। इस उम्र में उन्हें कौन-सी चीज़ परिवार से दूर ले गई?

केस नम्बर दो: शहर की जानी मानी प्रोफ़ेसर जो मनोविज्ञान पढ़ाती है; बेहद क्रोधी, बेहद मुंहफट महिला, पूरा स्टाफ उनसे डरता था। एक दिन उनके सहकर्मी ने बताया कि इनके इसी खराब स्वभाव के कारण 20 बरस पहले इनके पति ने घर में फांसी लगा ली थी। इसके बाद भी मेम का स्वभाव नहीं बदला।

केस नम्बर तीन: इंदौर में एक डाक्टर दम्पति के बीच झगड़े की वजह उनकी पांच महीने की बच्ची बनी। डॉक्टर माँ के पास अपनी बेटी के लिए समय नहीं था और वह चाहती थी कि पति उसका ख्याल रखे। आखिर झगड़ा इतना बढ़ा कि माँ ने अपनी पांच महीने की बेटी का गला घोंट दिया। इससे आहत होकर पति ने पत्नी, अपने सास-ससुर और अंत में खुद को भी मार डाला।

केस नम्बर चार: मुरैना के एक अस्पताल में एक दाई ने मात्र सौ रुपये का नेग न मिलने पर नवजात शिशु को उसकी माँ की गोद से छीन कर जमीन पे पटक कर मार डाला।

केस नम्बर पाँच: इंदौर शहर के एक परिवार में सास ने अपनी बहू को मार डाला और उसके बहुत-से टुकड़े करके उन्हें प्लास्टिक बैग में भरकर अपनी एक्टिवा से फेंकने जा रही थी। किसी की नजर में पड़ी और तब वो पुलिस के हत्थे चढ़ी। महिला बहुत संभ्रांत परिवार की थी। जब पुलिस ने पूछा ये सब कैसे किया तो जानते है उसका क्या जवाब था? वह महिला बोली कि "अभी मैं आपके भी सौ टुकड़े कर सकती हूँ"

केस नम्बर छह: एक मित्र को उसकी महिला मित्र ने पहले तो अपने प्रेम-जाल में फंसाया और उसके बाद उनके साथ दैहिक सम्बन्ध बनाए। फिर ब्लैकमेल करना शुरू किया कि अब मैं तुम्हारे मेल और हमारे वीडियो इंटरनेट पर उजागर कर दूंगी। मित्र इस मानसिक बलात्कार

से इतने दुखी हुए की उन्हें पुलिस के अलावा साइकोलोजिस्ट की भी सहायता लेनी पड़ी। इस दुखद घटना को भुलाने में उनके पांच साल बर्बाद हुए। अब वह प्रेम और महिलाओं के नाम से भी खौफ खाते हैं।

ये सभी वे महिलाएं है जो हमारे आसपास ही रहती हैं। ये भी हत्या करती हैं। ये भी पुरुषों को टार्चर करती है और देह का न सही पर मानसिक बलात्कार करती हैं। और उनके चेहरे पर कोई शिकन नहीं होती।ये सिर्फ कुछ उदाहरण हैं जिनमें महिलाएँ ही जिम्मेदार थी। पुरुष यहाँ बहुत बेबस और लाचार- सा था। यहाँ किसी भी पुरुष ने महिला को न तो आहत किया और न ही उसका शोषण किया। फिर हमेशा पुरुषों को ही दोषी क्यों ठहराया जाए?

अब बात पुरुष मनोविज्ञान की करते हैं। पुरुष को हमेशा ही इस तरह से पाला जाता है कि वह बहादुर है। मर्द को कभी दर्द नहीं होता |हमारे समाज ने पुरुष को महिलाओं से अलग बिरादरी का बना दिया है। जबकि पुरुष भी इन्सान ही है। उसे भी दर्द होता है। वह भी कोमल मन वाला है। वे चुप रहते हैं इसका मतलब ये तो नहीं कि उन्हें तकलीफ नहीं होती।बस फ़र्क इतना है कि महिलाएँ जहाँ रो-रो कर, चिल्लाकर अपने दुःख जता देती हैं; पुरुष वहीं खुद को असहाय पाते हैं। वो अपनी बात ठीक से कह नहीं सकते इसलिए हमेशा वे गलत समझे जाते हैं। और पुरुष मन ही मन घुटता रहता है। अगर वे किसी से अपने मन की बात साझा करना चाहते हैं तो उन्हें भी समाज और सबसे पहले घर परिवार में ही शक की नजर से देखा जाता है।

जबकि पुरुष हमेशा अपनी जिम्मेदारी बखूबी समझते हैं। बच्चों का ख्याल पुरुष ही ज्यादा रखते हैं। वे कभी चुगली नहीं करते वे हमेशा एक अच्छे दोस्त साबित होते हैं। पुरुष हमेशा अपनी महिला सहकर्मी या साथी या दोस्त की भावनाओं को भलीभांति समझते हैं। हमेशा मदद को तत्पर रहते हैं। अपवाद हर कहीं होते हैं;, लेकिन हमें दोनों पक्षों को समझना चाहिए।

स्त्री बदल क्यों गई? कौन बदला महिला या पुरुष? परिवर्तन के इस दौर में जब सब कुछ बदल रहा है तो पुरुष भी बदले और महिलाएं भी; लेकिन पुरुष ने खुद को महिलाओं की तरह नहीं बनाया । वह पुरुष ही

बना रहा लेकिन एक अजीब बात यह हो गई कि महिलाएँ पुरुष बन गयी। वे पुरुष को जानना चाहती थी और स्वभाव से पुरुष हो गईं। पुरुषों की तरह पहनावा,चाल-चलन और सोच भी।

अब एक स्त्री को बाहर देर रात तक काम करना भाता है और घर के काम या बच्चे संभालना उसे गुलामी लगते हैं। अब उसे बच्चों के लिए अपनी नींद खराब नहीं करनी। हाँ, वह देर रात तक पार्टियों में नशे में धुत हो सकती है।अब बाहर से स्त्री-पुरुष अलग-अलग दिखते हैं। सिर्फ शरीर के तल पर अलग है लेकिन सोच अब एक जैसी हो गई है। भीतर से कुछ भी अलग नहीं है। इसलिए अब रिश्ते सिर्फ देह के स्तर पर बन रहे हैं। पुरुष स्त्री के पास आता तो है लेकिन देह के अलावा उसे कुछ भी नया नही मिलता। भीतरी जुड़ाव हो ही नहीं पाते। देह कब तक आकर्षित करेगी? भीतरी जुड़ाव के बिना कभी कोई रिश्ता गहरा नहीं हो सकता। स्त्री आज भीतर से रीती-सी है सूखी-सूखी-सी अब वह प्रेम, आत्मीयता और त्याग की बात ही नहीं करती। वह आज अपने हक, अपनी छवि, अपने सपनों की चिंता करती है। इसमें कुछ गलत भी नहीं लेकिन सिर्फ खुद के बारे में सोचना तो स्वार्थ है।और वो भी किस कीमत पर यह भी तो देखना होगा न।

यह बात हर स्त्री को सोचनी होगी। चूँकि स्त्री को ईश्वर ने एक बड़ी जिम्मेदारी सौंपी है और विशेष गुण देकर भेजा है। अगर उसने प्रेम, त्याग, सहनशीलता, आत्मीयता खो दी तो उसके पास उसका विशेष क्या बचा? अगर वो भीतर से खाली हो गई, रीत गई, तो पुरुष को क्या देगी और अपनी संतानों को क्या सौंपेगी? ऊपर जो उदाहरण हमने देखे उन्हें देख यही समझ आता है कि स्त्री ने अपने सभी गुण जिसमें त्याग, ममता, धीरज और आत्मीयता थी; उन्हे वह छोड़ चुकी है। अब उसके हाथ ख़ाली है और अंतर्मन सूखा पड़ा हुआ है।

पुरुष उसकी मीठी बातों में उलझकर उसके पास आता तो है लेकिन वो मिठास उसे नहीं मिलती जो उसे तृप्त करे। यह ऐसा ही अनुभव होता है जैसे कि कोई कड़वी गोली पर मीठी चाशनी की परत लगी हो। जरा देर में वह मिठास गायब हो जाती है और दोनों अपने कैसेलेपन के साथ आमने-सामने आ जाते हैं।

इतना टकराव क्यों? दोनों एक जैसे हो गए तो जुड़ाव नहीं हो पा रहा। यही टकराव का कारण भी बन रहा है। पुरुष इस असंतुष्टि से हिंसक और निराश हो रहे हैं और महिलाएं अब अकेली हो रही हैं। दोनों ही अकेले और कुंठित हैं। दोनों तरफ अविश्वास, भय और असुरक्षा है।

मेरे ख्याल से भारत में अधिकांश स्त्रियों को परिवारिक तौर पर कोई परेशानी नहीं है शादी से पहले माता पिता राजकुमारियों की तरह रखते हैं और शादी के बाद पति के यहां रानी की तरह रहती है विवाह के कुछ समय बाद किसी न किसी बहाने से अलग भी हो जाती है लड़के के उन माता पिता से जिन्होंने अपने जीवन की सारी पूंजी बेटे की अच्छी पढ़ाई लिखाई में लगा दी और माता जी ने सुबह 5 से रात 11 बजे तक बिना किसी छुट्टी के पूरी जिंदगी लगा दी|

असल में हमारे समाज में पुरुष ही सबसे ज्यादा पीड़ित हैं जिसके बारे में न मीडिया बात करता है और न समाज। घर परिवार चलाने के लिए उसे क्या क्या समझौते करने पड़ते हैं अपने निजी शौकों की कुर्बानी, पहनने ओढ़ने में समझौता यहां तक की बात करने में भी दिखावट करनी पड़ती है अपने दुःख दर्द किसी से नहीं बांट सकता है| पुरुष के इतने त्याग के बाद भी उसे खलनायक बनाया जाता है |

महिलायें सारी उम्मीदें पुरुषों से ही कर रही हैं।माताएं अपनी बेटियों को 'पारिवारिक संस्कार' नहीं दे रही हैं ।स्थिति कितनी भी बुरी हो परंतु पहल महिलाओं को ही करनी होगी। उसे पुरुषों के मनोविज्ञान को समझना होगा। उसे सिर्फ पुरुष को जान लेने से काम नहीं चलेगा उन्हें समझना भी होगा। सिर्फ देह के स्तर पर ही नहीं बल्कि मन के स्तर पर भी उन्हें समझना होगा तभी परिवार चलेगा और वैवाहिक जीवन सुखी होगा| वरना पारिवारिक जीवन में खुशी की तलाश एक मृग मरीचिका की तरह है जहां प्यास है, दौड़ है पर 'खुशी' नहीं है ......

14

जीवनसाथी की तलाश

“जो जीवन के हर पथ पर साथ हो वो है पति-पत्नी|”

आनंद के माता पिता को आनंद के शादी की चिंता सताने लगी थी | अड़चन ये थी की उसका तलाक नहीं हुआ था | तलाक कब होगा यह एक यक्ष प्रश्न था |आपसी सहमति से तलाक लेने के लिए रागिनी और उसके माता-पिता को राजी करने के लिए आनंद के पिता और रिश्तेदार कई बार कोशिश कर चुके थे पर रागिनी की माँ जिद कर रही थी कि आनंद रागिनी को अपने साथ पूना ले जाए |पर पिछले अनुभव को देखते हुए आनंद इस बात पर कतई राजी नहीं था| रागिनी की माँ की मांग थी की दो करोड़ रुपये एकमुश्त भरण पोषण के लिए रागिनी को दिए जाएँ| जबकि आनंद के माता पिता पच्चीस लाख रुपये देने को राजी थे| रिश्तेदारों ने भी उन्हे मनाने की कोशिश की थी पर रागिनी के माता पिता मान नहीं रहे थे |

आनंद आखिर कब तक कोर्ट से तलाक का इंतजार करता? करीब 10 वर्षों का समय बीत चुका था| अंततः आनंद के माता-पिता ने फैसला किया कि आनंद की शादी कर दी जाए| पिता ने आनंद से पूछा, “बेटा, क्या तुम शादी करना चाहते हो?”

“पापा, अभी तो मैंने सोचा नहीं है|”

“तो फिर सोचो न, आखिर कब तक इंतजार करोगे? देखते देखते 10 साल बीत गए तुम्हारी फेमिली लाइफ बर्बाद हो गई| अगर तुम शादी करना चाहते हो तो स्पष्ट कहो वरना दुबारा मुझसे इस विषय में चर्चा नहीं करना|”

“कैसी बात करते हैं आप, बेटे को जरा सोचने का समय दीजिए”, आनंद की माँ ने कहा|

“कितना सोचने का समय चाहिए इसे? मैं तो बहुत पहले ही कह दिया था की अब इन दोनो की निभेगी नहीं पर तुम मानती कहाँ हो, तुम्हारा बेटा कहता रहा सब ठीक हो जाएगा और तुम कहती रही उसे सोचने दीजिए|”

“ठीक है पापा, मैं शादी के लिए तैयार हूँ पर मेरे पास इतना समय नहीं है की मैं मेट्रीमोनियल साइट पर तलाश करता रहूँ | आपके पास पर्याप्त समय है, आप ही तलाश करिए|”

“ठीक है, मैं वो भी करूंगा पर तुम पिछली बार की तरह पीछे मत हट जाना|”

“आनंद कहाँ पीछे हटा था? वो तो लड़की वाले ही पीछे हटे थे”, माँ ने कहा|

“अरे भाग्यवान ,याद है इसने ही तो कहा था कि बच्चे वाली लड़की नही चाहिए| तुम्हें समझना चाहिए की इसका तलाक भी नहीं हुआ है, ऐसी हालत में कोई लड़की इससे शादी करने को तैयार नहीं है, कौन कुवाँरी लड़की इससे शादी करने को तैयार होगी?”

“ठीक है, बात न बढ़ाइए,मेट्रीमोनियल साइट में जाकर लड़की तलाश कीजिए| हमें तलाकशुदा,विधवा, और बच्चे वाली लड़की भी स्वीकार्य है| भगवान का दिया हमारे पास सब कुछ है| बस हमें एक ऐसी बहू चाहिए जो प्यार और खुशी से आनंद के साथ रह सके|”

आनंद के पिता ने कई मेट्रीमोनियल साइट पर आनंद का प्रोफ़ाइल पोस्ट कर दिया और मैरिज साइट खंगालने में लग गए| वो इस कार्य में अभियान की तरह लग गए | वो सुबह से शाम तक बस इसी काम में लगे रहते| जिस लड़की का प्रोफ़ाइल उन्हे पसंद आता था उससे बात करते थे| कई बार लड़कियों के माता-पिता से बात करनी पड़ती थी, कई बार जो

लड़की पसंद करते थे वो खुद रिजेक्ट कर देती थी|

करीब दो महीनों तक वे दिन रात इसी प्रयास में लगे रहे और 500 लड़कियों की प्रोफ़ाइल खंगाला, और उनसे बात की| जो लड़कियां मिल रही थी वो दूसरे जाति और समाज की थी, दूसरे राज्यों से थी, किसी की भाषा और संस्कृति नहीं मिलती थी, तो किसी की शैक्षणिक योग्यता नहीं मिलती थी, किसी की पारिवारिक पृष्टभूमि अनुकूल नहीं थी, कोई तो इस वजह से पीछे हट जाती थी कि आनंद का तलाक नहीं हुआ था| कुछ लड़कियों ने तो कह दिया कि उन्हे शराब पीने वाला लड़का नहीं चाहिए क्योंकि उनका पूर्व पति बहुत शराब पिता था और इसी वजह से वो मर गया इत्यादि |

कहने का तात्पर्य यह है की सभी को पढ़ा लिखा, अच्छी तनख्वाह और अच्छी नौकरी वाला,शराब सिगरेट से दूर रहने वाला, बिना बच्चे वाला, पत्नी को प्यार और सुरक्षा देने वाला, अपने माँ बाप से अलग रहने वाला लड़का चाहिए | हालांकि कुछ लड़कियां तो अपनी शर्तें स्पष्ट रूप से नहीं कह रहीं थी पर उनका तात्पर्य यही था की उनके जीवन में सास ससुर, देवर, ननंद इत्यादि की कोई दखलंदाजी नहीं होना चाहिए|

एक लड़की तो फोन पर बातचीत करके पूरी तरह सहमत हो गई और आनंद को पुणे से जोधपुर आकर मिलने को कहा| जब आनंद मुलाकात के लिए फ्लाइट से जोधपुर पहुंचा तो उसने कहा, “क्या तुम मुझे शादी के बाद शॉपिंग कराओगे?” इस बचकाने सवाल को सुनकर आनंद का मूड खराब हो गया और वो वापस लौट आया |

एक लड़की फोन से रोज मीठी मीठी बातें करती रही और मिलने के लिए दिल्ली आने को कहा| आनंद दिल्ली जाने के लिए फ्लाइट से रिजर्वेशन करा लिया | नियत तारीख के एक दिन पहले न जाने उसने आनंद को क्या कहा जिसे सुनकर आनंद का मन बदल गया और उसने अपने माता पिता को हिदायत दे दी की वो उस लड़की से कोई बात न करें और उसके नंबर को ब्लॉक कर दें | उन्होंने ऐसा ही किया| पर दूसरे ही दिन उस लड़की का किसी दूसरे नंबर से फोन आ गया |वो माफी मांगने लगी और अनुरोध करने लगी की एक बार दिल्ली आकर जरूर मिलें| आनंद ने उससे मिलने के लिए फिर फ्लाइट से रिजर्वेशन करा लिया|

नियत तारीख के पहले उसने फिर सवाल किया,

"तुम्हारा तलाक नहीं हुआ है, ऐसी हालत में अगर मैं तुम्हारे साथ रहूँगी तो ये 'लीव इन रिलेशनशीप' कहलाएगा, तुम्हारी संपत्ति पर मेरा नाम नहीं होगा| यदि आगे चलकर तुम्हारा इरादा बदल गया तो मैं तो मारी जाऊँगी|"

"तुम धोखेबाज हो,मुझे पहले से ही शक था", आनंद ने कहा और फोन रख दिया|

****

विजेंद्र पाटिल को एक लड़की का प्रोफ़ाइल पसंद आ गया| लड़की देहरादून की रहने वाली थी| वो आनंद और उसकी माँ को लेकर देहरादून पहुँच गए| लड़की देखने में सुंदर और स्मार्ट थी, एक स्कूल में स्पोर्ट्स टीचर की नौकरी करती थी, उसकी एक 10 साल की बच्ची थी पर उसका भी तलाक नहीं हुआ था | लड़की के माता पिता चाहते थे की लड़की की शादी दूर हो ताकि लड़की के पूर्व पति और रिश्तेदारों को कानोंकान खबर न हो| लड़की सब को पसंद आ गई| लड़की के घरवालों ने भी आनंद और उसके परिवार को पसंद कर लिया| शादी के लिए तीन महीने बाद की तारीख निश्चित की गई| इन तीन महीनों के दौरान लड़की और उसके परिवार वालों से आनंद और उसके माता-पिता का संपर्क बना रहा| शादी के पंद्रह दिन पहले आनंद का विचार बदल गया और उसने उस लड़की से शादी करने से इनकार कर दिया| विजेंद्र पाटिल और उनकी पत्नी ममता को बेटे का यह निर्णय सुनकर बहुत निराशा हुई | उन्होंने लड़की से क्षमा मांगी और उसे सारी बात बताई | लड़की बेचारी टूट सी गई और उसने कहा, "अंकल,प्लीज मेरे माता-पिता अगर आप से पूछें तो आप कह दीजिए की मैंने ही शादी से इनकार कर दिया है|" विजेंद्र पाटिल को इस बात का बेहद दुख हुआ कि उनके बेटे ने अकारण ही उस लड़की से शादी करने से इनकार कर दिया |किसी को झूठी उम्मीद देना और फिर पीछे हो जाना यह एक धोखा है| आनंद ने कोई ठोस कारण नहीं बताया |उन्होंने बेटे के इस निर्णय से नाराज होकर बोलचाल ही बंद कर दी | एक दिन आनंद की माँ ने उनसे पूछा,

"क्या आपने आनंद के लिए लड़की तलाश करना बंद कर दिया है?"

"हाँ, मैंने बंद कर दिया है, अब वो खुद अपने लिए लड़की तलाश करेगा| इस नालायक की कारस्तानी की वजह से मुझे बहुत दुख लगा, बिना किसी कारण के इसने उस भोली भाली लड़की से शादी करने से इनकार कर दिया|"

"देखिए, शादी उसको करना है, जीवन उसको साथ निभाना है तो अंतिम फैसला भी उसका ही होना चाहिए| आप नाराज न हों, मैं उससे बात करूंगी और कारण जानने की कोशिश करूंगी|"

आनंद की माँ ने आनंद से पूछा, "आनंद, तुम ये बताओ कि तुम एन वक्त पर शादी से कैसे पीछे हट गए?"

"मम्मी, उसके एक बेटी है और मेरे भी एक बेटा है, जब मेरे पास पहले ही एक बेटा है तो मैं किसी दूसरे के बच्चे को क्यों अपनाऊँ?"

"तो क्या तुम सोचते हो की कोई कुवाँरी लड़की तुमसे शादी करेगी? तुम्हें शादीसुदा,तलाकसुदा और विधवा स्त्रियाँ ही मिलेंगी| यदि शादी करनी है तो उनके बच्चे की भी जिम्मेदारी लेनी पड़ेगी| आखिर तुम भी तो एक बच्चे के पिता हो| तुम अपने बच्चे को नहीं छोड़ सकते तो उनसे क्यों उम्मीद करते हो कि कोई स्त्री अपने बच्चे को छोड़कर तुम से शादी करेगी|"

"वो तो ठीक है माँ पर ....

"बेटा हम सक्षम हैं, हम दो चार बच्चों का पालन पोषण कर सकते हैं| यदि शादी करनी है तो बच्चे की भी जिम्मेदारी लेनी होगी|"

वहीं दूसरी ओर आनंद बड़े ऊहापोह की स्थिति में था| वह निर्णय नहीं कर पा रहा था की किस लड़की पर विश्वास करे| जिससे भी बातचीत आगे बढ़ती तो कोई न कोई रुकावट जरूर आ जाती | लड़कियों से आनंद का विश्वास उठता जा रहा था | आनंद माता-पिता की बातें सुनकर निरुत्तर हो गया और कहा, "ठीक है माँ, जैसा आप लोग ठीक समझते हैं, वही करिए|"

****

विजेंद्र पाटिल फिर से मेट्रीमोनियल साइट खंगालने लगे |एक दिन एक लड़की से आनंद के पिता की मुलाकात एक मैट्रीमोनियल साइट पर हुई | वो लड़की उनसे बहुत धीमी और महीन आवाज में बातें कर रही थी|

उन्हे शक हुआ कि कहीं ये लड़की बीमार तो नहीं है| उन्होंने लड़की से पूछा,

"बेटा, तुम इतना धीरे कैसे बोलती हो?"

"अंकल,मेरी आदत ही ऐसी है|"

"बेटा, तुमने मेरे बेटे का प्रोफ़ाइल तो अच्छी तरह देख लिया होगा, मेरे बेटे का तलाक नहीं हुआ है, क्या फिर भी तुम उससे शादी करने को तैयार हो?"

"जी अंकल, मैं तैयार हूँ पर आपको मेरे माता-पिता से बात करनी होगी,वही इसका अंतिम निर्णय लेंगे| हालांकि मैं पूरी तरह तैयार हूँ और मुझे अपने माता-पिता पर पूरा भरोसा है की वे मेरी बात अवश्य मानेंगे|"

"ठीक है बेटा, मैं तुम्हारे माता-पिता से जरूर बात करूंगा|"

वह लड़की बनारस की रहने वाली थी, उसका परिवार मुंबई में रहता था, वो किसी कंपनी में जॉब करती थी, उस लड़की का नाम था -'खुशी'! जी हाँ ये वही खुशी है जिसे बचपन में बिजली का सॉक लगा था और तीन बार आपरेशन करना पड़ा था|

इस तरह विजेंद्र पाटिल ने खुशी के माता पिता से शादी की चर्चा की | साथ ही खुशी भी आनंद और उसके माता पिता से रोज बातें करने लगी| इसी बीच आनंद खुशी से मिलने मुंबई गया| खुशी सामान्य कद काठी की लड़की थी, जिसका रंग गेंहुआ, आँखें कुछ छोटी, मुसकुराता हुआ चेहरा,बातों में बड़ी सालीनता और सम्मान झलकता था | उसका तलाक हो चुका था पर उसका 12 साल का एक बेटा था| आनंद ने कहा,

"खुशी तुम जो भी मेरे बारे में जानना चाहती हो, पूछ सकती हो|"

"देखिए हम दोनो को शादी के बड़े कड़ुए अनुभव हुए हैं, पर कोई जरूरी नहीं है कि वही अनुभव फिर से दोहराए जाएँ| इसके लिए ये जरूरी है की हम दोनो अपने अतीत को पीछे छोड़कर आगे बढ़ें|"

"खुशी, मैं तुम्हारी बात से सहमत हूँ, मेरा पूरा प्रयास होगा कि तुम्हें खुश रखूँ|"

"मैं सिर्फ इतना चाहती हूँ कि मेरे बेटे को पिता का प्यार व सुरक्षा मिले ताकि वो आत्मनिर्भर हो और एक अच्छा इंसान बने|"

"तो क्या तुम्हें मेरा प्यार व सुरक्षा नहीं चाहिए?"

"अच्छा मजाक कर लेते हैं आप, जब आपकी पत्नी बनूँगी तो वो सब तो स्वाभाविक रूप से मिलेगा उसके लिए डिमांड नहीं करनी पड़ेगी|"

दोनो मुस्कुराने लगे| आनंद ने पूछा,

"मेरे मम्मी-पापा कैसे लगे?"

"अंकल और आंटी तो बहुत अच्छे हैं, मैं तो उसने अक्सर बातें करती हूँ पर आप बहुत कम बातें करते हैं|"

"मैं शुरू से ही ऐसा हूँ| लड़कियों से बहुत कम बातें करता हूँ|"

"ऐसा क्यों?"

"फिर मुझे कहना पड़ेगा कि मेरे बीते दिनों के अनुभवों की वजह से|"

"कोई बात नहीं, मुझे तो आप जैसे भी हैं पसंद हैं , मैंने अपने घर वालों से साफ कह दिया है कि यदि शादी करूंगी तो आनंद से ही करूंगी वरना नहीं करूंगी|"

"क्या इतना भरोसा है मुझ पर?"

"जी हाँ, जिसे जीवन भर के लिए अपनाने जा रही हूँ उस पर भरोसा तो करना ही पड़ेगा|"

आनंद ने खुशी का हाथ अपने हाथों में लेकर कहा, "ठीक है खुशी, मैं तुम्हें यकीन दिलाता हूँ कि तुम्हारा ये भरोसा हमेशा कायम रखूँगा|" खुशी की आँखों में आँसू भर आए | उसे ऐसा लगा जैसे तपती धूप में चलकर थके हुए राही को पेड़ की ठंडी छाँव मिल गई हो |वह पल भर के लिए भाव विभोर हो गई| उसके मुंह से शब्द नहीं निकल रहे थे| उसको यकीन ही नहीं हो रहा था की उसे उसका जीवनसाथी मिल गया था जिसकी वो वर्षों से तलाश कर रही थी| न जाने इसके लिए कितने लांछन,उपेक्षा सहनी पड़ी, वर्षों प्रतीक्षा करनी पड़ी, कितने उपवास और पूजा करनी पड़ी तब जाकर परमात्मा की उस पर कृपा हुई थी | उसने मन ही मन परमात्मा को धन्यवाद दिया जिसने उसे इतना सब कुछ सहने का धैर्य और शक्ति दी|

खुशी आज बहुत खुश थी| वह उन्मुक्त होकर आकाश में उड़ना चाहती थी |उसने अपने मन की भावनाओं को अपनी डायरी में उतारा,

तुम्हारा आईना बनना चाहती हूँ,
हँसो तो हँसना चाहती हूँ |

तुम जब रोओ तो रोना चाहती हूँ,
तुम्हारी आँखों में जब आँसू हो,
तो वो मेरी आँखों में भी दिखे|
तुम्हारे चेहरे पे उदासी हो,
तो वो मेरे चेहरे पर भी दिखे|
तुम्हारे दुख में दुखी,
और खुशी में खुश होना चाहती हूँ|
सच बताऊँ तो तुम्हारा,
आईना बनाना चाहती हूँ|

खुशी से मिलने के बाद आनंद के पिता ने पूछा, "बेटा, क्या तुम्हें खुशी पसंद है?"

"जी पापा, खुशी एक अच्छी लड़की है, मुझे पसंद है |"

आनंद की सहमति पाकर आनंद के माता-पिता की खुशी का ठिकाना न रहा| अब उनकी बहू की तलाश खत्म हो गई थी| उन्हे बड़ा सुकून महसूस हो रहा था | वो आनंद के वैवाहिक जीवन के सपने बुनने लगे|

वहीं दूसरी ओर खुशी को भी मुंबई से पुणे कंपनी की मीटिंग में जाने का निर्देश मिला| वह भी अपने चार टीम के सदस्यों के साथ पुणे आई| आनंद ने सभी को अपने घर पर आने का निमंत्रण भेजा| 'खुशी' के आने की खुशी में आनंद ने उन्हे एक शानदार पार्टी दी| आनंद के माता-पिता से मिलकर 'खुशी' बहुत खुश हुई| खुशी के सरल स्वभाव ने सबका मन मोह लिया|

यही वो मौका था जब दोनो शारीरिक और मानसिक रूप से अंतरंग हुए थे| दोनो को इस बात का पूरा यकीन हो गया था कि उनके माता पिता उनकी शादी की मंजूरी अवश्य दे देंगे| उस रात के मिलन के बाद आनंद ने खुशी को स्पष्ट कह दिया था कि वो बच्चा नहीं चाहता है|

खुशी मुंबई लौट गई |खुशी के चले जाने के बाद आनंद ने कहा,

"पापा, शादी का फैसला करने के पहले आप दोनो खुशी के माता-पिता और परिवार के लोगों से मिल लें, हो सके तो उनके गाँव जाकर दो चार दिन बिताएं और जब पूरी तरह से आश्वस्त हो जाएँ तभी निर्णय लें| वैसे भी अगर किसी के बारे में जानना है तो पहले उसके माता-पिता और

पारिवारिक संस्कार को जान लेना जरूरी है| हम पहले भी सिर्फ रागिनी की खूबसूरती देख कर धोखा खा गए थे, इस बार ऐसी गलती हमसे नहीं होनी चाहिए|"

आनंद के माता-पिता खुशी के गाँव गए | खुशी के माता-पिता और परिवार के सदस्यों से मिले| वह एक मध्यम दर्जे का परिवार था| आर्थिक स्थिति इतनी सुदृढ़ नहीं थी, किसी तरह जिंदगी की गाड़ी चल रही थी| पर इन सबके बावजूद लोग आपस में प्यार और सहयोग की भावना से रह रहे थे | आनंद का तलाक न होने की वजह से सबका मन संदेह और आशंका से भरा हुआ था| पर जब आनंद के पिता ने उन्हे कानूनी और सामाजिक पहलुओं से अवगत कराया और विस्तार से चर्चा की तो वे सब खुशी की शादी आनंद से करने के लिए सहमत हो गए | शादी की तिथि निर्धारित कर दी गई|

निर्धारित तिथि को आनंद और खुशी की शादी एक सादे समारोह में एक मंदिर में सम्पन्न हो गई| चूंकि यह दूसरी शादी थी तो पंडित के कथनानुसार हिन्दू रीति रिवाज के अनुसार शादी में दुबारा अग्नि के साथ फेरे नहीं हो सकते थे, अतः एक दूसरे को माल्यार्पण करके भगवान शिव को साक्षी मानकर दोनो ने एक दूसरे को पति-पत्नी स्वीकार कर लिया|

खुशी आनंद के साथ विदा होकर पुणे आ गई और उसे लगा की जीवन की वो 'खुशी' उसे मिल गई है जिसका उसे वर्षों से इंतजार था| खुशी ने अपनी शादी की खुशी अपनी डायरी में कुछ इस तरह दर्ज की,

किसी के वर्षों का ख्वाब,
या किसी की जिंदगी की हकीकत|
किसी की बेइंतहां चाहत,
या किसी एक नादान सी हसरत|
एक सुलझी हुई किताब,
या एक उलझी हुई सी पहेली|
दुनिया का एक अजूबा,
या खुदा की हरकत|
बताओ न क्या हो तुम,

क्या तुम हो समंदर की शांत लहरें,
या अपने ही आप में कयामत|
ना टाल सके वो बला,
या बक्शी हुई हिफाजत|
एक बेसकीमती तोहफा,
या किसी और की अमानत|
इस कुदरत का एक हिस्सा,
या खुद में ही एक कुदरत|
अब बता भी दो क्या हो तुम|
क्या जीने का एक मकसद हो तुम,
या फिर साँसों का एहसास|
क्या मेरी जिंदगी का एक पड़ाव हो तुम,
या एक नई सी शुरुआत|
मेरी ज़ुबां की खामोशी हो तुम,
या मेरी कविता की अल्फ़ाज़|
क्या मेरी भेजी हुई हर बात हो तुम,
या मेरे दिल का एकलौता ख्वाब|
सुनो ना, अब बता दो भी क्या हो तुम|

खुशी को लगा कि उसे आनंद मिल गया मानो पूरा जहां मिल गया पर ये उसकी भूल थी | शादी के पहले ही आनंद ने खुशी से स्पष्ट कह दिया था,"देखो खुशी, मेरा एक बेटा है और तुम्हारा भी एक बेटा है, मैं दोनों की जिम्मेदारी उठाऊँगा और मैं समझता हूँ कि हमें अब और बच्चा नहीं चाहिए क्योंकि बच्चे होने का मतलब है-एक और जिम्मेदारी| क्या तुम मेरी बातों से सहमत हो?"

"यदि आप बच्चा नही चाहते तो मैं भी नहीं चाहती, मैं सिर्फ इतना चाहती हूँ कि मेरा बेटा आर्यन अच्छी तरह पढ़ लिखकर एक अच्छा इंसान बने, आत्मनिर्भर बने और खुश रहे|"

शादी के करीब एक सप्ताह ही बीते होंगे की आनंद के मन में आशंका हुई कि खुशी बच्चा चाहती है ताकि उसका रिश्ता आनंद के साथ और मजबूत हो| आनंद अपने पुराने अनुभवों से यह निष्कर्ष निकाल लिया

था की कहीं न कहीं हर औरत के मन में माँ बनाने की इच्छा रहती है कि वो जल्दी से जल्दी माँ बने ताकि उस बच्चे के सहारे पति के साथ उसका रिश्ता मजबूत हो, वो पति पर हमेशा अपना एकाधिकार रखे और पति भी अपनी जिम्मेदारी से मुंह न मोड सके|

आनंद हर रात इसी विचार के वशीभूत होकर खुशी के साथ बिस्तर पर बिताता था पर दूरी बनाकर रखता था| दिन यूं ही बीतते रहे और खुशी का अंसन्तोष बढ़ता रहा| उसे लगा कि आनंद ने अपने माता-पिता के दबाव में आकर शादी की है| जबकि ऐसी बात नहीं थी |खुशी की वर्षों की दमित इच्छाएं उसे शारीरिक संसर्ग के लिए बेचैन कर रही थी जबकि आनंद के वर्षों के कड़वे अनुभव उसे आगे बढ़ने से रोक रहे थे | इसी मानसिक जद्दोजहद में खुशी के चेहरे से खुशी गायब हो रही थी| उसका उदास चेहरा देखकर उसकी सास ने पूछा ,

बेटा, तुम्हें आनंद से शादी करने में कोई पछतावा तो नहीं है?

“नहीं माँ जी, ऐसी कोई बात नहीं है|”

“बेटा, पछतावा अतीत नहीं बदल सकता और चिंता भविष्य नहीं सँवार सकती। इसलिए वर्तमान का आनंद लेना ही जीवन का सच्चा सुख है। क्या बात है तुम्हारे चेहरे पर उदासी क्यों है |”

“ऐसी कोई बात नहीं है माँ|”

“जरूर कोई बात है मेरी बच्ची, मैं तेरी सास ही नहीं एक औरत भी हूँ, मुझसे मत शर्मा, सच बता तुझे क्या परेशानी है?”

खुशी फिर भी चुप रही तो सास ने कहा, “ठीक है तू मत बता, मैं आनंद से ही पूछूँगी|”

आनंद का नाम सुनकर खुशी डर गई और विनती जोड़ते हुए कहा, “माँ जी प्लीज ऐसा न करें|”

“तो फिर बता तुझे मेरे रहते क्या परेशानी है?”

“माँ हमारे बीच शारीरिक संबंध न के बराबर है|”

“क्या मतलब?”

“दिन भर तो वो काम में व्यस्त रहते हैं, रात को जब बिस्तर पर आते हैं तब भी फोन पर लगे रहते हैं और फिर हम दोनों के बीच में तकिया लगा कर सो जाते हैं, मेरे कुछ हिम्मत ही नही पड़ती उनसे कुछ पूंछने

की|"

"ओह! तो ऐसी बात है|" खुशी की बात सुनकर सुनकर सास चिंता में पड़ गई| वो सोचने लगी कि यदि आनंद को ऐसा ही करना था तो शादी से इनकार कर देता, किसी लड़की का जीवन तो बर्बाद नहीं होता, आखिर कब तक एक जवान पत्नी अपने पति के साथ सोते हुए भी शारीरिक संपर्क से दूर रह सकती है| यह तो वही बात हो गई कि आग के पास घी पिघले न| ये तो मानसिक और शारीरिक अत्याचार है| उसने आनंद से पूछने का मन बनाया|

छुट्टी का दिन था| बहू घर का काम कर रही थी और आनंद कमरे में मोबाइल फोन देखने में व्यस्त था| तभी आनंद की माँ आनंद के कमरे में गई और पूँछा,

"बेटा, बहू जब से आई है तब से अंदर ही अंदर घुट रही है| क्या बात है? तूने कुछ कहा है क्या?"

"नहीं माँ, मैंने तो ऐसा कुछ नहीं कहा जो उसे बुरा लगे|"

"बेटा, बहुत सी बातें पति पत्नी के बीच कहने की नहीं होती, उन्हे समझना पड़ता है| तू कुछ दिनों के लिए बहू को कहीं घुमाने फिराने ले जा| उसका मन भी बहल जाएगा| तू उसे हनीमून के लिए भी नहीं ले गया है|"

"ले जाऊंगा माँ, पर क्या करूँ अभी कंपनी से छुट्टी नहीं मिल रही है| अगले महीने ले जाऊंगा|

"ठीक है, पर याद रखना शादी के तुरंत बाद पत्नी से दूरी बनाना अच्छा नहीं है|"

"कैसी बातें करती हो माँ,क्या उसने तुमसे कुछ कहा?"

"उसने तो ऐसा कुछ नहीं कहा पर एक स्त्री दूसरी स्त्री का दर्द समझती है|"

आनंद समझ चुका था कि खुशी ने माँ से जरूर शिकायत की है वरना माँ इस तरह के सवाल क्यों करती| उसका मन गुस्से से भर गया| रात को जब खुशी बिस्तर पर आई तो उसने पूछा,

"खुशी, तुमने माँ से शिकायत क्यों की?"

"मैंने कोई शिकायत नहीं की है, जो आप करते हैं वही कहा है, अगर अपना दुख उनसे नहीं कहूँगी तो किससे कहूँगी? वो मेरी भी माँ है|"

"तुम्हें अपना कोई भी सुख या दुख की बात मुझसे पहले कहना चाहिए फिर किसी और से| मुझे यह बिल्कुल भी बर्दास्त नहीं है कि हमारे बिस्तर की बातें तुम मेरे माता-पिता को बताओ|"

"लेकिन आप सुनते कहाँ हैं?मेरी हर बात को यूं ही टाल देते हैं| मेरी कुछ कहने की हिम्मत ही नहीं पड़ती, सोचती हूँ कहीं नाराज ना हो जाएँ|"

"बातें बनाना खूब आता है", यह कहकर आनंद अपना मुंह दूसरी ओर घुमाकर चुपचाप बिस्तर पर लेट गया|

दूसरे दिन खुशी के पिता उसे पहली बार मायके लिवा ले जाने के लिए खुशी की ससुराल पहुंचे| आनंद ने अपने ससुर से सामान्य व्यवहार और शिष्टाचार निभाया पर खुशी से कोई बात नहीं की| खुशी ने अपनी तरफ से बात करने की कोशिश की पर आनंद ने कोई जवाब नहीं दिया| खुशी मायके चली गई| रास्ते भर खुशी सोचती रही कि घर वालों के विरोध के बावजूद उसने आनंद से शादी किया है, अब यदि आनंद का यही रवैया रहा तो उसका वैवाहिक जीवन कैसे चलेगा? बेटा आर्यन का क्या होगा? उसके तो सारे सपने बिखरते हुए दिख रहे थे| सोचते सोचते उसकी आँखों के आगे अंधेरा छाने लगा| विधाता हर बार उसकी ही परीक्षा क्यों लेता है? क्या उसे खुशी कभी नहीं मिलेगी? उसकी आँखों से आँसू टप्प टप्प बहने लगे| पापा की आवाज सुनाई दी,"बेटा, मुंबई पहुँच गए|"

एक सप्ताह से अधिक दिन बीत चुके थे| इस बीच खुशी ने आनंद को कई बार फोन लगाया पर वो फोन ही नहीं उठाता था| जब भी फोन आता था तो आनंद की माँ या पिता का ही फोन आता था| वो हालचाल पूछते थे पर उनसे आनंद के बारे में कुछ भी कहने से उसे डर लगता था| यह सोच कर वह चुप रह जाती थी कि कहीं आनंद नाराज होकर उसे हमेशा के लिए न छोड़ दे| इस कल्पना से ही वह कांप जाती थी| उसे समझ नहीं आ रहा था कि वो आनंद को कैसे समझाए कैसे विश्वास दिलाए| यदि आनंद बच्चा नहीं चाहता तो वो बच्चा पैदा नहीं करेगी पर उसे यौनसुख से वंचित रखने का क्या औचित्य है? एक दिन आनंद ने फोन उठाया

लिया| खुशी ने आनंद से कहा,

"आनंद , तुम आखिर मुझसे नाराज क्यों हो? मैंने क्या गलत कहा है ?आज के युग में कितने गर्भ निरोधक उपाय हैं, हम कोई भी उपाय अपना सकते हैं | सिर्फ इस वजह से कि बच्चा नहीं चाहिए मुझे यौनसुख से वंचित रखना एक मानसिक क्रूरता है,आखिर मेरी भी तो एक जैविक और रासायनिक आवश्यकता है|"

"देखो, खुशी हमने शादी के पहले ही यह निश्चय कर लिया था कि हमें और बच्चा नहीं चाहिए|"

"मैं मानती हूँ कि हमने निश्चय कर लिया था कि हमें बच्चा नहीं चाहिए पर ये तो नहीं कहा था कि हम यौन संबंध नहीं बनाएंगे|"

"अगर यौन संबंध बनाएंगे तो बच्चा भी होगा फिर कौन जिम्मेदार होगा?"

"देखो आनंद, प्रकृति ने जीवों को बनाया ही ऐसा है कि वो अपनी संतति उत्पन्न करने के लिए सक्षम हों| मनुष्य तो चेतनशील प्राणी है, उसने तो इसे रोकने के उपाय भी ईजाद कर लिए हैं | फिर चिंता किस बात की? हम भी उपाय कर लेंगे|"

"खुशी, मैं इस झंझट में नहीं पड़ना चाहता|"

"आनंद,तुम डरे हुए हो, भयभीत हो पर तुम्हारा यह सोचना कि अगर बच्चा हो गया तो मुशीबत में फंस जाओगे यह सोच निराधार है| वैवाहिक जीवन में पति पत्नी के बीच शारीरिक संबंध तो स्वाभाविक है| अगर बच्चा हो भी गया तो बुराई क्या है| हम दोनो सक्षम हैं, मैं भी तो काम कर रही हूँ, हम दूसरे बच्चे का पालन पोषण कर लेंगे|"

"तुम कर लोगी ना पर मैं तैयार नहीं हूँ |"

"फिर विवाह क्यों किया था? विवाह नाम की संस्था का आधार ही यही है कि स्त्री पुरुष के बीच होने वाले यौन संबंधों को सामाजिक मान्यता दी जाए, पति -पत्नी यौन संबंधों का आनंद उठा सकें और प्रकृति के नियमों के अनुकूल संतान पैदा कर सकें|"

"मैं तुमसे सहमत नहीं हूँ, मुझे कोई संतान नहीं चाहिए|"

खुशी मुंबई से पुणे वापस लौट आई | आनंद की माँ ने उसका हालचाल पूछा और उसे समझाते हुए कहा, "बेटा, पुरुष एक घोड़े की तरह

होता है जिसे तुम खींचकर पानी के पास तो ले जा सकती हो पर पानी नहीं पिला सकती | अगर वो पानी पिएगा तो अपनी मर्जी से ही पिएगा| तुम्हें धैर्य रखना होगा तुम देखना एक दिन आनंद खुद ब खुद तुम्हारे पास आएगा और उसे अपनी गलती का एहसास होगा|" खुशी सासू माँ के कहने का मतलब समझ चुकी थी| उसने निश्चय कर लिया था कि अब वो इस विषय में किसी से शिकायत करने की बजाय उस दिन का इंतजार करेगी जब आनंद उसे शारीरिक और मानसिक रूप में पूरी तरह स्वीकार कर लेगा| “बेटा, प्रेम से बढ़कर त्याग है, दौलत से बढ़कर मानवता है, परंतु सुंदर रिश्तों से बढ़कर इस दुनियाँ में कुछ भी नहीं है। मैं तुम्हें एक पत्नी के धैर्य,त्याग और समर्पण की कहानी सुनाती हूँ, हो सकता है तुम्हें इससे कुछ प्रेरणा मिले| कहानी कुछ इस तरह है :

भारत में वाचस्पति मिश्र नाम के एक विद्वान हुए जिनका का जन्म दसवीं शताब्दी में(900-980) में भारत और नेपाल की सीमा के मिथिला क्षेत्र में हुआ था जो अब वाचस्पति नगर मधुबनी के नाम से जाना जाता है। वह एक महान भारतीय दार्शनिक थे| उन्होंने अद्वैत वेदांत भामती स्कूल की स्थापना की थी । उनकी मां, वत्सला ने अकेले ही उनका पालन पोषण किया था और बहुत कष्ट उठाए थे । जब वह काफी वृद्ध हो गई तो वह पड़ोस के गांव की एक लड़की की शादी का प्रस्ताव अपने बेटे के लिए लेकर आई और अपने बेटे को उस लड़की से शादी करने के लिए जोर दिया। वाचस्पति माँ का कहना नहीं टाल सके पर उन्होंने लड़की के पिता को यह संदेश दिया: "जीवन में मेरा एकमात्र लक्ष्य ‘बदरायण व्यास’ के ‘वेदांत सूत्र’ (ब्रह्मसूत्र) पर भाष्य (टिप्पणी) लिखना है। यही मानवता के लिए मेरी सेवा होगी । ये शास्त्र मुझे जीवन से भी अधिक प्रिय हैं। मैं गृहस्थ की जिम्मेदारी नहीं निभा पाऊंगा। मुझे संदेह है कि मैं एक अच्छा पति बन पाऊँगा । ब्रह्मसूत्र का भाष्य लिखने के अलावा मेरे मन में और कुछ नहीं है। मैंने यह लिखने के बाद सन्यासी जीवन को अपनाने की शपथ भी ली है|" जो लोग ‘ब्रह्म सूत्र’ के बारे में नहीं जानते हैं वो जान लें कि यदि ब्रह्म सूत्र एक महासागर है, तो दुनिया भर में मौजूद संपूर्ण आध्यात्मिक दर्शन केवल एक चम्मच पानी के समान है| लड़की के पिता ने युवा प्रतिभाशाली विद्वान वाचस्पति और उनकी

स्पष्टता, विनम्रता और ईमानदारी का सम्मान किया परंतु वे अपनी बेटी की शादी वाचस्पति से करने को लेकर आशंकित थे । लेकिन उनकी लड़की ने कहा: "मैं सभी शर्तों का पालन करने के लिए तैयार हूं|"

लड़की के पिता ने वाचस्पति की माँ वत्सला को अपनी बेटी की इच्छा बताई और वाचस्पति से पूछा: "क्या आप उससे मिलना चाहेंगे? वाचस्पति उस पर मुस्कुराए और कहा: "उसने मुझे पहले ही चुन लिया है इसलिए मुझे उसकी पसंद को नकारने का कोई अधिकार नहीं है|" उन्होंने आषाढ़ महीने में व्यास पूर्णिमा (गुरु पूर्णिमा) के दिन भामती से विवाह किया। यह बहुत ही शुभ दिन था अतः उन्होंने उसे दिन भाष्य लिखने महान कार्य शुरू करने का निर्णय लिया और जैसे ही वह शादी के तुरंत बाद दुल्हन के साथ अपने घर पहुंचे, वह घर के बरामदे पर बैठ गए और लिखना शुरू कर दिया। उन्होंने दिन-रात लिखना जारी रखा। दिन ,महीने, मौसम और परिवेश – चारों ओर बदल रहे थे, लेकिन वाचस्पति को इसकी कोई खबर नहीं थी । ऐसा लगता था जैसे वह जीवन की इस वर्तमान दुनिया में नहीं बल्कि किसी दूसरी ही दुनिया में खोए हुए थे। जब तक वाचस्पति मिश्रा अपनी टिप्पणी लिखते रहे , उनकी पत्नी भामती ने वर्षों तक बिना किसी उम्मीद के उनकी सेवा जतन करती रही|

लिखने में इतने व्यस्त हो गए कि वो भूल गए कि उनकी एक पत्नी भी है । उन्होंने हमेशा पाया कि ताड़ के पत्ते पास ही रखे हैं, दीपक में अच्छी तरह से तेल डाला गया है, उनके कपड़े धोए गए हैं और ताजा भोजन उचित समय पर रखा गया है । उन्होंने कभी यह सोचने की जहमत नहीं उठाई कि ऐसी व्यवस्था कौन करता है । सात वर्षों के दौरान, उन्होंने कुछ और नहीं सोचा, कुछ और नहीं देखा,कुछ और नहीं सुना।

एक रात उनकी टिप्पणियों की किताब पूरी हो गई, इसलिए वाचस्पति अपने आसन से उठने ही वाले थे कि अचानक दीपक की रोशनी में उन्होंने देखा कि एक महिला चुपचाप उन्हें खाने की थाली परोस रही है। उन्होंने उससे पूछा, "तुम कौन हो और इस समय यहाँ क्या कर रही हो?

उसने जवाब दिया, "आप टिप्पणियों को लिखने में इतने डूबे हुए थे कि आप पूरी तरह से भूल गए हैं कि कई साल पहले आपने मुझसे शादी की थी, मैं भामती हूं, आपकी पत्नी!

वाचस्पति यह जानकर चौंक गए कि सात साल से उनकी पत्नी उनकी सेवा कर रही थी, और उन्हे इसका पता भी नहीं चला | वह उनकी हर जरूरत पूरी कर रही थी ,और फिर भी उन्होंने उसे कभी नहीं देखा! उनके गालों से आंसू टपक पड़े लेकिन भामती को कोई शिकायत नहीं थी। उसने कहा कि उनके जैसा पति मिलने पर उसे गर्व है | इस महान कार्य में पति का सहयोग करने के लिए वह अपने आप को धन्य महसूस करती है ।

वाचस्पति ने कहा, "हाँ, मुझे अब याद आया। कृपया मुझे अपने हाथ दिखाओ, मैं उन्हें पहचान लूंगा|"

उन्होंने पत्नी के हाथों को देखा और कहा, "ये हाथ मेरे समीप दीपक रखते थे और हर दिन सूर्यास्त के बाद मुझे रात का खाना परोसते थे । मैं इन हाथों को पहचानता हूं... लेकिन अब बहुत देर हो चुकी है, क्योंकि मैंने संकल्प लिया है कि जिस दिन मैं अपनी टिप्पणियां पूरी करूंगा, मैं संन्यास ले लूंगा और घर से निकल जाऊंगा!" वाचस्पति ने अपनी पत्नी का तहे दिल से आभार व्यक्त किया और कहा "तुम सचमुच एक दुर्लभ महिला हो|"

भामती ने कहा, "आपको परेशान करना आपके प्यार का अपमान होता, इसलिए मैं इंतजार कर रही थी... लेकिन आप चिंता मत करें। मैं आपके रास्ते में कभी नहीं आऊँगी। मुझे खुशी है कि मुझे आपकी सेवा करने का मौका मिला और मुझे पता है कि आप मुझसे प्यार करते हैं। यह प्रेम मेरे पूरे जीवन को सवाँरने के लिए पर्याप्त है!

वाचस्पति मंत्रमुग्ध थे, उन्होंने कहा, "मेरे जैसे कई टिप्पणीकार हो सकते हैं, लेकिन किसी को भी तुम्हारे जैसी पत्नी नहीं मिल सकती है, जिसके पास इतना बिना शर्त प्यार, धैर्य और दिल की इतनी महानता है! मैं टिप्पणियों की इस पुस्तक का नाम 'भामती' रखूंगा, ताकि जो कोई भी इस पुस्तक को पढ़े, वह तुम्हें याद रखे! अपनी महान पत्नी के बलिदानों को श्रद्धांजलि के रूप में अमर करने के लिए उन्होंने अपनी

टिप्पणी का नाम 'भामती' रखा।

"मेरे पास जो कुछ भी है – मेरा जीवन लक्ष्य, मेरा कर्म, जीवन का कार्य और जीवन का उद्देश्य – मैं तुम्हारे चरणों में समर्पित करता हूं। हालांकि पुस्तक का लेखन का कार्य मेरे जीवन का महान लक्ष्य था फिर भी मुझे लगता है कि मेरा कोई भी कार्य तुम्हारे प्यार की बराबरी नहीं कर सकता है|" संस्कृत में पुस्तक का नाम 'भामती' है। यद्यपि ब्रह्मसूत्रों पर कई अन्य टिप्पणियां हैं,पर यह कहा जाता है कि सबसे अच्छी टिप्पणियों में से एक 'भामती' है, जो एक समर्पित पत्नी और उसके प्यार का नाम है।

"हे देवी, मेरे जाने के बाद तुम क्या करोगी? और तुम कैसे अपना जीवनयापन करोगी?"

भामती ने मुस्कुराते हुए उसने जवाब दिया, "पति देव, वह बल जो मुझे आपके पास लाया और मुझे आपकी सेवा करने का अवसर दिया, वही मेरी देखभाल करेगा। काम के प्रति आपकी निष्ठा और ईमानदारी मुझे प्रेरित करती रहेगी|"

तत्पश्चात वाचस्पति हिमालय के लिए रवाना हुए, लेकिन वह भामती और उसके गुणों, उसकी कृपा और उसकी दिव्य सुंदरता को नहीं भूल सके...जो मानवीय गुणों से परे था। वाचस्पति एक महान विद्वान थे, लेकिन भामती उनसे कहीं अधिक दिव्य और महान पत्नी थी|

लोग कहते हैं कि हमारे पूर्वजों को प्यार के बारे में पता नहीं था!इस कहानी से पता लग गया होगा कि हमारे पूर्वज शादी को बनाए रखने के लिए कितना त्याग और समर्पण करते थे | शादी के बाद आप एक परिवार की तरह जी सकते हैं, बच्चे पैदा कर सकते हैं लेकिन उस मानवता का क्या उपयोग है अगर पति या पत्नी के बीच प्यार,त्याग,समर्पण और दयालुता भरा दिल नहीं है? क्या होगा अगर आप या आपके माता-पिता जिस व्यक्ति को चुनते हैं वह स्वार्थी निकला तो! कितने पतियों का आप परित्याग करोगी? शादी तो एक वादा है जीवन भर साथ रहने का और इसको निभाना पति-पत्नी दोनो की जिम्मेदारी है| यही हिन्दू धर्म की परंपरा है |

सासू माँ की बातें सुनकर खुशी की आँखों से अश्रु धारा बहने लगी| उसने निश्चय कर लिया कि वह अब पति की निःस्वार्थ सेवा करेगी चाहे इसके लिए जीवन में उसे कितना भी कष्ट न उठाना पड़े| उसे पूरा यकीन हो गया कि किसी का प्यार पाने के लिए त्याग ,सेवा और समर्पण की जरूरत है| एक दिन अवश्य आएगा जब आनंद उसे अपनाएगा, वही प्यार देगा जो एक पति-पत्नी के बीच होता है, एक जीवनसाथी के बीच होता है|

****

पुणे आने के बाद भी आनंद ने कई दिनों तक खुशी से कोई बात नहीं की पर खुशी ने हार नहीं मानी| वह आनंद की सुख सुविधा का पूरा पूरा ध्यान रखती| उसके आते ही उसकी सेवा में जुट जाती थी| इतना सब करने के बावजूद भी उसके चेहरे पर कोई सिकन नहीं आती थी, वह खुशी खुशी घर का सारा काम करती थी| इसके अलावा वह एक कंपनी में 'वर्क फ्रॉम होम' भी कर रही थी|

आनंद की माँ यह सब देख रही थी| एक दिन उससे रहा नहीं गया| उसने आनंद से पूछ ही लिया,

"आनंद, ये बता क्या तेरे अंदर खुशी के लिए कोई जगह नहीं है?"

"मैं समझा नहीं माँ|"

"तू खूब समझ रहा है पर देख कर भी अनजान बना रहा है| खुशी बेचारी तेरी सेवा में रात दिन लगी रहती है और तू उससे सीधे मुंह बात भी नहीं करता| क्या वो अचानक इतनी बुरी हो गई?"

"नहीं माँ, ऐसी कोई बात नहीं है|"

"तो ठीक है, आने वाले रविवार को हम त्र्यंबकेश्वर जा रहे हैं वहाँ पूजा करेंगे| मुझे लगता है तेरी ग्रह दशा ठीक नहीं है|"

"माँ तुम डॉक्टर होकर ऐसी बातें करती हो, क्या तुम भी ग्रह दशा, ज्योतिष पर भरोसा करती हो?"

"बेटा, मेरे भरोसा करने या ना करने से प्रकृति के नियम, ज्योतिष गणना और ग्रहों की दशा तो नहीं बदल जाएगी| हम जिस ज्ञान से अपरिचित हैं इसका अर्थ यह नहीं कि उसका अस्तित्व है ही नहीं| हमें सबसे पहले उसको जानना चाहिए,उसके गुण दोष देखना चाहिए, फिर

आजमाना चाहिए, तभी उस पर विश्वास और अविश्वास करना चाहिए|"

"ठीक है माँ, हम चलेंगे|"

नियत दिन को डॉक्टर ममता, आनंद और खुशी त्र्यंबकेश्वर पहुंचे| 'काल सर्प दोष' दूर करने के लिए पूजा का आयोजन किया| तत्पश्चात खुशी खुशी वापस पुणे लौट आए| न जाने क्या हुआ कि आनंद का व्यवहार खुशी के प्रति बदलने लगा| अंततः आनंद को भी यह महसूस होने लगा कि वो खुशी के साथ ज़्यादाती कर बैठा था| एक दिन आनंद ने अपने दिल की बात खुशी से कह दी ,"खुशी, मैंने तुम्हारे साथ बहुत ज़्यादाती की है| मेरे जीवन के कड़वे अनुभवों ने मेरे अंदर बहुत कड़ुवाहट भर दी थी, तुम मेरे लिए बहुत लकी हो| मुझे क्षमा कर दो|"

आनंद की बातें सुनकर खुशी की आंखे भर आई| उसे लगा परमात्मा ने उसकी सुन ली है| वह आनंद के सीने से लग कर सिसकने लगी | उसके सीने में वर्षों का जमा दर्द बर्फ की तरह पिघलने लगा| उसे अब विश्वास हो चला था कि जीवन में अगर किसी का प्रेम पाना है तो त्याग,सेवा और समर्पण से ही पाया जा सकता है| यही असली खुशी और वैवाहिक जीवन का राज है | आनंद ने खुशी के चेहरे को अपने दोनो हाथों में थामते हुए कहा, "पगली, रो मत ,हम हनीमून पर चलेंगे|" खुशी अपनी मुस्कुराहट रोक नहीं पाई और आनंद के सीने से लगकर आनंदविभोर हो गई....... खुशी को खुशी का राज मिल गया था , वह आनंद में खो गई, वही आनंद जिसे वह बचपन से तलाश कर रही थी| उसे खुशी और आनंद दोनो का एहसास हो चुका था | अब उसके जीवन में आनंद ही आनंद था और खुशी ही खुशी थी......

15

प्रेम,यौन संबंध और शादी

"प्रेम देना सबसे बड़ा उपहार है|"

प्रेम की भावना एक बहुत ही पवित्र भावना होती है, जिसमें 'मै' से पहले किसी प्रियजन का खयाल आता है।यहाँ हम उसे खोने या पाने से ज्यादा उसकी खुशी और उसके दुःख के बारे मेंसोचते हैं। हम सदैव उसके साथ रहते हैं, चाहे उसके पास रहें या न रहें।प्रेम के बहुत रूप हैं और हर रूप में यह कल्याण ही करता है |माता-पिता तथा गुरुजनों काप्रेम, ममता तथा स्नेह कहलाता है जो हमें सदैव शिखर पर ले जाने का प्रयास करता है। प्रेम यदि प्रेयसी या प्रिय से होजाये तो उसे प्रीति कहते हैं।जब ईश्वर से प्रेम होता है तो उसे भक्ति कहते हैं और ईश्वर को जब भक्त से प्रेम होता है तो वत्सलता कहलाता है, जब समकक्षों के साथ प्रेम हो जाये तो मित्रता कहलाती है तथा यही प्रेम जब आपके अधीनस्थआपसे करते हैं तो अनुशासन कहलाता है।

प्रेम क्या है :प्रेम क्या है, अगर समझो तो भावना है,इससे खेलो तो एक खेल है।अगर साँसों में हो तो श्वास है और दिल में हो तो विश्वास है,अगर निभाओ तो पूरी जिंदगी है और बना लो तो पूरा संसार है।प्रेम,

तब खुश होता है, जब वो कुछ दे पाता है और अहंकार, तब खुश होता है, जब वो कुछ ले पाता है।मनुष्य को अपनी ओर खींचने वाला यदि दुनिया में कोई असली चुम्बक है, तो वह है आपका प्रेम और आपका व्यवहार।प्रेम पुरुष को निःशब्द और स्त्री को चंचल बना देता है|पुरुष का मौन और स्त्री की चंचलता प्रेम का सूचक होते हैं।प्रेम विश्वास है, जब भी साथ होता है पूरा अस्तित्व प्रेममय हो जाता है ।प्रेम पीपल के बीज समान है जहाँ संभावना नहीं ,वहाँ भी पनप जाता है ।प्यार बंसी के बजने में हो जाता है,धुन मीठी तो हो जाता है प्रेम,विष के प्याले में भी अमृत के रुप मे दिखता है प्रेम ।प्रेम कोई शब्द नहीं जिसे लिख पाओगे, प्रेम कोई अर्थ नहीं जिसे समझ पाओगे| ये तो वीणा का सफर है बह गए तो बस बहते चले जाओगे । प्रेम बचपन में मुफ्त मिलता है,जवानी में कमाना पड़ता है और बुढ़ापे में मांगना पड़ता है। प्रेम चाहिए तो समर्पण खर्च करना होगा;विश्वास चाहिए तो निष्ठा खर्च करनी होगी;साथ चाहिए तो समय खर्च करना होगा |किसने कहा रिश्ते मुफ्त मिलते हैं;मुफ्त तो हवा नहीं मिलती |एक साँस भी तब आती है;जब एक साँस छोड़ी जाती है ।प्रेम की भाषा बोलिए,इसे बहरे भी सुन सकते हैं और गूंगे भी समझ सकते हैं ।किसी के स्पर्श का एहसास जब मन को भिगोने लगेतो समझ लीजिए की प्यार आपकी रूह तक बस चुका है ।प्रेम न दावा करता है, न क्रोध करता है,न बदला लेता है, वह सदा देता है और तकलीफ उठाता है ।उम्र में भले ही कोई छोटा हो लेकिन वास्तव में बड़ा तो वही है,जिसके हृदय में प्रेम की रसधार हो स्नेह और सम्मान की भावना हो।

आखिर स्त्री और पुरुष के बीच प्रेम और यौन संबंध का कैसा तालमेल हो? प्यार का नाम सुनते ही दिल में गुदगुदी होने लगती है| प्रेम में पड़े हुए हैं तो दुनिया मुट्ठी में लगती है,लोग भले मालूम होते हैं, मन तो मानो बल्लियों उछलता है,प्यार के अहसास को बयां करने के तमाम तरीके हैं|

लेकिन कभी सोचा है कि जब किसी के मोहब्बत में गिरफ्त हों तो दिमाग में क्या चल रहा होता है|

लेकिन क्या आप सचमुच किसी के प्यार में पड़ चुके हैं या सिर्फ आपकी वासना है? ये भी बड़ा पेचीदा सवाल है| आखिर प्यार और वासना में क्या अंतर हैं और इसकी पहचान कैसे की जाए?

रटगर्स यूनिवर्सिटी की हेलेन ई. फिशर इस सवाल पर कहती हैं कि रोमांटिक प्यार के तीन पहलू होते हैं| अक्सर वासना सबसे पहले आती है लेकिन ऐसा हमेशा नहीं होता है| कुछ लोग जिनमें यौन इच्छा नहीं होती उनके प्रेम में वासना नहीं भी हो सकती है| लेकिन वासना का अनुभव एस्ट्रोजेन और टेस्टास्टरोन जैसे हारमोन का खेल है|

ये आपके यौन क्षमता और इच्छा को प्रभावित करते हैं| यह पूरी तरह जिस्मानी मामला है लेकिन ये यौन संबंध बनाने की इच्छा है| किसी व्यक्ति में यह उनके पिता या मां के डीएनए से आ सकता है| आप ये कह सकते हैं कि वासना न होती तो धरती पर मानव जाति का अस्तित्व ही खत्म हो जाता|

रोमांटिक प्यार का दूसरा पहलू है आकर्षण| यह न्यूरोट्रांसमीटर से प्रभावित होता है, जिसे डोपामाइन कहते हैं| यह हमारे मस्तिष्क में रिलीज होने वाला जैविक रसायन है, जो हमें किसी खुशी को हासिल करने के लिए उकसाता है| लेकिन डोपामाइन हमें बार-बार एक ही काम करने के लिए उकसाता रहता है| यानी उस व्यवहार को दोहराने के लिए प्रेरित करता है|

प्यार एक लत है| यही वजह है कि बेइंतहा आकर्षण जैसा अहसास किसी मनुष्य के प्रति एक लत की तरह है| कुछ लोग इस लूप में फंस जाते हैं और हमेशा डोपामाइन से प्रेरित किसी नए रिश्ते के रोमांच की तलाश में रहते हैं| इसका मतलब आपको प्यार की लत लग गई है| डोपामाइन मस्तिष्क के उस हिस्से को भोथरा बना देता है जो तार्किक सोच और सही व्यवहार को नियंत्रित करता है| लोग इस तरह

आकर्षण में एक और हारमोन की अहम भूमिका होती है| इसका नाम है नोरपाइनफराइन|इस अवस्था में देह को जो प्रतिक्रिया मिलती है, उसमें इसकी भूमिका है| जो लोग प्रेम में पड़े होंगे उन्हें पसीने से भीगी हथेली, दिल धड़कनें और लंबी तेज सांस लेने जैसा अहसास हुआ होगा|ये वैसा ही अहसास है जैसे तनाव के दौरान होता है| लेकिन यह अच्छा तनाव है|

वासना क्या है? वासना में दो हार्मोन काम करते हैं| ऑक्सिटोसिन और वेसोप्रेसिन| ऑक्सिटोसिन एक ऐसा हारमोन है जो आलिंगन के

लिए प्रेरित करता है|यह सेक्स के दौरान रिलीज होता है और दैहिक संबंध बनाने के लिए प्रेरित करता है| यह सुरक्षा और संतुष्टि के अहसास को बढ़ाता है| इससे साथी के साथ संबंध गहरा करने की प्रेरणा मिलती है|वेसोप्रेसिन सेक्स करने के बाद रिलीज होता है और संतुष्टि का भाव पैदा करता है|यह ज्यादा कामुक लोगों को शिकार बना सकता है क्योंकि यह उनके मस्तिष्क के उस हिस्से को प्रभावित करता है, जिससे वो सेक्स में आनंद का अनुभव करके बार-बार इसे अंजाम देने की ओर आगे बढ़ते हैं | इससे हारमोन का एक और प्रभाव है| इससे जिस शख्स से आप प्रेम कर रहे हैं उसके साथ रहने की चाहत पनपती है|अगर सब कुछ ठीक चल रहा है तो समय के साथ प्रेम आपकी स्थिरता और संतुष्टि के अहसास पर छा जाता है| रिसर्च बताती है आपका दयालु होना प्रेम में अहम भूमिका निभाता है|आप कह सकते हैं कि लंबे वक्त का संबंध एक तरह से आपकी दयालुता का लगातार चलने वाला काम है|

प्यार के बुरे पहलू भी हैं| मूड को लेवल में लाने वाले हारमोन सेरोटोनिन का स्तर गिरने से दीवानापन, ईर्ष्या जैसे भाव पैदा हो सकते हैं| हम सभी को मालूम है प्यार हमेशा के लिए नहीं होता|

कभी प्यार में आपका दिल टूट भी सकता है, दिल टूटे पर पर दिल का दौरा पड़ने जैसा अहसास हो सकता है| ब्रेक-अप होने पर जिस तनाव का अहसास होता है वह उन रसायनों की बदौलत होता है जो हमारे मस्तिष्क में शारीरिक दर्द का संकेत पहुंचाता है| इस तरह हमारा मस्तिष्क ब्रेक-अप की व्याख्या एक दर्द के तौर पर करता है| लेकिन टूटे दिल के बावजूद, पसीने से भीगी हथेलियां लिए और असामान्य व्यवहार करते हुए लोग प्रेम के दौर से गुजरते हैं| लोग प्रेम में पड़ते हैं हर दिन प्रेम में सराबोर रहना चाहते हैं क्योंकि डोपामाइन का प्रभाव हमें प्रेम में डूबे रहने को मजबूर करता है|

लेकिन अगर आप प्यार का अहसास नहीं कर रहे हैं तो समझिए आपके दिल पर दिमाग हावी है|

अब सवाल उठता है क्या शादी के पहले सेक्स जरूरी है? भारत' एक ऐसा देश जहां की परम्परा, संस्कृति, रीति-रिवाज और मूल्य ही उसकी पहचान रहे हैं। इस देश की एक परम्परा ऐसी है जो सदियों से कायम हैं

और रहेगी हालांकि इस परम्परा में भी वक्त के साथ बहुत बड़ा परिवर्तन हुआ हैं। लेकिन भारत में यह परम्परा एक संस्कार की तरह सदियों से निभाई जाती रही हैं और ये संस्कार है 'विवाह'।

'विवाह' हमारे देश में एक ऐसा संस्कार रहा हैं जिसका संचालन जितना यहां सफल रहा हैं। शायद ही किसी और देश में रहा हो। हम भारतीय कहीं भी चले जाएं पर विवाह हम अपनी ही पद्धति से करना ज्यादा पसंद करते हैं। इसलिए नहीं कि हमारी कोई मजबूरी है बल्कि इसलिए क्योंकि हम सभी को अपने इस संस्कार पर पूर्ण आस्था व प्रेम हैं। पर कहते हैं न परिवर्तन सृष्टि का नियम हैं। तो भारत इससे कैसे अछूता रह सकता हैं?

21 वीं सदी के आगमन के साथ ही अगर किसी संस्कार और उसके मूल्यों में सबसे ज्यादा परिवर्तन हुआ है तो वो है 'विवाह'। एक वक्त था जब विवाह के लिए लड़की और लड़के का 'कौमार्य' सबसे अहम बात मानी जाती थी। हालांकि इस मूल्य के पीछे सामाजिक दबाव होता था पर इसकी भी अपनी एक अहम वजह थी। विवाह पूर्व सेक्स न करने से पति और पत्नी में एक दूसरे के लिए आदर, समर्पण ज्यादा होता था और रिश्ते में एक-दूसरे को धीरे-धीरे डिस्कवर करने का रोमांच बना रहता था। इससे दूसरी ओर भटकने का ख्याल ही नहीं आता था क्योंकि रिश्ते की मधुरता और उसकी मजबूती का आधार सिर्फ "सेक्स" नहीं बल्कि "भावनात्मक जुड़ाव" (इमोशनल बोंडिंग) होती थी। केवल भारत ही एक ऐसा देश रहा हैं।जहां सबसे ज्यादा शादियां सफल होती हैं। क्योंकि हमारे यहां विवाह दो शरीरों से ज्यादा आत्माओं का मिलन माना जाता रहा हैं। इसी के कारण परिवार जैसी संस्था का निर्माण हो सका जो समाज की नींव बना और उस स्वच्छ समाज में एक स्वस्थ देश का निर्माण हो सका।

अमेरिका समेतसभी पश्चिमी देश आज भी ये देख कर आश्चर्यचकित होते हैं कि यहां शादियां लम्बे समय तक अच्छी तरह कैसे चल पाती हैं? और यहीं गुर सिखने के लिए वे ज्यादा से ज्यादा यहां कि संस्कृति और संस्कारों से जुड़ना चाहते है |चूंकि वो जानते है अंततः ये शरीर नशवर हैं। रूप, यौवन ताउम्र आपके साथ नहीं रह सकता और

शारीरिक संबंध भी एक लिमिट और आयु के साथ आपके लिए नीरस हो जाते हैं पर यदि कपल में भावनात्मक जुड़ाव मजबूत है तो जीवन संध्या में शरीर के साथ न देने पर भी आप एक-दूसरे के साथ खुद को जुड़ा महसूस करते हैं। लेकिन हैरत कि बात ये हैं कि जो "मूल्य" हमारे देश की विरासत हुआ करते थे उनकी महत्ता आज लगभग खत्म हो गई हैं।

आज का युवावर्ग विवाह से पहले सेक्स को जरूरी मानने लगा है। अपनी इस बात की जस्टिफिकेशन वो ये कहकर देते हैं कि आज ज़माना बदल गया हैं 'इट्स ए नेचुरल थिंग'। और अगर हम इस नैचुरल चीज को "बिफोर मैरिज इंजाय" नहीं करेंगे तो कब करेंगे? जहां तक शादी की बात है। तो वो तो एक दिन करनी ही हैं पर पहले खुद को सेक्सुअल लेवल पर टेस्ट तो कर लें। नतीजतन.... अवैध संबंधो की भरमार, डिवोर्स, शादी नामक संस्कार से य़ुवाओं का विश्वास उठना, उसकी जरूरत महसूस न करना। परिणामस्वरूप परिवार नामक संस्था का अस्तित्व घट रहा हैं। रिश्ते केवल "बेड" के लिए बनाए और तोड़े जा रहे हैं। जो एक वक्त पर अमेरिका सरीखे विकसित देश की अविकसित मानसिकता थी। पर ये ही आज हमारे देश की "वास्तविकता" बन गई हैं। वहां का एनिमल किंगडम यहां के समाज की तस्वीर बन गया हैं।

आज ज्यादातर युवाओं को लगता हैं सेक्स ही जीवन हैं और अगर इसे इंजॉय करना हैं तो शादी की जरूरत नहीं या फिर शादी से पहले ही करना बेहतर ऑप्शन होगा क्योंकि तब तक आप समझ चुके होंगे कि जीवन का असली सुख आपको किसके साथ मिल सकता हैं। हालांकि ये सच हैं कि सेक्स जीवन के लिए जरूरी हैं पर ये भी उतना ही सच हैं कि "सेक्स इज़-ए-पार्ट ऑफ लाइफ नॉट-अ-होल लाइफ"। सेक्स जीवन का हिस्सा हैं पूरा जीवन नहीं। अक्सर युवा लड़के और पुरुष आपस में सेक्स के बारे में और उन्होंने कितनी बार किया इसकी चर्चा करते रहते हैं और निर्णय लेते हैं। कि वे चरमोत्कर्ष से कितनी दूर हैं। बस इसी चरमावस्था को पाने के लिए वे जितनी बार संभव हो सके किसी भी लड़की या स्त्री के साथ खुद को संतुष्ट करना चाहते है।

ये भी सच हैं कि विवाह पूर्व सेक्स करना सिर्फ लड़के ही नहीं लड़कियां भी पसंद करती हैं पर ऐसी लड़कियों की तादाद बहुत ज्यादा नहीं हैं। जहां सेक्स के लिए लड़कों को प्यार में पड़ना जरूरी नहीं लगता वहीं दूसरी ओर युवा लड़कियां सबसे पहले अपने पुरूष साथी के साथ काफी अच्छा समय बिताएंगी, दोनों के बीच प्यार भरे वार्तालाप होंगे और दोनों में एक-दूसरे के प्रति प्यार, चाहत और समर्पण की भावना जागेगी। तभी सही मायने में वह उस व्यक्ति के साथ सेक्सुअली इन्वॉल्व होती है।

पुरूषों को सेक्सकरने के लिए किसी भावनात्मक जुड़ाव की जरूरत नहीं होती क्योंकि उनकी नज़र में जो लड़की उन्हें सेक्सुअली सेटिस्फाई कर देती हैं। वहीं उनकी गर्लफ्रेंड बन जाती हैं और उनके लिए प्यार और सेक्स एक ही चीज है या कह सकते हैं सेक्स को पाने के लिए प्यार का ढोंग किया जाता है। वैसे ऐसी सोच रखने वाले मात्र पुरूष ही नहीं अब लड़कियां भी हो गई हैं। उन्हें भी लगने लगा हैं कि वो भी इसका "मजा" शादी से पहले क्यों न लें ले। क्योंकि क्या पता जिससे शादी हो वो खुद भी वर्जिन हो या नही।

पर चाहे स्त्री हो या पुरूष किसी का भी ये सोच कर विवाह पूर्व सेक्स करना कि पता नहीं उनका लाइफ पार्टनर वर्जिन हो या नहीं भारतीय संस्कार नहीं हैं। दरअसल फ्रेंड सर्कल में खुद को आधुनिक साबित करने की मानसिकता और दोस्तों की संगत भी इस प्रकार के संबंधों को बढ़ावा दे रहे हैं। पर विवाह पूर्व य़े संबंध एक साथ कई अपराधों को जन्म दे रहे हैं। इसके कारण न केवल विवाह की महत्ता खत्म हो रही हैं। बल्कि अवैध संबंधों की भरमार, तलाक के केसों में बढ़ोतरी, रेप, मर्डर जैसे अपराधों का ग्राफ भी बढ़ रहा हैं। इतना ही नहीं इस "मजे की सजा" भी उन्हें देर–सवेर मिल ही जाती हैं। अक्सर देखा गया हैं कि "सेफ सेक्स" का दावा करने वाले कॉन्डम, पिल्स के दावे भी धरे के धरे रह जाते हैं और नतीजतन अनचाही प्रेग्नेंसी, एसटीडी व एड्स जैसी सेक्सुअल डिसीज।

विवाह पूर्व सेक्स कितना हानिकारक हो सकता हैयह बताने का प्रयास मात्र हैं। वर्तमान में सेक्स पाने के लिए डेटिंग साइट और यहां तक कि मैट्रिमोनियल साइट का भी खूब धड़ल्ले से इस्तेमाल हो रहा

हैं। हालांकि मैट्रिमोनियल साइट पर पाए जाने वाले प्रोफाइल की विश्वसनीयता पर पहले भी कई बार सवाल उठते रहे हैं। पर देखा गया हैं कि यहां पर ज्यादातर प्रोफाइल विवाह के अटूट बंधन में बंधने के लिए नहीं मात्र सेक्सुअल डिज़ायर को पूरा करने के लिए क्रिएट किए जा रहे हैं। एक एमएनसी में कार्यरत 30 वर्षीय सॉफ्टवेयर प्रोफेशनल विनय ने विवाह पूर्व सेक्स पाने के अपने फैसले को सही करार देते हुए कहा हैं कि “शादी से पहले सेक्स करने के लिए मुझे जगह-जगह भटकने से बेहतर लगा कि एक मैट्रिमोनियल साइट पर प्रोफाइल क्रिएट किया जाए और थोड़ी सी जान-पहचान के साथ रिलेशन गहरा करने के नाम पर शादी के झंझट के बिना मजा ले लिया जाए तो क्या बुराई हैं”। ज्यादातर पुरूषों की सोच ऐसी ही हैं। लेकिन अपनी हवस को पूरा करने के नाम पर मैट्रिमोनियल साइट जैसी जगह तक का गलत इस्तेमाल वाकई चिंता का विषय हैं। इतना ही नहीं मात्र सेक्स के लिए गर्लफ्रेंड और बॉयफ्रेंड बनाना प्यार की परिभाषा कतई नहीं हैं। कम से कम भारतीय समाज में तो बिल्कुल नहीं।

कुछ लोगों कातर्क होता है। जिससे प्यार है उसके साथ विवाह पूर्व संबंध बनाने में हर्ज क्या हैं। लेकिन यदि सच में प्यार है। तो आप ऐसा करने से पहले सौ बार अपने प्यार के बारे में सोचेंगे और यदि सच में आपको उस रिश्ते में विश्वास हैं। तो आप खुद अपनी सीमाओं को लाघंने से कतराएंगे और अपने प्यार को शादी के कमिटमेंट में बदल देंगें। वैसे भी प्यार पहले मन के जुड़ाव से उत्पन्न होता हैं। ऐसा नहीं कि दोनों के अंदर सिहरन न दौड़ती हो या स्पर्श की इच्छा न आती हो, लेकिन सही वक्त आने तक रुकने का इंतजार केवल सच्चे प्यार की पहचान होती हैं। प्यार शारीरिक पहले कहां होता हैं, वह तो तब होता है। जब समर्पण की भावना जन्म लेती हैं। पर आज के युवावर्ग की ये सोच हैं कि चूंकि रिश्ते में शारीरिक कुछ नहीं है, तो वो प्यार ही नहीं हैं। पर ये सोच गलत हैं। दरअसल अपनी हवस को प्यार व शादी के नाम पर पूरा करना ऐसे लोगों की मनोवृति हैं और अगर कहीं किसी पल कोई ग्लानि भाव आता भी हैं तो ये कहकर अपनी आत्मा की आवाज को दबा दिया जाता हैं कि ये तो आजकल का चलन हैं। सभी करते हैं तो मैं क्यों

पिछे रहूं? पर क्या आधुनिकता केवल विवाह पूर्व संबंध बनाने में ही हैं? यदि आप इतने ही आधुनिक है। तो अपनी गर्लफ्रेंड के साथ जो शारीरिक संबंध बनाते है। कुछ वैसा ही करने की शिक्षा अपनी बहन, बेटी, भाई और बेटे को भी दीजिए। इतना ही नहीं आधुनिक होने का दंभ दिखाते हुए गे और लेस्बियन व होमोसेक्सुअल रिलेशनस को भी इंजाय करिए। ऐसे संबंधों के उजागर होने पर या परिवार की बहन, बेटी के विवाह पूर्व संबंध बनाने पर क्यों आप को याद आने लगता हैं कि आप भारतीय है और एक समाज में रहते हैं। जिसकी नज़र में ये गलत हैं।

दरअसल...हवस के पुजारियों ने अपनी शारीरिक भूख को आज प्यार का नाम देकर अपना स्वार्थ साधने का बहुत ही सुगम रास्ता इख्तियार कर लिया हैं। य़े खुद अपनी शारीरिक भूख को प्यार व शादी जैसे मधुर व पवित्र रिश्तों के नाम पर मिटाते हैं और फिर भारतीय होने का दंभ भरते हैं। पर सच तो ये हैं कि हमारे देश की ये सोच कभी नहीं रही। यहां प्यार व शादी दो आत्माओं के साथ दो परिवारों का रिश्ता रहा हैं लेकिन जो लोग न घर-गृहस्थी के झंझट में फंसना चाहते, न बच्चों की पढ़ाई-लिखाई का खर्चा, न पत्नी की जिम्मेदारी, न परिवार की चिंता करना चाहते, केवल आज़ाद जिंदगी की चाह और जिम्मेदारियों से दूर रहने के लिए उन्होंने प्यार व शादी के नाम पर "फ्री सेक्स" पाने का आसान तरीका "बिफोर मैरिज़ सेक्स" निकाला हैं।

मैं इस बात से भी सहमत हूं कि कुछ लोग विवाह पूर्व सेक्स सिर्फ हवस के लिए ही नहीं करते बल्कि भावनाओं में बहकर ऐसा कर बैठते हैं। ऐसे वे अपने प्यार से शादी करके उसे समाज में उचित स्थान दिलाने का दम भी रखते हैं। पर ऐसे अपवादों की संख्या बहुत ही कम हैं। और अपवादों के सहारे सही गलत नहीं आंका जा सकता। हैरत तो ये हैं जब घर की बहन, बेटी इस रास्ते को अपनाती है तब उन्हें अपना भारतीय होना याद आता हैं और आधुनिकता का झूठा लिबास उतर जाता है। हमारे देश के ऐसे युवाओं की दोहरी मानसिकता ने न केवल "प्यार" जैसी पवित्र भावना को दूषित किया है। बल्कि भारतीय समाज के मूल संस्कार "विवाह" को भी दागदार कर दिया हैं। ये लोग न तो आधुनिक है और न ही भारतीय मूल्यों में विश्वास रखने वाले।

"सेक्स,प्यार व शादी का वो खुबसूरत पड़ाव है जिसको सही तरीके से शादी के बाद करने से रिश्ता और मजबूत व अटूट बन जाता हैं"। ये सच है कि वक्त के साथ बदलाव जरूरी हैं। अगर आज भी हम अपनी दकियानूसी परंपराओं से जुड़े रहेंगे और अपने रहन-सहन, व्यवहार में बदलाव नहीं लाएंगे तो ग्लोबल स्तर पर पिछड़ जाएंगे। पर विवाह पूर्व शारीरिक संबंध न बनाना हमारे समाज की सड़ी-गली सोच नहीं है। शायद ये ही वो सबसे ज्यादा पोजिटिव मूल्य है। जिसे हमारे समाज ने हमें दिया है। क्योंकि इसके चलते ही प्राचीनकाल से 21वींसदी तक भारत में विवाह सफल रहे हैं और परिवार बनते रहे हैं। लेकिन जल्द से जल्द सेक्स करने की चाह, कमिटमेंट से बचाव, जिम्मेदारियों से भागने और आधुनिक होने का दिखावा ने विवाह से पूर्व यौन संबंध बनाने की प्रथा कायम कर दी हैं पर भारतीय समाज के इस नैतिक पतन पर ये सवाल उठना स्वाभाविक हैं कि क्या विवाह पूर्व सेक्स जरूरी है?

16

खुशी कहाँ है ?

"खुशी एक ऐसा एहसास है,जिसकी हर किसी को तलाश है,गम एक ऐसाअनुभवहैजो सबके पास है,मगर ज़िन्दगी तो वही जीता हैजिसको खुद पर विश्वासहै|"

खुशी का राज क्या है? सच्चाई यह है कि प्रत्येक कार्य के पीछे हमारा असली उद्देश्य खुशी प्राप्त करना है। अधिकांश लोग मानते हैं कि प्रसन्नता या खुशी, सफलता, धन, अच्छे संबंधों और अच्छे स्वास्थ्य से आते है| लेकिन यह सच नहीं है| खुश होने की वजह से सफलता, अच्छे संबंध और स्वास्थ्य हमारे जीवन में आते हैं।

जब हमखुश होते हैं तब हम अपने कार्यस्थल पर सही निर्णय लेते हैं जिससे हमें और अधिक सफलता मिलती है। हम अपने काम में अपना श्रेष्ठ प्रदर्शन देते हैं, जिससे हमें और अधिक पैसे मिलते हैं, हम सब के साथ अच्छा व्यवहार करते हैं,जिससे हमारे संबंध बेहतर होते हैं, और जब संबंध बेहतर होते हैं तब हम तनाव और चिंता से दूर रहते हैं,तो हमारा स्वास्थ्य भी अपने आप अच्छा हो जाता है। हर सफल व्यक्ति को खुश नहीं देखा गया लेकिन यह जरूर देखा गया कि जो लोग खुश होते हैं उन्हें हमेशा सफलता मिलती है।

खुश रहने से मिलती है खुशियां ही खुशियां| इस बात से कोई फर्क नहीं पड़ता कि हमारे पास क्या है, क्या नहीं। हम चाहे किसी भी स्थिति में हो सिर्फ खुशी महसूस करके अपने जीवन में हम परिवर्तन ला सकते

हैं। इस तरह खुश रहने के दौरान हम देखते हैं कि अचानक हमारी मुलाकात सही लोगों से होने लगती है और हमारी कार्य योजनाएं भी अनुकूल होने लगती है। जब हम खुश होते हैं तो ऐसे लोगों, घटनाओं को आकर्षित करते हैं जो हमें और अधिक खुशियां देते हैं,इसलिए हम अधिक से अधिक खुश होने का प्रयास करें।

खुश रहने से क्या होता है? खुश रहने से हम और अधिक खुशी को आकर्षित करते हैं। हमारा मन प्रफुल्लित होता है और हम अपने इर्द-गिर्द हर वस्तु के प्रति सकारात्मकता और अच्छी भावना प्रकट करते हैं। खुश रहने से हमारा आत्मविश्वासखूब बढा हुआ होता है, हम अपने आप को शक्तिशाली मानने लगते हैं, और अपने मन में नई ऊर्जा शक्ति का निर्माण कर पाते हैं,जिससे हमें सफलता समृद्धि वैभव और खुशियां मिलती है।

खुश रहने से मिलती है प्रचुरता : हम खुशी महसूस करते हैं जब हम किसी को प्यार करते हैं, किसी की देखभाल करते हैं, किसी जरूरतमंद की सहायता करते हैं, हंसते हैं,किसी के साथ अपनी मुस्कान बांटते हैं,जब कोई हमारी प्रशंसा करता है, जब हम जीत हासिल करते हैं |इसलिए हम प्रत्येक कार्य में अपना सर्वश्रेष्ठ दें, प्रसन्न रहें। प्रसन्न रहने से प्रचुरता स्वतः ही हमारे जीवन में आती है।

जब हम खुश होते हैं तो हर वो चीज जो हमको खुशी देती है, हमारे नजदीक आती है |हम अपनी सोच पर काम करें अच्छी,सकारात्मक बातें और जो हम जीवन में देखना चाहते हो उसे ही सोचें इस बात को सीखना जरूरी है|

जोसेफ मर्फी द्वारा लिखित एक किताब है जिसका नाम है –"The Power of your Subconscious mind" इस किताब में लेखक ने बताया है कि जो हम सोचते हैं वही ब्रह्मांड में जाता है और वही लौट कर आता है, वैसे ही विचार बार बार आते हैं| तो बेहतर है कि हम वही सोचें जो हम चाहते हैं| यदि हम सकारात्मक विचार लाएंगे तो इन विचारों की शृंखला खड़ी हो जाएगी और अगर हम नकारात्मक विचार दिमाग में लाएंगे तो नाकारात्मक विचारों से घिर जाएंगे और हमारे आसपास वही घटित होने लगेगा| खुश रहने के लिए सबसे पहले सोच बदलें फिर खुशी

अपने आप आएगी |

जिंदगी में खुशी पाने के लिए यह जानना जरूरी है: खुशी आती कहां से है और जाती कहां है इस बारे में अनेक मनोवैज्ञानिक व समाज शास्त्रियों ने लंबा शोध किया है और वे इस निष्कर्ष पर पहुंचे, खुशी जहां से आती है वहीं चली भी जाती है खुशियों का संबंध हमारी भावनाओं से है और हमारी भावनाएं हर पल बदलती रहती है। उन्हीं भावनाओं के अनुसार खुशी भी बढ़ती और घटती रहती है। किसी भी व्यक्ति का पूरे सप्ताह में समान रूप से खुश रह पाना संभव नहीं, इस बात को भी जानने की जरूरत है। जिस प्रकार खुशी के पल स्थाई नहीं रहते उसी तरह दुख भी स्थाई नहीं होते, यह आते और जाते रहते हैं, इसलिए इस में समान और शांति से रहना ही,खुश रहना है।

हँसना जरूरी है: मनुष्य का मूड हर पल बदलता रहता है मूड के तेजी से बदलने को मूड डिसऑर्डर कहते हैं मुस्कुराहट और हंसी भी हमारे मुड को सुधार सकती हैं। हंसते और मुस्कुराते रहने से इस खुशी अपने ईर्द की महक को हम गिर्द भी महकाते हैं जिससे लोग हमारे संग रहना पसंद करते हैं।

खुश रहने के लिए अपने मस्तिष्क को हम कुछ सकारात्मक विचारों के द्वारा अपनी वाणी से कुछ सुझाव जरूर दें। इसके लिए प्रातः काल का समय जब हम उठे तो अपने मुंह से यह बात बोले मैं खुश हूं, मैं सकारात्मक विचारों से घिरा रहता हूं, मेरा आत्मविश्वास भरपूर है ,बढ़ता है, बढ़ रहा है मैं भाग्यशाली हूं, मैं हमेशा हर परिस्थिति में खुशी का अनुभव करता हूं। ऐसा निरंतर सिर्फ खुशी के विचार बोलने मात्र से हम खुश रहने लगते हैं।

हमेशा खुशी और ऊर्जा देते हैं हमारे शब्द: हमारे शब्द हमें द्वारा बोले गए शब्द हमारे जीवन में हमको स्वयं को तो खुशी देते ही हैं और जिसके समक्ष हम अपने शब्दों का प्रयोग करते हैं उन्हें भी खुशी मिलती है। जब इन शब्दों के द्वारा हम सकारात्मक शब्दों का प्रयोग कर अपने मन की भावना को ब्रह्मांड में भेजते हैं तब उसके प्रभाव से हमें नई नई खुशी ब्रह्मांड द्वारा भी तोहफे स्वरूप दी जाती है, जो हमारी खुशी को और बढ़ाती है।

खुश होकर काम करें : हमेशा खुश रहने के लिए सबसे अधिक जरूरी कि हम सब उसी काम को करें जो हमको खुशी देता हो, क्योंकि हमारा काम में मन लगा रहना ही हमें हमेशा खुश रख सकता है। इसलिए हम अपने काम से प्यार करें, अपने काम की नई नई तकनीक को अधिक से अधिक सीखें और उसे अपनाएं।अपने काम में नए लोगों को जोड़ें और अपनी टीम बनाने का प्रयास करें इससे हम हमेशा खुश रह सकते हैं।खुश रहने के लिए हमारे जीवन में हमारा स्वास्थ्य, हमारे रिश्ते और आदतें इन पर काम करना कदम कदम पर हमें नई नई खुशियां देता है| जब हम अपनी अच्छी आदतें बनाने लगते हैं तो ब्रह्मांड हमें परिणाम स्वरूप खुशी के नए नए अवसर प्रदान करता है।

अकेले खुश रहने का राज :अकेले खुश रहने के लिए हमें कुछ न कुछ पढ़ते रहने की आदत जीवन में बनानी चाहिए इस आदत से हम अपने आपको जीवन में कभी भी अकेला महसूस नहीं करते| हम हर समय जिसको पढ़ते हैं उसके साथ होते हैं उसके जीवन को हम समझ पाते हैं और हमें दुखी होना नहीं पड़ता। खुद को खुश रखने के लिए जरूरी है चेहरे पर मुस्कान बना कर रखना, इमानदारी से अपने काम को करना,किसी भी चुनौती की स्थिति में धैर्य धारण रखना, बोलते समय विनम्रता और शिष्टता का ध्यान रखना,अपने समय की कद्र, और मित्रता रखना, खुद को कभी किसी से कम ना आंकना,अपने अंदरूनी मन की स्थिति पर निरंतर काम करना,अपने मन को सजाना,अपने मन को सुंदर बनाने के लिए निरंतर सकारात्मक लोगों का संग करना, और अपने बीते हुए दिन को कागज पर लिखा कर देखना कि हम जो कर रहे हैं वह हमें खुशी दे रहा है, और आगे भी इस तरह काम से खुशी मिलती रहेगी या नहीं। समाज और रिश्तो को हमेशा महत्व देना, अपना भरोसा और अपनी जिम्मेवारी को निभाना,अधिक सुनना कम बोलना,अपनी गलती पर माफी मांगने से पीछे ना हटना,प्रत्येक घटित घटना के लिए शुक्रगुजार होना,ये सब जीवन में संतुलन और खुशी बनाए रखते हैं।

दिन भर खुश रहने का तरीका :दिन भर खुश रहने के लिए सबसे पहले हमें इस बात को जानना जरूरी है कि किसी भी काम में सफलता प्राप्त करने के लिए एक योजना का लिखित रूप में होना जरूरी है। इसके

तहत हमें हर समय खुश रहने के लिए अपने दिन भर के योजनाओं को लिखित रूप से रखना चाहिए। हम दिन भर में क्या-क्या करेंगे और किस समय करेंगे, तभी हम दिन भर खुश रह सकते हैं। इसके लिए हमारा दिनभर करने का काम सुनियोजित तरीके से लिखित रूप से हमारे पास होना चाहिए। इससे हमें आलस्य करने का समय नहीं मिलता और ना ही हमें यह सोचना पड़ता है कि अगले पल हम क्या करेंगे और हम आसानी से खुश रह पाते हैं।

सकारात्मक सोच वाले व्यक्तियों के आस-पास रहें:उन लोगों से दूर रहें जो नकारात्मक बातें या आपको हतोत्साहित करते हैं। इसके बजाए सकारात्मक सोच के लोगों के साथ रहें।नकारात्मक विचारों को मन में पालना और जीवन में कई चीजों के कारण चिंता और तनाव की स्थिति में रहना आसान है। अपने आप को हमेशा अच्छे समय और अच्छी चीजों के बारे में याद दिलानी चाहिए। यह आपके मूड को नकारात्मक स्थिति से सकारात्मक अवस्था में ले जाने का एक अच्छा तरीका है।

पैसा ख़ुशी नहीं खरीद सकता :यह दुख की बात है कि लोग बाहर खुशी की तलाश करते हैं। बहुत से लोग पैसे के साथ खुशियाँ एकत्रित करते हैं। अगर ऐसी बात होती तो अमीर लोग कभी उदास महसूस नहीं करते लेकिन इसके विपरीत हम देखते हैं कि अमीर लोग ही हैं जो अधिक चिंतित, भयभीत, तनावपूर्ण और अक्सर संबंधों से जुड़ी समस्याओं का अनुभव करते हैं और अवसाद से पीड़ित होते हैं।

फ़िल्म सितारों, गायकों और मंत्रियों जैसे मशहूर लोगों के पास बहुत पैसा होता है पर फिर भी इन लोगों में तलाक की दर आम जनता से काफी अधिक होती है। ये लोग लगातार डर में रहते हैं और इसलिए इन्हें हर समय सुरक्षा की आवश्यकता होती है। इनको अपने बच्चों की सुरक्षा के बारे में भी अधिक चिंता होती हैं। इन लोगों को 24 घंटे चोरी और डकैती का डर लगा रहता है। इनके पास इतना अधिक धन होता है कि उन्हें लगातार यह चिंता सताती है कि इस धन को कहाँ निवेश करें या कहाँ छिपाएं। दूसरी तरफ गरीब वर्गों के लोग अक्सर चिंता रहित और खुश होते हैं।

यह बात नहीं है कि अमीर होना एक बुरी चीज है। धन होने का मतलब है कि आपके पास बहुत सी चीज़ें हैं। आप छुट्टियों पर जा सकते हैं, सामाजिक समारोहों की योजना बना सकते हैं, अच्छे कपड़े खरीद सकते हैं, संपत्ति खरीद सकते हैं, अच्छे इलाके में रह सकते हैं और इसके अलावा बहुत कुछ कर सकते हैं जो खुश होने के लिए महत्वपूर्ण कदम है। हालांकि जरुरी नहीं है कि यदि आपके पास इतना सब कुछ है तो आप खुश रहेंगे । भौतिकवादी बातें आपको क्षण भर खुश कर सकती हैं लेकिन सच्ची खुशी पाने में मदद नहीं कर सकती।

ख़ुशी अंदर से आती है :किसी ने ठीक ही कहा है कि "आपको जीवन में सच्ची खुशी तब मिलेगी जब आपको यह पता चलेगा कि ख़ुशी का उद्देश्य केवल आपको खुश करना है"। सच्ची खुशी अपने भीतर होती है यह दूसरों से नहीं आती है। **"यदि आपकी खुशी किसी व्यक्ति,वस्तु,स्थान और परिस्थिति पर निर्भर है तो ऐसी खुशी स्थायी नहीं हो सकती| अतः खुशी आपके अंदर से , आपके सकारात्मक विचारों से आनी चाहिए|यदि ऐसा है तो आप धरती के किसी भी कोने में खुश रह सकते हैं|"** इस बिंदु पर कई बार जोर दिया गया है लेकिन ज्यादातर लोग इसे अप्रासंगिक मानते हैं। हमें यह समझने की जरूरत है कि खुशी मूलतः मन की अवस्था है। यह उन चीजों से हासिल नहीं की जा सकती है जिसे हम बाहर देखते हैं। हमारे पास सकारात्मक भावनाओं की सहायता से इस अवस्था को बनाने की शक्ति है जो अच्छे विचारों से प्राप्त की जा सकती है।मूल रूप से हमारे विचार है जो हमारी भावनाओं को बनाते हैं। इसलिए हमें सकारात्मक विचारों और जीवन के प्रति सकारात्मक दृष्टिकोण के निर्माण पर काम करने की जरूरत है और अंत में यही खुशी का कारण बनेगी।

हमेशा सकारात्मक सोचें :एक और महत्वपूर्ण बात यह है कि आप अपने जीवन में सकारात्मक रहना चाहिए और आपको अपने प्रतिद्वंद्वियों के प्रति अपना दृष्टिकोण सकारात्मक रखना चाहिए और उनके प्रति द्वेष भावनाएँ नहीं रखनी चाहिए। हमेशा स्वस्थ प्रतिस्पर्धा में शामिल हों और कभी भी अपनी प्रतिस्पर्धा को उस बिंदु से आगे नहीं ले जाना चाहिए जहां आप उन्हें अपने दुश्मन की तरह देखना शुरू कर देते

हैं और दुश्मनी शुरू कर देते हैं। आपको केवल उनसे आगे निकलने का प्रयास करना चाहिए और उन्हें किसी भी तरह से नुकसान नहीं पहुंचाना चाहिए। दूसरों के प्रति दयालु रवैया रखने के बाद अंततः आपको भीतर से खुशी मिलेगी।

यह भी महत्वपूर्ण है कि आप किसी भी चीज के बारे में जिद्दी या कठोर नहीं हो। लगातार मेहनत करने और अटल होने के बीच अंतर है और आपको दोनों के बीच के अंतर को पहचानने में सक्षम होना चाहिए। आपकी इच्छाशक्ति इतनी मजबूत होनी चाहिए कि जो आप हासिल करना चाहे वह कर सकें लेकिन आपको अपनी खुशी को उस विशेष चीज पर ही केंद्रित नहीं रखना चाहिए। यह महत्वपूर्ण है कि आप कुछ चीजों पर समझौता करने के लिए हमेशा तैयार रहें।

आपका जुनून आपको खुश रखेगा :मैं अब तक कई लोगों से मिला हूं जिनके पास जीवन का हर सुख जैसे अच्छा बैंक बैलेंस, महंगी गाड़ी, संपत्ति आदि हैं लेकिन फिर भी वे नाखुश हैं। हम में से अधिकांश गलती से यह सोच बैठते हैं कि एक सफल या अमीर व्यक्ति खुश है लेकिन वास्तविक तथ्य यह है कि सफलता, अमीर, पैसा, विलासिता आदि का सुख से कोई लेना देना नहीं है। आज की दुनिया में सब कुछ हासिल किया जा सकता है लेकिन खुशी नहीं। मैं इस बात का उल्लेख करना चाहूंगा कि खुश रहने के लिए आपको हर किसी के प्रति विचारशील होना चाहिए चाहे बेशक ही उसकी स्थिति आपसे कमतर हो। हमेशा दूसरों का सम्मान करें और यदि वे आपसे संपर्क करते हैं तो निस्वार्थ होकर उनकी सहायता करें।

इसके अलावा यह महत्वपूर्ण है कि आप अपने जुनून, शौक या सपने को आगे बढ़ाने के साथ अपने कैरियर को सफल बनाएं क्योंकि जुनून या शौक की पूर्ति निश्चित रूप से आपको खुश कर देगी। कला, संगीत,लेखन, भ्रमण,सामाजिक कल्याण के कार्य,बागवानी आदि क्षेत्र में रुचि लीजिए क्योंकि ये गतिविधियां करने पर आप नई चुनौतियों से रूबरू होंगे और वे आपको उत्साहित करेंगी, आपको खुशी मिलेगी|

जीवन के हर क्षण का आनंद लें : अगर आप खुश रहना चाहते हैं और अपने जीवन के हर पल का आनंद लेना चाहते हैं तो कुछ बुनियादी

नियम हैं जो आपको अपनाने चाहिए। पहला और सबसे महत्वपूर्ण नियम वर्तमान में जीना है। आप अतीत में असफल हो सकते हैं लेकिन सबसे अच्छी बात उन असफलताओं से सीखना और आगे बढ़ना है क्योंकि जो कुछ भी अतीत में हो चुका है वह वर्तमान में नहीं बदला जा सकता है। इसलिए अतीत पर विलाप करने में कोई लाभ नहीं है। इसके अलावा भविष्य अनदेखा है। आप भविष्य में होने वाली परिस्थितियों के बारे में निश्चित नहीं रह सकते। इस प्रकार आपको भविष्य के बारे में बड़ी योजनाएं नहीं बनानी चाहिए। बेशक आपको परिस्थितियों के लिए तैयार रहना चाहिए लेकिन आप इसके बारे में निश्चित नहीं हो सकते। इसलिए भरोसा करें कि वर्तमान में रहना सबसे अच्छी बात है क्योंकि केवल यही है जिसे नियंत्रित किया जा सकता है और जो आपको खुश कर सकता है।

परिवार की अनदेखी न करें : जब आप सफलता या करियर के रास्ते पर हैं तो अपने परिवार की अनदेखी न करें क्योंकि ये सब चीजें किसी भी दिन बदल सकती हैं लेकिन आपका परिवार हमेशा सुख और दुःख के समय आपके साथ रहेगा। उनके साथ अच्छा समय व्यतीत करें, सप्ताहांत पर बाहर जाएं और अपने ख़ुशी के क्षणों को उनके साथ साझा करें।ख़ुशी के आनंद, प्रसन्नता, प्रफ्फुलता, मनोरंजन आदि जैसे कई अर्थ हैं। जो कुछ हम अपने जीवन में करते हैं वह प्रत्यक्ष या अप्रत्यक्ष रूप से खुशी से जुड़ा हुआ होता है और यह हमारे या किसी और से संबंधित हो सकता है। इस दुनिया में हर प्राणी खुशी चाहता है। हर कोई दुखी होने या दर्द महसूस करने से डरता है। हमें जीवन के प्रत्येक क्षण का आनंद लेने की आवश्यकता है।

खुशी का राज सिर्फ सफलता में नहीं : यदि आप खुश हैं तो आप हमेशा जीवन में सकारात्मक सोचेंगे भले ही आप असफल हो जाएं। सफलता और असफलता एक ही सिक्के के दो पहलू हैं। अपनी सफलता पर आपको ज्यादा ख़ुश नहीं होना चाहिए क्योंकि सफलता केवल एक स्थिति है और खुशी एक मानसिक और भावनात्मक दोनों स्थिति है। आपकी स्थिति किसी भी दिन बदल सकती है इसलिए आपको अपने नियंत्रण से परे की चीज़ के बारे में बहुत ज्यादा सोचने से समय बर्बाद

नहीं करना चाहिए।हमारे जीवन में हम कई समस्याओं और जटिलताओं का सामना करते हैं लेकिन कुछ लोग हार मान जाते हैं और कुछ अपनी जीत के लिए आखिरी साँस तक प्रयास करते हैं। हमें यह समझने की जरूरत है कि ऐसी कोई भी समस्या नहीं है जिसका समाधान नहीं है लेकिन उसका समाधान खोजने के लिए हमें मेहनत करने की आवश्यकता है। इस दुनिया में अभी भी ऐसे कई लोग हैं जिनके पास भोजन, आश्रय आदि जैसी उचित सुविधाएं नहीं हैं लेकिन वे उनके पास मौजूद चीज़ों से संतुष्ट रहने की कोशिश करते हैं। जीवन में सफलता के साथ खुशियों को जोड़ने की कोई आवश्यकता नहीं है क्योंकि विफलता हर व्यक्ति के जीवन में कई बार आ सकती है और यह जीवन के लिए महत्वपूर्ण भी है। लोगों की खुशी की अपनी परिभाषा है। कुछ के लिए यह सफलता है लेकिन कुछ के लिए यह एक आनंद से अधिक नहीं है।

यदि हम खुश रहना चाहते हैं तो दूसरों से तुलना करना छोड़ दें । बहुत से लोगों को दूसरों के साथ खुद की तुलना करने की आदत है। उदाहरण के लिए यदि मेरे पास एक कार है लेकिन मुझे कोई ऐसा व्यक्ति मिल गया जिसके पास बेहतर कार है तो यहाँ से मेरे दिमाग में बुरी भावनाएं आनी शुरू हो जाएगी। जब-जब हम उस व्यक्ति के साथ अपनी तुलना करेंगे तब-तब हमे ऐसा महसूस होगा जो एक बुरी आदत है। इसलिए हमारे अन्दर बेहतर बनने की भावना होनी चाहिए और साथ ही हमें किसी और के साथ अपनी ज़िंदगी की तुलना नहीं करनी चाहिए। हम सभी को हमारे जीवन को सफलतापूर्वक उन्मुख करने और सफलतापूर्वक परिवर्तित करने की कोशिश करनी चाहिए क्योंकि जीवन बिना सुख के जीना ज्यादा अच्छा है बजाए बिना खुशी के| खुशी तो मानव जीवन का अंतिम लक्ष्य है|

आप सभी को भाग्यशाली महसूस करना चाहिए कि आप सभी को घर, शिक्षा के लिए स्कूल और कई अन्य सुविधाएं मिलीं लेकिन ऐसे कई बच्चे हैं जिन्हें ये सब सुविधाएं नहीं मिली है पर फिर भी अनंत कठिनाइयों से गुजरने के बावजूद वे खुशी से रहते हैं। हर दिन मैं कई ऐसे बच्चों को देखता हूँ जिनके पास हर तरह की सुविधा है लेकिन फिर भी वे खुद को अच्छा नहीं मानते हैं या सोचते है कि उनका जीवन अच्छा नहीं

है। यह हमारा बहुत अनुचित व्यवहार है। हमें अपने जीवन में जो कुछ भी मिला है उसमें खुश रहने की कोशिश करनी चाहिए और हमें खुद को भाग्यशाली महसूस करना चाहिए कि हम इन सुविधाओं से परिपूर्ण हैं। हमें दो तरीकों से खुशी मिलती है पहला जब हम खुद के लिए कुछ करते हैं जो हमें खुश कर देता है और दूसरा जब हम किसी और के लिए कुछ करते हैं जो दूसरों को खुश कर देता है।

खुशी एक ऐसा एहसास है :खुशी के लिए काम करोगे तो खुशी नहीं मिलेगी,लेकिन खुश होकर काम करोगे,तो खुशी और सफलता दोनों ही मिलेगी ।ख़ुशी या परेशानी हालात से कम ख़यालात से अधिक होती है ।खुशी एक खुशबू की तरह होती है,जब तक हम स्वयं नहीं महकेंगे दूसरों को कैसे महकाऐंगे ।खुशी के अपने-अपने मायने हैं,एक बच्चा गुब्बारा ख़रीद कर खुश था, तो दूसरा उसे बेच कर ।जीवन में यदि खुशियाँ चाहिए संपत्ति और साधन नही,बल्कि, संतुष्टि और संतोष की तलाश कीजिए ।खुशियों का कोई रास्ता नहीं,खुश रहना ही एक रास्ता है ।खुशी के पीछे मत भागो, महसूस करो,हँसते रहो हँसाते रहो सदा खुश रहो ।खुशियाँ मिलती नहीं माँगने से,मंज़िल मिलती नहीं राह पर रुक जाने से|भरोसा रखना खुद पर और अपने रब पर,सब कुछ देता है वो सही वक़्त आने पर ।

जीवन में सबसे बड़ी खुशी उस काम को करने में है जिसे लोग कहते हैं कि तुम नहीं कर सकते हो ।खुशी उड़ती हुई तितली के जैसी है,जिसे पकड़ने के लिए आप जितना दौड़ेंगे ये उतना ही आपसे दूर चली जायेगी ।यदि आप शान्त मुद्रा में एक जगह स्थिर हो जायेंगे तो ये खुद आपके कंधे के पास बैठ जायेगी ।जीवन में खुशी का अर्थ लड़ाइयाँ लड़ना नहीं, बल्कि उन से बचना है ।कुशलता पूर्वक पीछे हटना भी अपने आप में एक जीत है ।क्योंकि अभिमान की ताकत फरिश्तो को भी शैतान बना देती है और नम्रता साधारण व्यक्ति को भी फ़रिश्ता बना देती है ।इंसान सोचता है, खुशियाँ आयें तो मैं मुस्कुराऊँ और खुशियाँ सोचती हैं कि ये मुसकुराए तो मैं आऊँ अच्छा होगा कि आप ही ज़िद छोड़ दें और खुशियों को आने का मौका दें|

आपको कैसे खुशी मिलती है? जब लोगों से पूछा गया कि उनके लिए ख़ुशी का मतलब क्या है, कौन सी ऐसी चीज है, जिससे उनको खुशी मिलती है , तो उन्होंने कहा,

1. **"फाइटर प्लेन की आवाज़ करती है रोमांचित"**: “बचपन से ही आर्मी में जाने का और अपने आप को यूनिफॉर्म में देखने का सपना रहा है| मेरे पापा भी रिटायर्ड आर्मी पर्सन हैं| आर्मी बैकग्राउंड होने की वजह से आर्मी कैंटोनमेंट में रहने से लेकर आर्मी स्कूल में ही पढ़ाई भी की| जब कभी बात आती है हवा को चीरकर, आगे बढ़ने वाले फाइटर जेट्स की, तो मेरे रोंगटे खड़े हो जाते हैं| मुझे याद है जब मैं 5-6 साल की थी, तब प्लेन के उड़ने की आवाज़ मुझे रोमांचित कर जाती थी। मैं उसकी एक झलक पाने के लिए भागते हुए अपने टेरेस पर दौड़ लगाती| इस फीलिंग को शब्दों में बताना थोड़ा मुश्किल है| उन प्लेन्स को देखकर बस ये मन करता था कि काश मैं इसकी तरह ही तेज उड़ पाऊं| इसके अलावा मुझे थिएटर से बहुत खुशी मिलती है| अपने कॉलेज की ड्रामा सोसाइटी को जब कभी मैं याद करती हूं तो मेरे चेहरे पर मुस्कान अपने आप ही आ जाती है|

2. **"कोर्स शुरू होने से पहले ही कर देती थी सारी रीडिंग बुक्स खत्म"** :मैंने शोर्ट स्टोरीज और उपन्यास पढ़ना तब शुरू किया जब क्लास में टॉप थ्री में आने की वजह से हमेशा मुझे बुक्स ही इनाम में मिलती थीं| मैंने पहले डिटेक्टिव कहानियां जैसे शेरलॉक होम्स और नैंसी ड्रियू की एडवेंचर स्टोरीज पढ़नी शुरू कीं। इसके बाद मुझे उन्हें पढ़ने में बहुत मजा आने लगा| इतना ज्यादा मजा आने लगा कि मैं नई क्लास की इंग्लिश और हिंदी बुक्स की सारी कहानियां शुरू में ही पढ़ लेती थी| इन सब्जेक्ट को मैं अपने कोर्स के शुरू होने से पहले ही खत्म कर देती थी| लेकिन, हां, मेरे लिए बुक पढ़ना हमेशा से टाइम पास और खुद को ख़ुशी देने वाला रहा| वहीं जब स्कूल में मुझे टेस्ट के लिए स्टोरी की छोटी-छोटी डिटेल्स को याद करना पड़ता था तब बहुत गुस्सा आता था| मुझे कहानी के सार, उनके किरदार और कहानी की प्लोटिंग को याद रखना पसंद है| मुझे बुक्स पढ़ना पसंद है उन्हें जमा करना नहीं। इसीलिए अपनी खुशी को बरकरार रखने के लिए मैंने अब किंडल पढ़ना शुरू कर दिया है|

3. "सोलो ट्रिप पर जाने जितनी खुशी आजतक नहीं मिली":स्कूल टाइम से ही कार्टून के अलावा अगर मैंने टीवी पर कुछ देखा तो वो है ट्रेवलिंग शोज़| कार्टून देखना तो अब बंद हो गया है लेकिन ट्रेवलिंग शोज़ अभी भी देखता हूं|उन शोज को देखते समय ही मैंने ये फैसला ले लिया था कि अगर जिंदगी में मुझे कुछ करना है तो वो ट्रेवलिंग है| स्कूल टाइम पर तो मम्मी-पापा ने सोलो ट्रिप पर कभी नहीं जाने दिया| लेकिन, कॉलेज के सेकंड सेमेस्टर तक तो मैं हर हाल में सोलो ट्रिप पर जाना चाहता था| फिर क्या था, अपनी सेविंग्स के बदौलत मैंने मनाली जाने का फैसला किया| इस बार मम्मी-पापा को कहा कि अपने दोस्तों के साथ ट्रिप पर जा रहा हूं और इसके लिए वो मान गए| इसके बाद जब मैं पहली बार सोलो ट्रिप पर गया तो वो अहसास ही अलग था| उस टाइम मैं अंदर से थोड़ा डरा हुआ भी था, पहली बार था न! लेकिन उस डर के साथ जो खुशी की फीलिंग थी, उसका क्या कहना| उस दिन मैंने खुद को पाया कि अब मैं बड़ा हो गया हूं और साथ ही समझदार भी| मैं उस दिन को कभी नहीं भूल सकता जब मैंने उस ट्रिप के दौरान खुद को पहचाना था|

4. "हाथ में पेन-कॉपी और कानों में हेडफोन हैं असली खुशी":मुझे याद है जब मैं दसवीं क्लास में पढ़ता था, स्कूल से आते ही अपना बैग सीधे जमीन पर फेंकता और अपने टैरेस पर जाकर बैठता था |मैंने अपने टैरेस पर अपनी फेवरेट चेयर रखी थी, जहां बैठना मुझे सबसे अच्छा लगता था। बस, वहां जाकर मैं अपने सारे फेवरेट गाने सुनता और उनमें कहीं खो जाता| उन्हें महसूस करता और फिर वहीं बैठे-बैठे कुछ न कुछ लिखता| धीरे-धीरे मैंने थोड़ा अच्छा लिखना शुरू किया और आज के टाइम में शायरियों से लेकर शोर्ट स्टोरीज लिखता हूं| फिर क्या, अगर मेरे लिए ख़ुशी की कोई परिभाषा है तो वो मेरा पेन और हेडफोन ही है|

5. "डांस और पंजाबी गाने सुनकर होता है फील गुड":दिल्ली के क्लब और खाने में जो ख़ुशी है वो तो शायद ही कहीं और मिलेगी| जब कभी भी लो फील करती हूं, बस स्पीकर पर तेज वॉल्यूम में पंजाबी गाने चलाकर डांस कर लेती हूं, आधी टेंशन तो यूं ही भाग जाती है| पता है जब कभी भी शादी पार्टी में डीजे पर डांस कर रही होती हूं और मेरे जबरदस्त डांस के लिए लोग मेरी तारीफ करते हैं तो मेरी ख़ुशी सातवें आसमान पर होती

है| मैं अपने लुक को लेकर भी सावधान रहती हूं क्योंकि अगर मैं अच्छी दिख रही होती हूँ तो सारा दिन कॉन्फिडेंट और हैप्पी फील करती हूं|

6. **"मम्मी को खुश देखकर होती हूं, सबसे ज्यादा खुश"**:बिहार जैसे राज्य से दिल्ली में आना और दिल्ली यूनिवर्सिटी में पढ़ाई करना इतना आसान नहीं होता। लेकिन, आज जब पढ़ाई पूरी करने के बाद HCL जैसी बड़ी कंपनी में काम करने का मौका मिला है तो अपनेआप कॉन्फिडेंस और ख़ुशी बढ़ जाती है| मुझे आज भी अपनी मम्मी के वो शब्द याद हैं जब उन्होंने कहा कि तुमने हमारे सारे दुख खत्म कर दिए| अपने भाई की फीस भरने से लेकर पापा की इकोनॉमिक मदद करके अच्छा लगता है|

इन छोटे-छोटे पलों से मम्मी की आंखों में खुशी के आंसू देखकर मेरी ख़ुशी और बढ़ जाती है| इसके अलावा, मैं जब कभी भी अपने निजी फायदे या स्वार्थ को अलग रखकर कुछ काम करती हूं, तब भी एक अलग सी ही फीलिंग आती है| इसके अलावा, कॉफ़ी और दिल्ली की गलियों में घूमने में भी बहुत मजा आता है|

7. **"फोटो एल्बम को देखकर मिलती है टू मच खुशी"**:आगे की पढ़ाई करने के लिए दिल्ली आना पड़ा। इससे पहले मैं कभी अपनी फैमिली से दूर नहीं रहा था लेकिन आज तीन साल हो गए हैं जब मैं उनसे दूर हूं| लेकिन हमेशा अपने साथ मैं अपना पॉकेट एल्बम रखता हूं और उसी में छिपी है मेरी खुशी| अपनी और अपने भाई-बहनों की बचपन की फोटो देखकर एक बार फिर मैं उस टाइम में वापस लौट जाता हूं| किसी को विश्वास नहीं होगा, लेकिन मैं दिन में कम से कम दस बार उन्हीं तस्वीरों को देखता हूं। साथ ही, जब छूट्टियों में घर वापस जाता हूं तो इसी एल्बम को सबके साथ मिलाकर देखता हूं.ये मेरी एक ऐसी ख़ुशी है जिसे मैं जब चाहे देखकर खुश हो सकता हूं| इससे मुझे सेल्फलेस लव और हैप्पीनेस का अहसास होता है, जिसे सिर्फ महसूस किया जा सकता है और खुश हुआ जा सकता है|

8. **"दूसरी की मदद करने से मिलती है खुशी"**:ओके! तो मुझे ख़ुशी मिलती है जब मैं देखती हूं एक बच्चा बड़ी मेहनत से कोई सामान बेचने की कोशिश कर रहा है और कोई उसका सामान नहीं ले रहा है, तब

उसके पास जाकर मैं उससे कुछ सामान खरीदकर उसकी मदद करती हूं, जिसमें मुझे ख़ुशी मिलती है| लोगों की नज़रों में वो गलत हो सकता है कि बच्चे से सामान खरीदकर उसको मजदूरी करने के लिए कह रहे हैं लेकिन मैं ऐसा नहीं मानती| अगर मुझे कोई बच्चा बिक्री करता दिखाई देता है तो मैं उससे जानने की कोशिश करती हूं कि आखिर वो ये काम क्यों कर रहा है। क्या वजह है इसके पीछे| अगर उसकी कहानी से ये मेसेज मिले कि बच्चे की टोकरी से कुछ खरीद लो तो उसे मैं बेहतर समझती हूं और तसल्ली से किसी के पास बैठकर किसी को सुनना चाहो तो बड़ी-बड़ी कहानियां निकल ही आती हैं| मुम्बई के पास एक जगह है माथेरान, सबसे छोटा हिल स्टेशन। वहां वो बच्चा मुझे मिला था| मानस नाम था उसका और आज भी मैं उसकी तस्वीर को मन से नहीं मिटा पाई हूं|

9. "10 दिन की छुट्टियों में पता चल गई थी अपनी ख़ुशी की वजह":तीन साल पहले जब मैं तमिलनाडु में अपनी इंजीनियरिंग कर रहा था, तब हमें पेपर प्रेजेंटेशन देनी होती थी| उसी दौरान मुझे और मेरे कॉलेज फ्रेंड्स को आईआईटी खड़गपुर जाने का मौका मिला जिसमें मेरे साथ मेरे दो और भी दोस्त शामिल थे| मुझे याद है मेरे साथ दूसरे डिपार्टमेंट के तीस लोग और भी दस दिनों के लिए वहां गए थे| मैं पहली बार किसी लम्बे सफर के लिए निकला था| अपने ट्रेन के दो दिन के इस सफर से मैं नए लोगों से मिला और आखिरकार वहां जाकर पेपर प्रेजेंटेशन देने के बाद हमारे पास 6 दिन और बाकी थे | वो मेरी जिंदगी के सबसे अच्छे पल थे, वहां कम पैसों में हमने बहुत सी जगह घूमीं| मुझे वहां इतना अच्छा लग रहा था कि मैंने दो दिन और रुकने का फैसला किया| जिसके बाद मैंने और मेरे दोस्तों ने कोलकाता से 10 घंटे का सफर तय किया और दार्जिलिंग पहुंचे| वह मेरी जिंदगी का पहला टाइम था जब मैं 12 से 13 डिग्री सेल्सियस वाले मौसम में रहा था। उस समय उन 10 दिनों में मैंने खुद को खुश और आज़ाद पाया था| साथ ही ये जान लिया था कि यही वो चीज है जिसे करने से मुझे ख़ुशी मिलती है|

तो ये हैं कुछ लोगों द्वारा साझा किये हुए उनके खुशनुमा पल| इन सुंदर कहानियों को पढ़कर इतना जरूर लगता है कि हमारी खुशी हमारे

वश में ही होती है| बस, हमें उन्हें बाहर ढूढ़ने की बजाय अपने अंदर तलाशना चाहिए|

खुशी के बारे में ओशो का दृष्टांत: भगवान रजनीश जिन्हे हम ओशो के नाम से जानते हैं वो 21 वीं शदी के महान दार्शनिक थे| उन्होंने खुशी के बारे में एक दृष्टांत देते हुए एक कहानी सुनाई|

“मैंने एक बहुत पुरानी कहानी सुनी है | यह यकीनन बहुत पुरानी होगी क्योंकि उन दिनों ईश्वर पृथ्वी पर रहता था| धीरे-धीरे वह मनुष्यों से उकता गया क्योंकि वे उसे बहुत सताते थे| कोई आधी रात को द्वार खटखटाता और कहता, ‘तुमने मेरे साथ ऐसा क्यों किया? मैंने जो चाहा था वह पूरा क्यों नहीं हुआ?’ सभी ईश्वर को बताते थे कि उसे क्या करना चाहिये | हर व्यक्ति प्रार्थना कर रहा था और उनकी प्रार्थनाएं विरोधाभासी थीं| कोई आकर कहता, ‘आज धूप निकलनी चाहिए क्योंकि मुझे कपड़े धोने हैं|’ कोई और कहता, ‘आज बारिश होनी चाहिए क्योंकि मुझे पौधे रोपने हैं’. अब ईश्वर क्या करे? यह सब उसे बहुत उलझा रहा था| वह पृथ्वी से चला जाना चाहता था| उसके अपने अस्तित्व के लिए यह ज़रूरी हो गया था| वह अदृश्य हो जाना चाहता था|

एक दिन एक बूढ़ा किसान ईश्वर के पास आया और बोला, ‘देखिए, आप भगवान होंगे और आपने ही यह दुनिया भी बनाई होगी लेकिन मैं आपको यह बताना चाहता हूं कि आप सब कुछ नहीं जानते| आप किसान नहीं हो और आपको खेतीबाड़ी का क-ख-ग भी नहीं पता| और मेरे पूरे जीवन के अनुभव का निचोड़ यह कहता है कि आपकी रची प्रकृति और इसके काम करने का तरीका बहुत खराब है| आपको अभी सीखने की ज़रूरत है|’

“मुझे क्या करना चाहिए?”

“आप मुझे एक साल का समय दो और सब चीजें मेरे मुताबिक होने दो, और देखो कि मैं क्या करता हूं| मैं दुनिया से गरीबी का नामोनिशान मिटा दूंगा!”

ईश्वर ने किसान को एक साल की अवधि दे दी| अब सब कुछ किसान की इच्छा के अनुसार हो रहा था| यह स्वाभाविक है कि किसान ने

उन्हीं चीजों की कामना की जो उसके लिए ही उपयुक्त होतीं| उसने तूफान, तेज हवाओं और फसल को नुकसान पहुंचाने वाले हर खतरे को रोक दिया| सब उसकी इच्छा के अनुसार बहुत आरामदायक और शांत वातावरण में घटित हो रहा था और किसान बहुत खुश था| गेहूं की बालियां पहले कभी इतनी ऊंची नहीं हुईं! कहीं किसी अप्रिय के होने का खटका नहीं था| उसने जैसा चाहा, वैसा ही हुआ| उसे जब धूप की ज़रूरत हुई तो सूरज चमका दिया; जब बारिश की ज़रूरत हुई तो बादल उतने ही बरसाए जितने फसल को भाए| पुराने जमाने में तो बारिश कभी-कभी हद से ज्यादा हो जाती थी और नदियां उफनने लगतीं थीं, फसलें बरबाद हो जातीं थीं| कभी पर्याप्त बारिश नहीं होती तो धरती सूखी रह जाती और फसल झुलस जाती | इसी तरह कभी कुछ कभी कुछ लगा रहता| ऐसा बहुत कम ही होता जब सब कुछ ठीक-ठाक बीतता| इस साल सब कुछ सौ-फीसदी सही रहा|गेहूं की ऊंची बालियां देखकर किसान का मन हिलोरें ले रहा था| वह ईश्वर से जब कभी मिलता तो यही कहता,

"आप देखना, इस साल इतनी पैदावार होगी कि लोग दस साल तक आराम से बैठकर खाएंगे|"

लेकिन जब फसल काटी गई तो पता चला कि बालियों के अंदर गेहूं के दाने तो थे ही नहीं! किसान हैरान-परेशान था... उसे समझ नहीं आ रहा था कि ऐसा क्यों हुआ| उसने ईश्वर से पूछा, "ऐसा क्यों हुआ? क्या गलत हो गया?"

ईश्वर ने कहा, "ऐसा इसलिए हुआ कि कहीं भी कोई चुनौती नहीं थी, कोई कठिनाई नहीं थी, कहीं भी कोई उलझन, दुविधा, संकट नहीं था और सब कुछ आदर्श था| तुमने हर अवांछित तत्व को हटा दिया और गेंहू के पौधे नपुंसक हो गए| कहीं कोई संघर्ष का होना ज़रूरी था| कुछ झंझावात की ज़रूरत थी, कुछ बिजलियां का गरजना ज़रूरी था| ये चीजें गेंहू की आत्मा को हिलोर देती हैं|"

यह बहुत गहरी और अनूठी कथा है| यदि तुम हमेशा खुश और अधिक खुश बने रहोगे तो खुशी अपना अर्थ धीरे-धीरे खो देगी| तुम इसकी

अधिकता से ऊब जाओगे| तुम्हें खुशी इसलिए अधिक रास आती है क्योंकि जीवन में दुःख और कड़वाहट भी आती-जाती रहती है| तुम हमेशा ही मीठा-मीठा नहीं खाते रह सकते – कभी-कभी जीवन में नमकीन को भी चखना पड़ता है| यह बहुत ज़रूरी है, इसके न होने पर जीवन का पूरा स्वाद खो जाता है|"

बौद्ध धर्म के अनुसार खुशी :बौद्ध धर्म के अनुसार, "आपके पास क्या है या आप कौन हैं इस पर ख़ुशी निर्भर नहीं करती है।" यह केवल इस बात पर निर्भर करता है कि आप क्या सोचते हैं।

बुद्ध का मानना था कि खुशी पीड़ा के मुख्य कारणों को समझने से शुरू होती है। बुद्ध ने एक आठ सूत्रों से सम्बंधित रास्ता बताया है जिससे दिमाग को नियंत्रित करने में मदद मिलती है और अंततः खुशी को पाने में सहायता मिलती है। हालांकि यह एक बार का कार्य नहीं है। इसका दैनिक तरीके से पालन करने की आवश्यकता है। यह विचार आपको यह सिखाता है कि अतीत या भविष्य के बारे में चिंता ना करें और वर्तमान में जिएं। वर्तमान ही एकमात्र ऐसा स्थान है जहां आप शांति और खुशी का अनुभव कर सकते हैं।

बुद्ध को मूर्ती और चित्रों में "हमेशा मुस्कराते " हुए दिखाया गया है। उनके चित्रण ज्यादातर उन्हें एक मुस्कान के साथ दर्शाते हैं। यह मुस्कुराहट उनके अन्दर की गहराई से आता है। बौद्ध धर्म बताता है कि मानसिक शांति को विकसित करके ज्ञान और अभ्यास द्वारा सच्ची खुशी प्राप्त की जा सकती है और इसे स्वयं की जरूरतों, इच्छाओं और जुनूनों से अलग करके हासिल किया जा सकता है।

हिंदू धर्म के अनुसार खुशी :हिंदू धर्म के अनुसार अपने स्वयं के कार्यों, पिछले कर्मों और भगवान की कृपा से खुशियाँ प्राप्त होती हैं। हिंदू ग्रंथों में तीन प्रकार की खुशी का उल्लेख किया गया है। ये निम्नानुसार हैं:

- **शारीरिक सुखः** इसे भौतिक सुखम के रूप में भी जाना जाता है। यह एक आरामदायक जीवन,धन और शारीरिक सुख और कामुक आनंद से प्राप्त किया जा सकता है।हालांकि धन ने आज तक न किसी को ख़ुशी दी है और न ही आगे देगा, क्योंकि ख़ुशी देना धन का चरित्र नहीं

है| यह जितना अधिक पास होगा उतना ही अधिक पाने की लालसा को जन्म देगा|

- **मानसिक खुशी**: इसे मानसिक आनंदम के रूप में भी जाना जाता है। यह पूर्ति और संतुष्टि की भावना से प्राप्त किया जा सकता है। यह एक ऐसी अवस्था है जिसमें व्यक्ति सभी प्रकार की चिंताओं और दुखों से मुक्त होता है।
- **आध्यात्मिक आनंद**: इसे आध्यात्मिक आत्मानंद भी कहा जाता है। इस प्रकार की ख़ुशी तब प्राप्त की जा सकती है जब कोई व्यक्ति जन्म और मृत्यु के चक्र से बाहर आकर स्वयं के साथ मेल-मिलाप करता है।

हिंदू धर्म के अनुसार जीवित रहने का अंतिम उद्देश्य स्वर्ग में एक स्वतंत्र आत्मा के रूप में सर्वोच्च आनंद का अनुभव करना है। मनुष्य अपने कर्तव्यों को पूरा करके अस्थायी सुख का अनुभव कर सकते हैं लेकिन हिंदू धर्म के अनुसार, मुक्ति हासिल करके स्थायी सुख प्राप्त किया जा सकता है।

****

मैं खुश कैसे रहता हूँ? मैं जब रात की छः घंटे की गहरी नींद के बाद सुबह उठता हूँ तो अपने आपको तरोताजा महसूस करता हूँ | सुबह की सैर,ताजी और ठंडी हवा,चिड़ियों का चहचहाता शोरगुल,सैर के लिए निकले बूढ़े, बच्चे नौजवानों को देखकर मुझे बहुत खुशी होती है | उन्हे योग और व्यायाम करते देखकर मेरे अंदर ऊर्जा का संचार होता है, एक सकारात्मक सोच मेरे चारों तरफ ब्रह्मांड में प्रसारित होने लगती है और मैं भी पूरी तन्मयता के साथ व्यायाम और योग करने लगता हूँ | इस तरह रोज दो घंटे मैं अपनी मानसिक और शारीरिक फिटनेस के लिए देता हूँ| यह तो हुई अपने आप को रिचार्ज करने की प्रक्रिया जिससे मैं दिन भर तरोताजा महसूस करता हूँ |

साथ ही साथ इन दो घंटों के दरमियान KuKu FM पर किसी प्रेरणा दायक किताब को सुनता हूँ| आपको जानकार आश्चर्य होगा कि पिछले

एक साल मे मैंने 80 किताबों को सुना है और पढ़ा है | किताबें पढ़ना मेरे बचपन का शौक है जो आज तक कायम है| किताबें मेरी प्रेरणा स्रोत हैं, मेरी सच्ची मित्र हैं, उन्हे मैं चुन सकता हूँ, वो मेरा विरोध नहीं करती हैं बल्कि जगाती हैं, मेरे ऊर्जा को सही रास्ते पर लगाने का मार्गदर्शन करती हैं| किताबें बताती हैं कि ये जीवन विधाता की अनुपम देन है| क्यों न इसका मान रखा जाए, जीवन के बहुमूल्य क्षणों का सदुपयोग किया जाए |बस लिखने बैठ जाता हूँ | दिन के 10 से 12 घंटे तक लिखने और पढ़ने के बाद जो गहरी नींद आती है उसका मैं वर्णन नहीं कर सकता |यही वजह है कि मैं पिछले बाईस महीनों में 23 किताबें लिख सका | मैं जब किताबें पढ़ने या लिखने बैठ जाता हूँ तो मैं खुशी के सागर में डूबता और उतराता रहता हूँ |मुझे हर पल खुशी एहसास होता है|

ऐसा नहीं है कि मुझे सिर्फ किताबें लिखने या पढ़ने से ही खुशी मिलती है| मैं हर काम खुश होकर करता हूँ और उसमें ही मुझे खुशी और आनंद मिलता है| फल और फूलों से लदे बगान, हरे भरे जंगल, कल कल करती नदियां ,बर्फ से ढंके पहाड़, समुद्र में उफनती लहरें,लहलहाते खेत,खेतों में काम करते किसान, खेतों के बीच पतली पतली पगडंडियाँ,अनाज से भरे खलिहान,मैदानों और खेतों में खेलते बच्चे,आकाश में उड़ते पक्षी, छत में दाना चुगती गौरईया, फूलों पर उड़ती तितलियाँ, बछड़े को दूध पिलाती गायें,बच्चे को स्कूल ले जाती हुई माताएं,दादा के काँधें पर मस्ती करता बच्चा, खिलखिलाते प्रेमी जोड़े, बेटे को पिता की डांट पति को झिड़कती हुई पत्नी, पत्नी के ताने सुन मुस्कुराता पति, घर पहुंचते ही प्यार जताने वाला प्यारा कुत्ता, रसोई में खाना बनाती हुई मेरी पत्नी, मुस्कुराकर अभिवादन करता हुआ मेरा पड़ोसी,मंदिर में पूजा की थाली लेकर जाती हुई महिलायें,मंदिर में बजती हुई घंटियाँ, सफाई करते हुए कर्मचारी, कालोनी के गेट पर अभिवादन करता चौकीदार ,माल के मुस्कुराते हुए कर्मचारी, ट्रेन के डिब्बे में शांत बैठे हुए यात्री , मुस्कुराकर स्वागत करते रिश्तेदार, दोस्तों से गपसप, छोटी सी मदद पर धन्यवाद करते लोग, सब्जी वाले से बिना मोलभाव खरीददारी करती महिलायें, सैर करती बुजुर्गों की टोली, सुबह की राम राम, अनुशासन में चलता हुआ शहर का ट्राफिक, शहर और गाँव की

साफ सफाई,कवि सम्मेलन के ठहाके, टी वी पर हंसी के कार्यक्रम, जीवन की सच्चाई पर बनी फिल्में, जीवन की संघर्षपूर्ण कहानियाँ, सैनिकों के बहादुरी के किस्से, बुजुर्गों का सम्मान, प्रतिभाशाली युवाओं का देश में योगदान,देश के प्रधानमंत्री का विदेश में सम्मान, बहादुर नारियों के हौसले ,टोली में हँसते हुए बच्चे, छोटे बच्चे की मुस्कुराहाट,पिता के घर आने की आहट, दादी की पुकार, पोते की गुहार और माँ का प्यार देखकर मुझे खुशी मिलती है|

मैं ये सभी दृश्य देखकर मैं आत्मविभोर हो जाता हूँ| मैं उस विधाता का शुक्रिया अदा करता हूँ जिसने इतना सब कुछ बनाया है| यदि आप देखेंगे तो आपके चारों ओर खुशी ही खुशी है| मैं भी आपकी तरह ही एक आम इंसान हूँ, मुझे भी आशा और निराशा होती है, मैं भी खुशी या गम से गुजरता हूँ| मेरे जीवन में भी परेशानियाँ और चुनौतियाँ आती हैं पर मैं उनसे पूरी ऊर्जा के साथ जद्दोजहद करता हूँ | जब कोई पूछता है “क्या आपके जीवन में परेशानियाँ और समस्या नहीं हैं?” तो मैं कहता हूँ , “परेशानियाँ और समस्या मेरे कमरे की खिड़की से झाँकती हैं पर उनकी हिम्मत नहीं पड़ती की मेरे कमरे के अंदर बिना मेरी इजाजत के घुस जाएँ|” सवाल ये है कि मैं अपने आपको इतना सकारात्मक कैसे रखता हूँ? आप जान लें कि हर घटना आपको कोई न कोई प्रेरणा देती है | मैं आपको एक बहुत छोटी सी घटना बताता हूँ|

एक बार मैं झांसी रेलवे स्टेशन में बैठकर अपने 12 साल के बेटे के साथ ट्रेन आने का इंतजार कर रहा था| सुबह का वक्त था पर इसके पहले हमने रात भर बस से यात्रा की थी| रात भर सो नहीं पाए थे| आँखें भारी थी और शरीर में थकावट| ट्रेन देरी से चल रही थी यह जानकर और भी निराशा हो रही थी| जब निराशा से भरे विचार मन में आते हैं तो अपने साथ विचारों की एक शृंखला लेकर आते हैं| मन भूतकाल या भविष्यकाल में भटकने लगता है| मैं भी सोचने लगा कि यदि ट्रेन और देरी से आएगी तो आगे की यात्रा का कार्यक्रम बिगड़ जाएगा| हालांकि ट्रेन को समय पर लाना मेरे वश में नहीं था पर फिर भी मैं उसी दिशा में सोचे जा रहा था|

तभी मैंने देखा कि मेरा बेटा बड़ी जोर जोर से खिलखिला कर हंस रहा है| मेरा ध्यान भंग हुआ| मुझे गुस्सा भी आया कि आखिर वो इतने जोरों से क्यों हँस रहा है| मेरा ध्यान नजदीक ही लेटी हुई एक कुतिया और उसके दो बच्चों पर गया| उसके बच्चे कभी माँ के कान पकड़ कर खींचते तो कभी पूंछ पकड़ कर खींचते| माँ हर बार उन्हे डराती पर वो शरारती बच्चे कहाँ मानने वाले थे| उन्हे तो शरारत करने में मजा आ रहा था| जैसे ही बच्चे माँ की पूंछ पकड़कर खींचते तो माँ चिल्लाती और वो भाग खड़े होते| बच्चों की उस हरकत को देखकर मेरा बेटा भी खिलखिला कर हँस पड़ता |

मैं भी उसकी इस हरकत पर सोचने के लिए मजबूर हो गया कि जब बच्चा रात भर थक कर और नींद में जाग कर खुश हो सकता है तो मैं क्यों नही खुश हो सकता? क्या वजह है? वो वजह थी –मैं वर्तमान में नहीं बल्कि भूत या भविष्य में खोया हुआ था| जबकि मेरा बेटा वर्तमान में जीवन की छोटी छोटी खुशियों का आनंद ले रहा था| अर्थात यह सोच का ही अंतर था जो एक ही हालात में मेरे बेटे को खुशी और मुझे परेशानी का एहसास करा रहा था| इस छोटी सी घटना से मैंने बहुत कुछ सीखा| मैं भी उन बच्चों की अठखेलियाँ देखकर खुश हो गया और मेरी परेशानी गायब हो गई |

लोगों को हमेशा छोटी-छोटी चीजों में खुशियां ढूंढने चाहिए। खुशी और गम एक दूसरे के समांतर चलते हैं जब एक शांत होता है तो दूसरा भी शिथिल पड़ जाता है| आप कभी खुश नहीं रहोगे, यदि लगातार तलाशते रहोगे खुशी किसमें है | मूर्ख व्यक्ति दूर-दूर तक खुशी तलाशता है ,ज्ञानी बिना कुछ करे ही उसे पा लेता है। सफलता खुशी की चाबी नहीं है, खुशी सफलता की चाभी है ।इस चाबी को किसी दूसरे के हाथ में न दे अर्थात अपनी सोच पर नियंत्रण रखें, पतझड़ में भी बहारों के गीत गायें, मुस्कुराएं|

लोग कहते हैं कि तुम इतने खुश कैसे रहते हो ....हमने कहा, “हम किसी से जलते नहीं और अपना दुख किसी को बताते नहीं |” जिंदगी को खुश रहकर जियो, क्योंकि रोज शाम सिर्फ सूरज ही नहीं ढलता... आपकी अनमोल जिंदगी भी ढलती है| जिंदगी एक बार मिलती है बिल्कुल गलत

है, सिर्फ मौत एक बार मिलती है, बस जीना चाहिए और खुश होकर जीना चाहिए | जरूरी नहीं कि मिठाई खिलाकर ही दूसरों का मुंह मीठा करें, आप मीठा बोलकर भी लोगों को खुशियां दे सकते हैं! उदासियों की वजह तो बहुत है जिंदगी में, पर बेवजह खुश रहने का मजा कुछ और है... उतार और चढ़ाव, जीत और हार खुशी और गम ,यह सबसे बेहतरीन जिंदगी है।

यदि आप जो कर रहे हैं, उसे खुश होकर करते हैं ,उससे प्यार करते हैं ,तो आप सफल होंगे। आप एक घंटे की खुशी चाहते हैं, तो एक झपकी ले ले। यदि आप एक दिन की खुशी चाहते हैं, तो पिकनिक पर चले जाएँ , यदि आप एक सप्ताह की खुशी चाहते हैं तो कहीं घूमने फिरने चले जाएँ, अगर एक महीने की खुशी चाहते हैं तो शादी कर लें ,एक साल की खुशी चाहते हैं तो संपत्ति के वारिस बन जाए , यदि आप जीवन भर की खुशी चाहते हैं तो अपने काम से प्यार करें |

आपके पास जो है ,उसमें संतुष्ट रहना, आजादी और बेतकल्लुफी से जीना, एक अच्छा पारिवारिक जीवन और अच्छा दोस्त होना ही खुशी है। खुशी देने में और दूसरों की सेवा करने में शामिल है।खुशी अपने भीतर से ही खिलती है।ख़ुशी का असली राज़ रोज़मर्रा की ज़िंदगी की हर चीज़ में दिलचस्पी लेने में है।जीवन खुशियों और आंसुओं से भरा है; मजबूत बनो और खुद पर विश्वास रखो। ज़िन्दगी में ख़ुशी और प्रसन्नता कभी भी समाप्त नही होती जब तक आप स्वय न चाहें | आप दुसरो को तब तक खुश नही कर सकतें जब तक आप खुद खुश नही हो !पैसा आपके लिए खुशियाँ नहीं खरीद सकता लेकिन वो दुःख को कुछ सुखद रूप में अनुभव करा सकता है।

मैं निकला सुख की तलाश में रास्ते में खड़े दुखों ने कहा... हमें साथ लिए बिना... सुखों का पता नहीं मिलता जनाब...सारा जहां उसी का है, जो मुस्कुराना जानता है रोशनी भी उसी की है जो शमा जलाना जानता है| हर जगह मंदिर मस्जिद गुरूद्वारे है लेकीन ईश्वर तो उसी का है जो "सर" झुकाना जानता है...|उदासियों की वजह तो बहुत है जिंदगी में, पर बेवजह खुश रहने का मजा ही कुछ और है...

ख़ुशी

जीवन का एक सच, मैं हमेशा खुश रहता हूँ क्योंकि मैं किसी से कोई उम्मीद नहीं रखता |उम्मीदें हमेशा दर्द देती है| ख़ुशी आपको तब ही मिलती है जब आप जो सोचते हैं, जो कहते हैं और जो करते हैं उसमे समानता हो |अपनी चाहत की चीजों को पाने के साथ साथ जो चीज़े आपके पास हैं उन्ही के साथ खुश रहना सीखे |जब आप एक ही जोक पर दुबारा नही हँसते तो एक ही दुःख पर दुबारा दुखी क्यों होते हैं | जीवन में दुःख और सुख दोनों एक साथ चलते हैं |जब एक थक जाता है तो दूसरा उसका स्थान ले लेता है | अगर जीवन में ख़ुशी चाहते हो तो लोगो की बातों को दिल से लगाना छोड़ दो | बेवजह खुश होना सीखो फिर खुश रहने की आदत पड़ जाएगी| यही खुशी का राज है.........

लेखक की रचनाएं

1. BORDERMAN
2. सीमा प्रहरी
3. आवारा
4. कमीने दोस्त
5. संगिनी
6. काबिल
7. मुक्तिदाता
8. माया
9. चरित्रहीन
10. चक्रव्यूह
11. परिवार
12. प्रेम विवाह
13. वफ़ादार दोस्त
14. जीवन-संघर्ष
15. नारी-शक्ति
16. नारी महिमा
17. अग्निपथ
18. रॉकेट लक्ष्मी
19. अपराध चक्र
20. नारी अस्मिता
21. काला सच
22. धर्मचक्र
23. खुशी

लेखक से पत्र व्यवहार का पता : rps1959@gmail.com ,
मोबाईल नंबर 7000153809

ये सभी उपन्यास Notionpress.com, Amazon.in and Flipcart पर उपलब्ध हैं |

9798889510710
FCW - #0101 - 061026 - C0 - 203/127/10 - PB - 9798889510710 - Matt Lamination